Ellen Puffpaff
Dachbodenfund

LEDA

Ellen Puffpaff
Dachbodenfund
Kriminalroman

1. Auflage 2012

ISBN 13: 978-3-86412-009-1

Leda-Verlag, Rathausstraße 23, D-26789 Leer
info@leda-verlag.de

www.leda-verlag.de

Lektorat: Maeve Carels
Titelillustration: Carsten Tiemeßen unter Verwendung einer Fotografie von *Synthesien*
Printed in Denmark by Nørhaven

ELLEN PUFFPAFF

DACHBODENFUND

KRIMINALROMAN

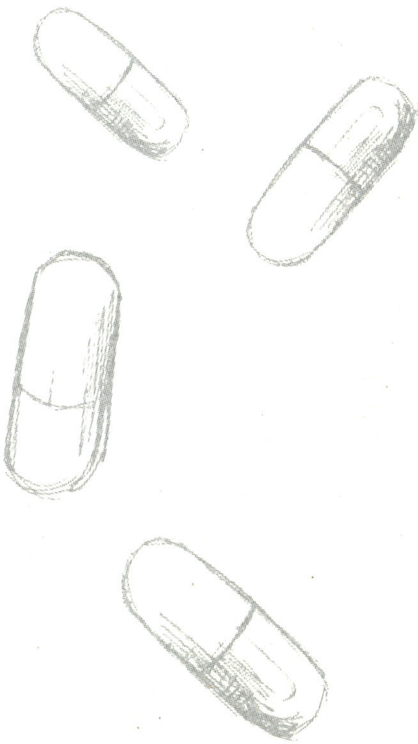

LEDA

Handlungen und Figuren dieses Krimis sind frei erfunden. Eventuelle Übereinstimmungen mit lebenden und verstorbenen Personen sind zufällig und nicht beabsichtigt.

Prolog

Die kühle Luft des zu Ende gehenden Sommertages. Die Dämmerung ist angebrochen. Jeden Schatten ausnutzen. Wohin?

Der Wald. Hier ist es noch dunkler. Überall Nebel. Die Schmerzen sind fast unerträglich. Das blutige Hemd klebt am Körper. Weiter! Immer weiter!

Auf einmal ein Geräusch. Der schnelle Blick nach hinten. Die Verfolger. Männer. Hunde. Sie haben bereits eine Fährte aufgenommen.

Weiterlaufen! So schnell du kannst. Immer weiterlaufen! Die Lunge meldet sich mit Stichen. Egal, weiterlaufen!

Da ist der Fluss. Dahinter die Straße. Rettung. Freiheit. Immer weiter! Immer weiter! Nicht stehen bleiben!

Die Straße ist erreicht. Dann plötzlich der Schock. Die Verfolger sind direkt hinter dir. Weiter! Auf der Straße laufen. Das Blut rauscht in den Ohren. Das Herz pumpt wie verrückt. Die Lunge ist am Limit.

Dann das Licht. Dieses schnelle Licht. Der kurze Schmerz. Der Blick in die Sterne. Keine Wolke am Himmel. Sie rufen dich. Der Friede ist da.

Ich komme. Ich gehe nach Hause.

Kapitel 1

Hamburg, 16 Jahre später

Sandra schlängelte sich ungeduldig durch den Berufsverkehr. Es war mal wieder unmöglich, aus Hamburg herauszukommen und dabei die Nerven zu behalten. Außerdem war es unverschämt heiß heute. Viel zu heiß für einen Umzug. Warum hatten sie nicht letztes Wochenende umziehen können? Da war es wesentlich kühler gewesen.

Aber jetzt waren sie mit dem Gröbsten durch. Sie hatte die Schlüssel zu ihrer alten Wohnung abgegeben und ihrem schmierigen Vermieter Lebewohl gesagt.

Sieben Jahre hatte sie in Hamburg in ihrer kleinen Wohnung gelebt. Zu ihrer Studentenzeit, oder auch Sturm-und-Drang-Zeit, wie sie es gerne nannte, hatte sie sich nichts Schöneres vorstellen können. Aber jetzt war sie verheiratet und hatte eine kleine Tochter. Ein komplett anderes Leben.

Und das passte einfach nicht in eine kleine Wohnung in der Großstadt. Für sie gehörte so etwas aufs Land, genauer gesagt nach Seesby, einem kleinen Dorf mit knapp zweihundert Einwohnern. Dort hatten sie und Marvin sich ein schönes Häuschen mit Garten gekauft. Für Sandra war es immer schon ein Traum gewesen, auf dem Land zu leben. Jetzt hatte er sich endlich erfüllt.

In Seesby würde es keinen neunmalklugen und dennoch unfähigen Vermieter geben. Hier hatten sie ihr eigenes Haus und mussten sich nicht mit nervigen Nachbarn herumschlagen, die nur eine Wand entfernt wohnten oder hausten. Der Lebensabschnitt mit Kautionszahlungen und Mieterhöhungen war vorbei.

Sie atmete tief durch und überlegte, ob die Wolken in

der Ferne sich wohl noch für ein abkühlendes Gewitter eignen würden. Was würde sie jetzt für einen erfrischenden Regenguss geben …! Ihr Hemd klebte am Rücken. Das nächste Auto würde definitiv eine Klimaanlage haben.

Jede Ampel schien heute gegen sie zu sein. Aber dann kam schließlich doch die langersehnte Auffahrt zur Autobahn und sie genoss den warmen Wind, der durch das offene Fenster wehte. Was gab es Wohltuenderes als eine weite, freie Fahrbahn und den Gedanken an ihr gemütliches neues Zuhause, das sie anzog wie ein Magnet …

Sie fuhr an einer Raststätte vorbei und überlegte, ob sie kurz anhalten und auf die Toilette gehen sollte. Was zu trinken könnte sie auch gut haben, aber dann sah sie am Straßenrand ein Schild: Rugstedt 38 km. Das würde sie noch schaffen, dachte sie. Rugstedt war der etwas größere Nachbarort von Seesby.

In Seesby gab es nur eine Kirche mit Gemeindehaus, eine Bushaltestelle und einen kleinen Tante-Emma-Laden, der allerdings auch sonntags geöffnet hatte, wie der Makler ihnen damals erzählt hatte. Rugstedt dagegen bot schon einiges mehr. Hier gab es ein Einkaufszentrum mit allerlei Läden.

Für Sandra und Marvin war außerdem wichtig, dass es hier einen Kindergarten und eine Schule gab, die beide einen sehr guten Ruf hatten. Von Seesby nach Rugstedt waren es etwa vier Kilometer und ein Schulbus fuhr in Seesby fast bis vor die Haustür.

Für Sandra war das alles schon ein bisschen zu perfekt und oft dachte sie, dass ein einziger Mensch gar nicht so viel Glück haben konnte, weil es anderen gegenüber unfair war.

Die Ausfahrt nach Rugstedt kam. Sandra ordnete sich rechts ein und war auf einmal aufgeregt wie ein kleines Kind. Jetzt ging es endlich nach Hause!

Sie durchquerte Rugstedt und bog dann auf die kleine, kurvige Straße in Richtung Seesby ab. Hier gab es nicht mal mehr einen Mittelstreifen. Die komplette Einöde, abgesehen von ein paar vereinzelten Höfen. Aber das war genau das, was sie wollte. Ab hier herrschten Ruhe und Frieden – so kam es ihr zumindest vor. Der Großstadtlärm war weit hinter ihr geblieben.

Sie überfuhr noch zwei weitere Hügel und dann sah sie das Ortsschild Seesby. »Ich bin da!«, sagte sie und warf sich selbst im Rückspiegel ein strahlendes Lächeln zu. Sandra fuhr über die Weeder, einen etwa drei Meter breiten Fluss, der sich durch den Wald und die Hügel der Gegend schlängelte. Sie atmete tief durch und fühlte sich mit einem Mal frei – so etwas hatte sie in der Großstadt nie gespürt.

Seesby bestand hauptsächlich aus alten Bauernhöfen, von denen allerdings nicht mehr viele in Betrieb waren. Mittlerweile waren einige der alten Stallungen zu Ferienwohnungen umgebaut worden oder sie wurden als Stellplätze für Wohnwagen und Segelboote vermietet. Von außen waren sie trotzdem alle noch im alten Stil erhalten und wirkten sehr gepflegt.

Neben den Bauernhöfen gab es hier noch einige Einfamilienhäuser, die aus dem vorherigen Jahrhundert stammten oder teilweise noch älter waren.

Sandra hatte sich sofort in diese Idylle verguckt, als sie das erste Mal hier gewesen waren. Hier schien die Welt noch in Ordnung zu sein.

Kapitel 2

Marvin war bereits vorgefahren, um die Arbeit des Umzugsunternehmens im neuen Haus zu koordinieren. Es lief ziemlich reibungslos und sie waren schnell fertig. Schließlich war der Möbelwagen leer und abfahrbereit.

Er ging mit den Möbelpackern nach draußen. Die Luft roch warm und trocken. Kein Wetter, um schwere Schränke zu schleppen. Er war durch und durch nass und freute sich auf eine Dusche.

Die Männer der Umzugsfirma setzten sich in den Schatten und rauchten Zigaretten, während Marvin nach Sandra Ausschau hielt. Eigentlich müsste sie bald kommen. Hoffentlich war alles glatt gegangen und der Vermieter hatte nicht zu viel zu beanstanden gehabt.

Er schlenderte über den Hofplatz und sah sich um.

Anders als die meisten Häuser in Seesby stand ihres nicht direkt an der Straße. Es wurde durch eine schmale Birkenallee ein Stück zurückversetzt und lag auf einem kleinen Hügel.

Es war mit rotem Backstein gemauert und hatte große, braune Sprossenfenster. Zur schweren Eingangstür aus Eiche mit allerlei Schnitzereien führte eine breite Steintreppe, die auf der ersten Stufe von zwei Säulen mit Löwenköpfen eingegrenzt wurde. Das Motiv fand sich auch über der Tür in Stein gemeißelt wieder und bildete den Anfang des Giebels über dem Eingang. An der Südwestseite des Hauses erstreckte sich ein etwas höher liegender Erker, der rundherum mit Fenstern bestückt war und eine herrliche Aussicht erlaubte. Sein Dach war wie ein alter Hexenhut geformt und verlieh dem Ganzen etwas Mystisches.

Der alte Schuppen rechts neben dem Haus hatte früher als Schmiede gedient. Mit der Zeit waren Feuerstelle und

Amboss aber entfernt und durch einfache Gartengeräte und eine kleine Werkbank ersetzt worden. Marvin hatte überlegt, den Schuppen noch weiter umzubauen und eine Garage für zwei Autos einzurichten.

Auf der Straße kam ein Wagen, aber Marvin erkannte schon von Weitem, dass es nicht Sandra war. Knatternd fuhr das Auto an der Zufahrt vorbei.

Es war das erste Fahrzeug, das Marvin heute hier sah. Allerdings war er die meiste Zeit mit Ausladen und Tragen beschäftigt gewesen, aber er vermutete, dass es hier auch sonst wohl nicht mehr Verkehr gab. Das komplette Gegenteil zu ihrem vorherigen Leben – wahrscheinlich musste man sich erst mal daran gewöhnen.

Dann entdeckte er auf der Hauptstraße endlich einen kleinen, weißen Nissan Micra, der schließlich in die kleine Birkenallee einbog, über die er dann hoppelnd zum Haus fuhr.

Direkt neben dem Umzugslaster hielt der Wagen an und eine kleine, zierliche Frau mit braunen, schulterlangen Haaren stieg aus. Sie sah sich um und der leichte Wind spielte mit ihren Locken. Ihr Gesicht erstrahlte, als sie Marvin erblickte.

Marvin lächelte zurück. Es war faszinierend, dass er trotz der langen Zeit, die sie nun schon zusammen waren, immer noch dieses warme Gefühl in seinem Inneren verspürte, wenn er sie sah. Ohne Sandra war er nicht mehr komplett.

*

Sandra ging lächelnd auf den Mann mit den warmen braunen Augen und dem Dreitagebart zu. Seine dunklen Haare fielen ihm in die Stirn. Er sah zufrieden und glücklich aus – genau so, wie sie sich fühlte.

»Da bist du ja endlich«, sagte er. »Hat alles geklappt?«

Sandra atmete einmal tief durch und ergriff seine

Hände, die er ihr entgegenstreckte. »Ja. Alles erledigt. Das Kapitel Mietwohnung ist abgeschlossen.«

»Na, dann«, sagte Marvin mit einem spitzbübischen Lächeln, »darf ich bitten?« Er hielt ihr seinen rechten Arm hin, damit sie sich einhaken konnte.

Sandra lächelte. »Nur zu gerne!«

Gemeinsam gingen sie die Treppe hinauf.

Kapitel 3

Der Möbelwagen hatte inzwischen den Hof verlassen. Jetzt musste nur noch ausgepackt, verstellt, verrückt und aufgeräumt werden.

Sandra und Marvin standen in dem großen, beige-schwarz gefliesten, quadratischen Flur, der mittig im Haus lag und gut auch als Eingangshalle bezeichnet werden konnte. An den Seiten und an der hinteren Wand waren jeweils zwei Türen. Genau wie die mächtige Treppe nach oben waren sie aus dunkler Eiche gefertigt und hoben sich stark von der hellen Wand ab.

Auf der rechten Seite lag die großzügige Küche mit Sitzecke und Esstisch.

Auf der linken Seite ging es durch die erste Tür ins große Wohnzimmer, dessen Wände und Decke aufwändig mit Stuck verziert waren und zu dem auch der Erker gehörte.

Hinter den anderen Türen fand man ein kleines, renovierungsbedürftiges Badezimmer, eine noch kleinere Vorratskammer, einen Heizungs- und Hauswirtschaftsraum mit Hintertür sowie ein weiteres Zimmer, das als Arbeits- und Fitnessraum dienen sollte.

Sandra und Marvin lehnten sich an die Eingangstür und betrachteten den riesigen Haufen Kartons, der jetzt abgebaut werden musste. Die Sachen mussten ausgepackt und auf die Zimmer verteilt werden.

»Auf geht's!« Sandra klatschte in die Hände. Sie öffnete einen Karton, um sich zu vergewissern, was drin war, und hob ihn an. Er war schwerer, als sie gedacht hatte und sie musste ihn wieder absetzen. »Mein Gott«, schnaufte sie und sah zu Marvin hinüber, der sich immer noch an der Tür anlehnte und schelmisch grinste. »Na los! Beweg dich! Hilf mir gefälligst!« Sie gab ihm einen Knuff in den Bauch. »Was gibt es da eigentlich zu lachen?«

Sandra liebte es, sich mit Marvin zu kabbeln. Die Art von Humor, die sie teilten, mochte nach außen oft kindisch wirken, aber sie blieben dadurch jung. Marvin war für Sandra der beste Freund, den sie sich vorstellen konnte.

»Es ist einfach süß, wenn du versuchst, meine Hanteln zu tragen.« Lachend nahm er den Karton und trug ihn geradeaus zum Ende des Flures in das neue Fitnesszimmer.

»Hanteln?«, rief sie ihm hinterher. »Wieso schreibst du dann Handtücher auf den Karton und legst die obenauf?«

»Guck doch mal hier!«

Sie lief ihm hinterher und konnte über dem fetten Wort Handtücher ein mickriges Hanteln lesen. »Wer soll das denn erkennen? Ich trag nur noch meine eigenen Kartons!«, erwiderte sie schnippisch und nahm sich im Flur einen mit Küchengegenständen.

Dank der großen Fenster war die Küche hell und freundlich. An der linken Wand stand eine altmodische Einbauküche aus furniertem Buchenholz, die bestimmt schon zwanzig Jahre auf dem Buckel hatte. Die müsste irgendwann mal erneuert werden, dachte Sandra.

Der Karton war fast leer, als es an der Tür klingelte. Oder eher schellte – ein unangenehmer Ton, der im großen Flur widerhallte und ihr eine Gänsehaut bereitete. Die Klingel müsste definitiv erneuert werden, dachte Sandra, und zwar bald.

Im Flur traf sie Marvin, der ebenfalls auf dem Weg zur Tür war. Er lächelte. »Sophie ist da!« Die Kleine war den ganzen Tag über bei Sandras Eltern gewesen. Ein Umzug war schließlich auch ohne Kind schon anstrengend genug.

Marvin öffnete, aber es war nicht Susanne mit der kleinen Sophie.

Auf der Treppe stand eine ältere Frau mit grauen Haaren und einer Brille. Ihr blau geblümtes Sommerkleid war etwas zu weit und sehr abgetragen. Sie war ein bisschen rundlich und hielt vor ihrem Bauch einen kleinen Blumentopf mit einem pinkfarbenen Alpenveilchen. Sie lächelte und hatte dabei zwei winzige Grübchen in ihren Wangen.

»Guten Tag, ich bin Wilma Hauser. Ich bin Ihre Nachbarin.« Sie zeigte auf das alte Bauernhaus neben ihnen. Dann streckte sie ihre faltigen Arme nach vorne und hielt Marvin das Alpenveilchen hin.

»Vielen Dank, das ist aber nett.« Er nahm ihr die Blume ab. »Ich bin Marvin Losberg und das ist meine Frau Sandra.«

Sandra nickte freundlich. »Möchten Sie vielleicht reinkommen? Hier drin ist es kühler.«

Die alte Dame schien nur darauf gewartet zu haben und stieg flott die Stufen hoch. »Heute ist es auch besonders heiß!« Frau Hauser wischte sich mit der Hand über die Stirn.

»Möchten Sie etwas trinken? Wir haben zwar noch nicht viel ausgepackt, aber ein Mineralwasser kann ich Ihnen bringen.« Sandra war schon auf dem Weg zur Küche, aber Frau Hauser schüttelte den Kopf.

»Nein, nein, lassen Sie mal! Ich will Sie auch nicht lange stören. Wie ich sehe, haben Sie noch eine Menge vor.« Sie zeigte auf den großen Haufen Kartons.

»Ja«, sagte Marvin, »wir versuchen möglichst viel zu schaffen, bevor unsere Kleine nachher kommt. Danach ist es nicht mehr so leicht.«

Frau Hausers Augen hellten sich auf. »Sie haben eine Tochter? Oh, wie ist das schön! Wir können hier unbedingt ein bisschen mehr junges Leben im Dorf gebrauchen. Wie alt ist sie?«

»Eineinhalb Jahre.«

»Oh, ist das herrlich! Kinder sind so wichtig für die älteren Generationen!« Ihr Gesicht strahlte förmlich. »Unser Sohn hat mittlerweile den Hof übernommen. Mein Mann kann das ja alles nicht mehr alleine, wissen Sie? Er ist alt und sehr krank. Die Arbeit ist einfach so schwer. Aber dafür hat man ja Kinder.« Sie seufzte und wischte sich erneut mit der Hand über die Stirn.

Sandra und Marvin lächelten mitfühlend und schauten sich kurz an.

»Was arbeiten Sie?«, fragte Frau Hauser schnell und schien auf einmal alle Anstrengung vergessen zu haben. Neugierig musterte sie Marvin. Die Frage galt offensichtlich nur ihm.

»Ich bin in der Werbung«, antwortete er. »Ich gestalte Werbeprogramme und kümmere mich um die Öffentlichkeitsarbeit und Vermarktung von Unternehmen und deren Produkten.«

Frau Hauser stand mit offenem Mund da, nickte und hauchte ein langgezogenes »Ahh«, als würde er ihr von fliegenden Kühen erzählen. Dann drehte sie sich zu Sandra. »Und Sie kümmern sich um die Kinder, nicht wahr?«

»Momentan ja. Aber wenn Sophie größer ist, werde ich auch wieder anfangen.«

Frau Hauser runzelte die Stirn. »Na, davon halte ich nichts. Kinder gehören zur Mutter und nicht in diese Kindertagesstätten, wie man das überall hört. Der Mann ernährt die Familie, nicht wahr, Herr Losberg?«

Sandra und Marvin warfen sich einen schnellen Blick zu und lächelten.

»Auf jeden Fall ist es gut, dass in diesem Haus Kinder einziehen«, fuhr Frau Hauser fort, »hier haben lange keine mehr gewohnt.«

»Hatte Frau Köbing keine Kinder?«, fragte Sandra. Vom Makler wusste sie, dass die Vorbesitzerin Käthe

Köbing vor einem halben Jahr gestorben war. Den Erben, dem sie das Haus abgekauft hatten, hatten sie nie gesehen.

»Ach nein, die arme Käthe war unfruchtbar«, erzählte Frau Hauser und ihre Augen leuchteten vor Sensationsgier. Geheimnisvoll beugte sie sich vor und flüsterte: »Sie soll allerdings ein paar Fehlgeburten gehabt haben. Einige sagen, es läge daran, dass sie viele verschiedene Männer gehabt hat, bevor sie heiratete.«

»Und wann haben hier Kinder gelebt?«, fragte Marvin, um schnell das Thema zu wechseln, bevor die alte Frau noch mehr über das Privatleben der Verstorbenen preisgab.

»Wie gesagt, das ist lange her. Ihr Mann ist in diesem Haus geboren. Es wurde von Familie Köbing gebaut und war bisher nur in deren Besitz. Von Generation zu Generation. Eigentlich schade, dass die Familie jetzt ausgestorben ist.«

»Was ist mit dem Erben, von dem wir das Haus gekauft haben?«, erkundigte sich Sandra.

»Das ist der Sohn von Käthes Schwester. Der hat sich hier aber nicht oft sehen lassen. Dem ist die Tradition egal. Aber der ist ja auch kein Köbing.«

»Das war dann unser Glück.« Marvin lächelte Sandra an. »Mal sehen, wie viele Generationen wir schaffen.«

»Oh ja, das wäre schön«, sagte Frau Hauser. »Wissen Sie, wir in Seesby lieben die Tradition und viele Häuser sind seit Beginn immer noch im Familienbesitz. Unseres auch. Das ist uns sehr wichtig.« Sie strahlte und wirkte unheimlich stolz.

»Hat Ihr Sohn denn auch Kinder?«, fragte Sandra, doch Frau Hausers strahlendes Gesicht erblasste plötzlich.

»Ähm, nein, bis jetzt nicht. Es ist schwer, eine Frau für ihn zu finden. Sie muss einfach hierher passen und heutzutage möchte ja auch nicht mehr jede auf einem

Hof leben und arbeiten. Die jungen Dinger übernehmen keine Verantwortung mehr, arbeiten lieber im Büro in der Stadt und halten nichts von der Arbeit auf dem Hof, die doch so ehrwürdig und gut ist. Aber ich bin mir sicher, dass wir noch etwas Passendes für unseren Heinrich finden.«

Sandra schmunzelte. Der arme Heinrich hatte offensichtlich nicht viel zu sagen bei der Auswahl seiner Frau.

Verlegen schaute Frau Hauser von Marvin zu Sandra. »Gut, ich muss dann wohl auch wieder gehen. Sie haben ja noch eine Menge vor.«

»Ja, das stimmt. Aber vielen Dank für Ihren Besuch und die Blume. Das war sehr nett von Ihnen.« Marvin öffnete die Tür und schon kam wieder ein warmer Luftzug ins Haus.

Als die alte Dame die Steintreppe hinunterstieg, fuhr ein VW Polo die Auffahrt hoch. »Sie kriegen noch mehr Besuch«, sagte Frau Hauser.

»Das ist meine Mutter«, antwortete Sandra. »Sie bringt unsere kleine Sophie.«

Frau Hauser schlug die Hände über das Gesicht. »Ach, ist das herrlich!«

Sandras Mutter fuhr direkt vor die Treppe. Auf dem Rücksitz hielt Sophie ihren Detty, einen kleinen Teddy, im Arm.

Sandra öffnete die Wagentür und hob ihre Tochter heraus. »Sieh mal, Sophie! Das ist unser neues Heim. Ist es nicht schön?«

*

Nachdem Susanne weggefahren und auch Frau Hauser wieder gegangen war, stellte Sandra das Alpenveilchen auf einen Teller und platzierte es auf der Fensterbank in der Küche. Der Anfang zur Gemütlichkeit war gemacht, die anderen Pflanzen standen noch im Flur.

»War doch nett von ihr, oder?«, fragte Sandra, während sie die Blume richtig in Position brachte.

»Das mit dem Blümchen vielleicht«, brummelte Marvin, »aber sonst fand ich sie ziemlich anstrengend. Hoffentlich kommt die nicht zu oft rüber.«

Sandra lächelte und nahm ihren Mann in die Arme. »Immerhin wohnt sie nicht Wand an Wand mit uns. Die Zeiten mit den hellhörigen Räumen sind vorbei. Wir haben jetzt wieder ein bisschen Privatsphäre, Marvin.«

Er grinste und zog seine Frau an sich. »Oh, und was bedeutet das?«

Sandra küsste ihn und vergrub ihre Finger in seinen Haaren, bis sie von einem lauten Geräusch aufgeschreckt wurden, das aus dem Flur kam. Verwirrt starrten sie sich an und liefen dann gemeinsam aus der Küche.

Sophie saß neben einem wüsten Kartonhaufen, der eben noch ein Stapel gewesen war, und zeigte mit dem Finger darauf. »Putt.«

»Oh, Sophie, verdammt!« Marvin zog die Kartons vorsichtig auseinander.

Sandra lachte. »Wir haben selber Schuld, Marvin.« Dann bückte sie sich und hob ihre kleine Tochter auf. »Komm, meine Kleine, ich zeig dir mal dein Zimmer. Dafür müssen wir die Treppe da raufgehen.«

Oben war der Flur eher schmal und verlief längs mit dem Haus. Die Treppe machte am letzten Ende eine kleine Biegung nach links und führte praktisch direkt zu Sophies Zimmer, das den Giebel zur Straße hatte. Daneben war das zweite Badezimmer, das sich in einem besseren Zustand befand als das unten.

An der Rückseite gegenüber von Sophies Zimmer gab es zwei längliche Räume, von denen einer als Schlafzimmer gedacht war.

Rechts neben der Treppe lag noch ein weiterer Raum, zu dem Sandra und Marvin allerdings noch keinen passenden

Schlüssel gefunden hatten. Möglicherweise müssten sie die schöne Eichentür irgendwann mal mit Gewalt öffnen.

Sandra und Sophie gingen ins Kinderzimmer. Es war in einem warmen Gelb gestrichen und hatte eine Borte mit kleinen Autos, die um das Zimmer fuhren. Durch die beiden großen Sprossenfenster zum Hof hatte man einen herrlichen Ausblick auf die Straße und die Felder.

Obwohl hier bereits das Bett, der Wickeltisch, eine Kommode und ein Regal für Spielzeug standen, bot das große Zimmer immer noch optimale Voraussetzungen zum Spielen. Kein Vergleich zur kleinen Wohnung, in der sie vorher das alles hatten unterbringen müssen.

Sandra stellte sich ans Fenster und sah verträumt auf den Hof. Die Aussicht und die friedliche Idylle fernab des Großstadttrubels waren einfach überwältigend.

Sie war so in Gedanken, dass sie Marvin erst bemerkte, als er ihr vorsichtig eine Hand auf die Schulter legte.

»Mann, hast du mich erschreckt!«, sagte sie und fasste sich an die Brust.

»Wen hast du denn erwartet? Etwa einen Hausgeist?« Zärtlich legte er seinen Arm um sie und streichelte ihren Rücken. Er hatte schon wieder dieses freche Grinsen, über das Sandra sich manchmal richtig aufregen konnte, das sie aber auch immer wieder schwach machte.

»Blödmann!«

»Hast du Hunger? In Rugstedt gibt es einen Pizzaservice.«

Sandra überlegte kurz, wann sie heute das letzte Mal etwas gegessen hatte, und sie wusste es nicht mal mehr genau. »Deine erste gute Idee für heute.

Er streckte ihr die Zunge raus und verschwand in den Flur.

Sie lächelte. Was hatte sie doch für ein Glück! Ihre kleine Tochter, dann dieses tolle Haus und natürlich ihn. Es war einfach alles perfekt.

Kapitel 4

Am nächsten Morgen fuhr Marvin früh zur Arbeit. Er hatte sich für den Umzug nur einen Tag freinehmen können und musste sich jetzt wieder um reichlich Termine kümmern.

Sandra fand es ein wenig schade. An ihrem ersten gemeinsamen Morgen im neuen Haus hätte sie gern mit ihm gefrühstückt. So blieb ihr nur ihre kleine Sophie.

Da sie noch nicht einkaufen gegangen war, musste ein einfaches Müsli als Frühstück reichen. Eigentlich mochte sie das morgens aber sowieso am liebsten, weil sie oft zu müde war, sich für einen Brotaufstrich zu entscheiden.

Sie hatte sich gerade an den Tisch gesetzt und Milch eingegossen, als es an der Tür klingelte. Wieder ließ dieses schrille Schellen Sandra zusammenzucken. Wer konnte das denn sein?

Sie nahm Sophie aus dem Hochstuhl und ging mit ihr zur Tür.

Auf der Treppe stand eine zierliche Frau in ihrem Alter mit einem freundlichen Lächeln. Ihre halblangen blonden Haare waren stufig geschnitten. Sie trug ein schickes Sommerkleid mit bunten Blumen auf weißem Grund, das wie angegossen passte. In den Händen hielt sie einen Korb mit einer roten Schleife und Sandra konnte auf den ersten Blick eine Flasche Wein und eine lange Salami erkennen.

»Guten Morgen! Ich hoffe, ich störe nicht.« Die attraktive Fremde streckte ihr die Hand entgegen. »Ich bin Madeleine.« Sie strahlte über das ganze Gesicht und ließ blendend weiße Zähne blitzen.

Sandra schüttelte ihr die Hand und war etwas verunsichert. »Hallo! Ich bin Sandra.«

Madeleines Haut war auffällig weich. Sofort musste

Sandra an Frau Hausers Bemerkung über junge Frauen denken. Madeleines Hände hatten vermutlich noch nie einen Besen angefasst.

»Ich habe ein kleines Präsent für euch.« Madeleine hielt Sandra den Korb hin.

»Das ist aber nett. Vielen Dank!« Sie waren offenbar wirklich in ein freundliches Dorf gezogen! »Bist du auch eine Nachbarin?«

»Nicht direkt. Ich komme von Renates Dorfladen, da unten.« Sie zeigte die Straße entlang und ihre silbernen Armbänder klimperten.

Sandra konnte sich an den kleinen Laden erinnern, an dem sie vorbeigefahren war. »Ist das dein Geschäft?«

Madeleine schüttelte den Kopf und lächelte. »Nein. Der Laden gehört meiner Schwiegermutter. Ich helfe ihr nur ab und zu aus.«

Sandra fiel plötzlich ihr Müsli ein, das mittlerweile wahrscheinlich weich geworden war. »Möchtest du vielleicht kurz mit reinkommen? Wir sind gerade noch beim Frühstück.«

»Oh, das tut mir leid. Das wusste ich natürlich nicht. Wenn es nicht stört, gerne.« Als sie sich in Bewegung setzte, konnte Sandra gleich ihren eleganten Gang erkennen. Sie schien fast zu schweben.

Sandra stellte den Korb auf der Arbeitsplatte ab und streichelte Sophie über den Kopf, die ihr die ganze Zeit nicht von der Seite gewichen war und immer noch an ihrem Rockzipfel klebte.

Madeleine kniete sich vor die Kleine und streichelte Sophies Wange. Sandra hatte dabei einen tiefen Einblick in ihren Ausschnitt. »Du bist ja eine Süße. Wie heißt du denn?«

»Das ist Sophie.«

»Ich habe einen Sohn, er ist jetzt gerade zwei geworden. Ihr könntet bestimmt gut mal zusammen spielen.«

»Das wäre toll. Oder, Sophie?«

»Ich bin immer mittwochs mit ein paar Müttern aus der Umgebung zum Zwergen-Treff im Kindergarten in Rugstedt. Wäre das nicht auch was für euch?«

»Oh ja, bestimmt. Und ich dachte schon, Sophie wäre das einzige kleine Kind hier.« Sandra hatte ihre Tochter mittlerweile an den Tisch gesetzt und ihr das Lätzchen umgebunden. Voller Eifer schaufelte Sophie in ihrer Müslischale los.

»Nochmals vielen Dank für den Korb! Frau Hauser von nebenan war auch schon hier und hat uns eine Blume vorbeigebracht. Dabei sind wir doch gestern erst eingezogen.«

»Das hat nichts zu sagen.« Madeleine lächelte. »So schön das Leben auf dem Land auch ist, die Privatsphäre ist gestorben. Dafür ist das Dorf einfach zu klein. Gewöhn dich dran, dass von jetzt an jeder über dich Bescheid weiß. Ich musste mich auch erst ein bisschen umstellen.«

Na super, dachte Sandra. War sie nicht gerade deswegen aus der Großstadt weggezogen? »Kommst du nicht von hier?«, hakte Sandra nach.

»Nein, ich komme ursprünglich aus Hannover. Mich hat nur die Liebe hierhin verschlagen. Tom und ich sind jetzt seit vier Jahren verheiratet.«

Sophie hatte ihr Müsli mittlerweile mehr oder weniger aufgegessen und spielte jetzt nur noch mit ihrem Löffel. Sandra nahm sie aus dem Stuhl, bevor das Ganze zu einer Sauerei werden konnte.

»Bagga, Bagga!«, sagte die Kleine aufgeregt und rannte in den Flur. Es schepperte laut, als sie etwas aus einem Karton zerrte. Als Sandra und Madeleine dazukamen, kniete Sophie über dem Karton mit den Sandspielsachen und entleerte ihn.

»Warte, Sophie! Wir gehen raus«, sagte Sandra schnell

und konnte gerade noch verhindern, dass sich eine Ladung Sand auf den Fliesen verteilte.

Sophie nahm ihren Bagga und folgte ihrer Mutter nach draußen.

Da sie noch keine Sandkiste hatten, musste sie erst mal mit dem Hofplatz zum Schaufeln vorlieb nehmen. An den äußeren Stellen war der Sand sogar so weich, dass Sophie Reifenspuren machen konnte.

Madeleine war ihnen nach draußen gefolgt und beobachtete lächelnd, wie Sophie ihren Anhänger belud.

Um den Hofplatz herum erstreckte sich ein ungepflegter Rasen, der um das ganze Haus bis zum Schuppen ging und die Birkenallee zur Straße säumte. Der Makler hatte ihnen erzählt, dass das Grundstück etwas verwahrlost aussah, weil die alte Frau keinerlei Hilfe gehabt hatte.

Sandra machte das überhaupt nichts aus. Sie freute sich darauf, den Rasen zu mähen, die Blumenbeete umzugraben und sonstige Schönheitspflege zu betreiben, bis der Garten wieder in seinem Glanz erstrahlen konnte.

»Hier steckt wirklich noch viel Arbeit drin«, bemerkte Madeleine und ging ein Stückchen auf den Rasen, um hinter das Haus schauen zu können. Ihre Absätze verschwanden sofort im Moos.

»Ja, wir haben noch einiges vor uns«, bestätigte Sandra. Sie bückte sich und rupfte ein bisschen Moos heraus, so dass ein brauner Fleck im Rasen entstand.

»Meine Schwiegereltern haben einen Rasenmähertrecker, mit dem man auch Moos entfernen kann«, sagte Madeleine. »Den dürft ihr bestimmt mal ausleihen.«

»Wirklich? Das wär natürlich toll.«

»Tom und ich benutzen den auch ab und zu mal, wenn das Mähen wieder schwerer wird. Sie verleihen den bestimmt gerne, ich frag sie gleich mal. Mein Schwiegervater ist der Bürgermeister von Seesby. Wolfgang Stiezel heißt er.«

Sandra musste lachen. »Hat man denn als Bürgermeister in so einem kleinen Ort überhaupt was zu tun?«

Madeleine lächelte. »Man wundert sich, aber auch auf dem Land muss ab und zu mal etwas verwaltet werden. Selbst in so einem kleinen Ort wie Seesby. Außerdem organisiert er viel. Er plant Seniorenfahrten oder verteilt Feriengäste im ganzen Ort, für die er dann auch die gesamte Ferienplanung mit Ausflügen und so weiter macht. Einmal hat er sogar Kinder aus Tschernobyl eingeladen, damit sie ein paar Wochen im Sommer hier Urlaub machen und sich erholen konnten. Das ist aber schon ein paar Jahre her.«

»Aus Tschernobyl? Du meinst, die in der Nähe des Reaktors gelebt haben, der damals in die Luft geflogen ist?«

»Ja, genau. Mitte der 1980er Jahre, oder wann das war. Dadurch sind ja so viele krank geworden.«

»Hört sich an, als wäre er der Chef von Seesby.« Sandra grinste und auch Madeleine musste lachen.

»Ja, so kann man das nennen. Er ist Chef und Wohltäter in einem. Und dazu auch noch so nett und hilfsbereit. Bessere Schwiegereltern als Renate und Wolfgang hätte ich nicht kriegen können.«

Langsam gingen sie in Richtung Straße.

Madeleine hatte auf dem unebenen Rasen keine Probleme mit ihren hohen Schuhen. Sie ging so leichtfüßig, als würde sie den Boden gar nicht berühren. »Ich werd dann auch mal wieder gehen müssen. Um diese Uhrzeit ist zwar nicht so viel los, aber ich sollte den Laden trotzdem nicht so lange alleine lassen.«

Sandra freute sich. Sie war noch nicht mal vierundzwanzig Stunden hier und hatte schon eine Freundin gefunden. Noch dazu eine hübsche. Sie beobachtete, wie Madeleine die Birkenallee hinunterschwebte, und nahm dann Sophie auf den Arm, um wieder ins Haus zu gehen.

Als sie über den kleinen Hof zum Eingang schlenderte, hatte Sandra für einen Moment das Gefühl, beobachtet zu werden. Instinktiv schaute sie sich nach allen Seiten um, aber sie sah nur freundliche Häuser, Wiesen und alte Bäume. In diesem Ort herrschte Frieden. Bild dir nichts ein, dachte sie. Du bist nicht mehr in der Großstadt, wo Spanner und Stalker hinter jedem zweiten Busch sitzen.

Sie öffnete die Tür und verschwand im Haus.

Beim Nachbarhof, der Familie Hauser, bewegte sich die Gardine.

Kapitel 5

Zwei Tage später war Samstag und Marvin hatte keine Termine. Ein guter Grund für die kleine Familie, mal wieder gemeinsam auszuschlafen – mehr oder weniger zumindest. Sophie sorgte ab und zu gerne dafür, dass der Tag zeitig begonnen wurde. Dennoch genoss Sandra es, dass die ganze Familie gemeinsam im Bett kuscheln konnte und der Alltag mal vergessen wurde. Allerdings wurde aus dem Kuscheln oftmals ein wildes Gerangel und meistens war Marvin der Leidtragende.

»Soll ich Brötchen holen?«, japste Marvin in einer kleinen Pause, in der Sophie mal nicht auf ihm herumhopste. »Es ist unser erstes gemeinsames Frühstück.«

Sandra lachte und drehte sich zu ihrem Mann herum. »Du suchst doch nur eine Ausrede, um deiner kleinen Tochter zu entkommen.«

Sophie hatte sich wieder aufgerappelt und sprang von Neuem auf ihrem Vater herum, so dass ihm fast die Luft wegblieb.

»Trotzdem möchte ich lieber gehen«, erwiderte er und startete eine Gegenattacke, indem er sich aufsetzte und Sophie durchkitzelte. »Bevor mein Bauch noch ganz flach gesprungen ist.«

Sandra setzte sich neben ihn und legte ihren Kopf auf seine Schulter. »Oh, nein, das geht natürlich nicht.« Marvin war nicht dick, aber man sah seiner Figur doch an, dass Sport nicht zu den Dingen gehörte, die er regelmäßig unternahm.

Er gab seinen beiden Frauen je einen Kuss und nutzte die Gelegenheit, schnell aus dem Bett zu springen. Dann zog er sich an und machte sich auf den Weg nach Rugstedt, wo es den nächsten Bäcker gab.

Auch Sandra stand auf. Marvin würde mit Sicherheit

ein bisschen brauchen, aber sie wollte fertig sein, bis er wieder da war.

Mittlerweile waren fast alle Kartons ausgepackt und das Haus wirkte endlich wohnlicher, auch wenn immer noch an vielen Stellen Arbeit wartete. Sandra hatte in dem verwilderten Garten Blumen gepflückt und überall im Haus Vasen verteilt. Während sie jetzt die Treppe runterstieg, spürte sie noch deutlicher als vorher, wie wohl sie sich hier fühlte und wie sehr sie dieses Haus liebte. Es war wie für sie gemacht.

Als Marvin wieder auf den Hof fuhr, hatten sie bereits den großen Tisch in der Küche gedeckt und warteten sehnsüchtig aufs Frühstück. Sophie wurde die Zeit zu lang, sie verputzte schon einen kleinen Joghurt, bevor ihr Vater schließlich mit den Brötchen und der Post in die Küche kam.

»Na, endlich! Wir sterben schon fast«, sagte Sandra theatralisch und nahm ihrem Mann die Tüte aus der Hand.

»Nun übertreibt mal nicht«, antwortete Marvin und drehte verwundert einen Brief hin und her. »Wir haben Post für einen Herrn Wolfgang Stiezel im Briefkasten gehabt.«

»Ich weiß, wer das ist«, antwortete Sandra. »Ich hab dir doch von Madeleine erzählt. Er ist ihr Schwiegervater und der Bürgermeister von Seesby.«

»Seesby hat einen Bürgermeister?«

»Aber ja, auch hier muss ab und zu etwas geregelt werden. Ich glaube, er ist so was wie Dorfpapa und Reiseleiter in einem.«

Marvin starrte immer noch ganz verwundert auf den Briefumschlag, als wäre er noch nicht ganz wach und könnte nicht lesen, was darauf stand.

»Bestimmt hat sich der Briefträger vertan.« Sandra richtete ihre Aufmerksamkeit wieder auf Sophie und deren Käsebrötchen, bei dem die Kleine immer den Käse abnahm und den Rest liegen ließ.

»Aber es ist unsere Adresse. Guck doch mal, hier!« Marvin hielt ihr den Umschlag hin und Sandra erkannte deutlich: Wolfgang Stiezel, Dorfstr. 17, 23655 Seesby.

»Das ist ja wirklich komisch. Von wem ist denn der Brief?«

»Ist schwer zu erkennen.« Marvin versuchte das Anschreiben im Kuvert etwas zu verschieben, damit er die Absenderadresse ins Sichtfeld bekam. »Von der Telefongesellschaft.« Fragend schaute er Sandra an. »Wie kann das sein? Die irren sich doch nicht bei der Adresse, oder?«

»Merkwürdig. Aber vielleicht zahlt er dann ja auch unsere Rechnungen. Ich geh nachher mal hin und bring ihm den Brief. Dann kann ich ihn auch gleich fragen, wann ich den Rasenmäher ausleihen kann.«

*

Nach dem Frühstück setzte Sandra ihre Tochter in die Karre, um den Brief abzugeben. Dabei wollte sie auch gleich Madeleine besuchen.

Marvin wollte nicht mitkommen. Er musste, obwohl er nicht zur Arbeit fuhr, noch einiges erledigen und für die nächste Woche vorbereiten.

Sie schob die Birkenallee entlang und genoss die frühen Sonnenstrahlen, die verspielt ihre Nase kitzelten.

Sophie hatte ein weißes Kleidchen mit gelben und roten Blümchen an und trug eine dazu passende Sonnenmütze. Sie war barfuß, da sich erneut ein heißer Spätsommertag ankündigte.

Seesby war, wie auch die Umgebung, ein sehr hügeliger Ort. Die Straße ging ständig hoch und runter und obwohl der Laden nicht weit entfernt war, konnte man ihn erst sehen, wenn man den letzten Hügel überquert hatte.

Renates Dorfladen war von je her ein Kaufmannsladen

gewesen und nie über seine ursprüngliche Größe hinausgekommen. Der Laden grenzte direkt ans Wohnhaus von Renate und Wolfgang Stiezel, das mit allerlei Verzierungen, Winkeln, Giebeln und Erkern versehen war. Es machte auf Sandra einen bedeutenden und imposanten Eindruck – beinahe majestätisch. Es war sicher seit langer Zeit ein wichtiger Anlaufpunkt, da es ziemlich genau in der Dorfmitte stand.

Neben Renates Dorfladen wohnten Madeleine und Tom. Ihr Haus war deutlich kleiner und auch nicht so aufwändig gebaut. Dennoch war es ebenfalls kein gewöhnliches Haus und würde an jedem anderen Ort als etwas Besonderes gelten.

Madeleine stand im Vorgarten und war gerade dabei, Blumen zu gießen, als sie Sandra erblickte und ihr zuwinkte. »Hallo, ihr zwei. Wollt ihr uns besuchen?« Obwohl Madeleine nur ein altes, etwas abgetragenes Kleid trug, sah sie wieder strahlend frisch und schön aus.

Sandra überquerte die Straße, auf der so gut wie kein Auto unterwegs war. »Wir hatten heute einen Brief für deinen Schwiegervater im Postkasten und da dachte ich mir, ich bring ihn vorbei und besuch euch dann gleich.«

»Schön, dann kommt mal.« Madeleine öffnete die weiße Pforte.

Sandra schob Sophie in den Garten und nahm sie aus der Karre.

»Komm, lass uns reingehen. Ich bin hier fertig. Torge ist drinnen.« Madeleine schritt voraus und ohne es zu wollen, starrte Sandra auf ihren Hintern.

Im Haus war es angenehm kühl. Sie folgte Madeleine geradeaus direkt ins Wohnzimmer, wo der kleine Torge saß und in einem Bilderbuch blätterte.

»Schau mal, Torge, wir haben Besuch.«

Torge sah Sandra und Sophie etwas verwirrt an. Sophie liebte andere Kinder und ging gleich auf ihn zu.

»Ist Tom arbeiten?«, fragte Sandra.

»Ja, er musste zu einem Notfall. Er ist Computerspezialist und hat eine kleine Filiale in Rugstedt. Manchmal muss er auch am Wochenende los, wenn irgendwo etwas nicht funktioniert. Ein Computerdoktor quasi.« Madeleine lächelte.

Plötzlich meldete sich ein kleines, weißes Gerät an der Wand mit einem elektronischen Klingeln.

»Bim Bam«, schrie Torge und rannte aufgeregt durch das Arbeitszimmer zu einer Seitentür. Sandra schaute ihm verdutzt hinterher.

»Es ist jemand im Laden«, erklärte Madeleine und folgte ihrem Sprössling. »Ihr könnt gerne mitkommen.«

Vom Arbeitszimmer ging es kurz durch den Garten und dann durch eine Seitentür direkt in Renates Dorfladen. Sandra hatte Sophie auf den Arm genommen und folgte ihnen.

Wäre die Ware in Renates Dorfladen nicht die aktuelle gewesen, die man heute in jedem Supermarkt bekommen konnte, hätte man denken können, im vorigen Jahrhundert gelandet zu sein. Torge und Madeleine waren gleich hinter dem massiven alten Tresen aus Eichenholz verschwunden, der wie eine große Barriere wirkte. Madeleine setzte ihren Sohn vor sich, damit er besser gucken konnte.

Es war ein kleiner Raum. In früheren Zeiten war er wahrscheinlich groß genug gewesen, aber für das heutige Angebot reichte er kaum aus. An allen vier Wänden waren Regale zum Bersten mit Produkten vollgestopft. Das einzige Moderne war die kleine Eistruhe, mit der die Raummitte fast komplett ausgefüllt war.

Die Kundin war eine Frau um die sechzig, die Madeleine mit »Hallo, Rosi!« begrüßte. Sie legte eine Tafel Schokolade und eine Frauenzeitschrift auf den Tresen.

Torge nahm sofort beides in die Hand und Madeleine

betätigte die alte Kasse, deren Schublade noch mit einem Hebel und einem lauten »Bing« geöffnet wurde. Sandra war fasziniert, dass es so was im Zeitalter von Lasern und Scannern noch gab.

»Das ist Sandra Losberg«, sagte Madeleine zur Kundin, »sie ist gerade in das Haus von Käthe gezogen.«

»Ach, wie nett. Und ein neues Kind haben wir auch in Seesby.«

»Rosi ist eine alte Freundin von Käthe«, klärte Madeleine auf.

Sandra nickte ihr lächelnd zu.

»Na ja, zu gut befreundet waren wir nicht. Sie war ja auch um einiges älter, aber wir haben oft Karten zusammen gespielt.« Die alte Dame kam ein paar Schritte auf Sandra zu und flüsterte geheimnisvoll: »Ich sage Ihnen, nehmen Sie sich vor Ihrem Nachbar Heinrich in Acht. Er ist ja immer noch auf der Suche nach einer Frau und wird Sie bestimmt anwerben wollen.«

»Aber Rosi, Sandra ist doch verheiratet!« Madeleine schüttelte den Kopf.

»Ich will es ja nur gesagt haben«, erwiderte Rosi schnell und hob schützend die Hände.

»Vielen Dank für die Warnung, aber bis jetzt hat er sich noch nicht blicken lassen.«

»Das glauben Sie vielleicht«, sagte Rosi und ihre Augen funkelten. »Er hat Sie bestimmt schon längst beobachtet und ausspioniert.«

»Macht er so was denn öfter?« Sandra fragte sich, ob sie der Dame glauben sollte, immerhin hatte sie Heinrich noch nicht mal kennengelernt.

»Oh ja! Käthe hatte oft Feriengäste und sie hat mir einmal erzählt, dass ein Pärchen sogar eher abgereist ist, weil Heinrich die Frau ständig beobachtet hat, als sie auf der Terrasse lag. Außerdem soll er früher mal ein Mädchen vergewaltigt haben. Das weiß schließlich jeder hier im Dorf. Es kam allerdings nie zu einer Anzeige, weil man ihm nichts nachweisen konnte.«

»Das hab ich auch schon mal gehört«, bestätigte Madeleine.

»Ich weiß auf jeden Fall, dass Heinrich nicht ganz richtig im Kopf ist. Er war immer schon auffällig. Eine kleine Behinderung hat er bestimmt.«

»Ja, Rosi, das habe ich auch schon mal gedacht, wenn er hier im Laden war. Oder er ist einfach nicht besonders intelligent.«

»Ich werd dann mal die Augen offen halten.« Sandra nickte den beiden zu. Die Stimmung im kleinen Laden knisterte nur so vor Anspannung.

»Ich will Ihnen ja auch keine Angst machen. Das hatte ich nicht vor.« Rosi nahm Sandras Hand und tätschelte sie.

»Keine Sorge, ich werd damit schon fertig.«

Rosi verabschiedete sich und auch Sandra wollte los und den Brief abgeben. Madeleine und Torge begleiteten sie.

Sie nahmen die Tür hinter dem Tresen, die direkt in das Haus der Schwiegereltern führte. Sandra folgte Madeleine über einen großen Flur, der so wie bei Sandra und Marvin einer kleinen Eingangshalle ähnelte.

Madeleine klopfte an eine Tür und öffnete sie.

Es war das Arbeitszimmer von Herrn Stiezel und passte zum Gesamteindruck des Hauses – imposant und erhaben. Die mit Bücherregalen zugepflasterten Wände erinnerten Sandra an eine Bibliothek. In der Mitte stand ein großer dunkler Schreibtisch mit einem Ledersessel, in dem Wolfgang Stiezel saß.

Er lächelte ihnen freundlich entgegen. Sein Haar war zwar schon grau, aber immer noch voll, was ihn jünger aussehen ließ. Seine Augen wirkten klug und erfahren. Er sah aus wie ein Mann, der mitten im Leben stand und für jedermann ein offenes Ohr und Ratschläge hatte – der Dorfvater eben.

»Hallo, Wolfgang. Das sind Sandra Losberg und die kleine Sophie, von denen ich erzählt habe«, stellte Madeleine die beiden vor, »sie sind in Käthes Haus eingezogen.«

Herr Stiezel stand auf und schüttelte Sandras Hand mit einem festen und selbstbewussten Händedruck. »Ich freue mich, Sie kennenzulernen. Madeleine hat schon von Ihnen erzählt. Es ist schön, dass Sie und vor allem die Kleine hier sind. Herzlich willkommen in Seesby.« Er beugte sich zu Sophie und kniff ihr freundlich in die Wange.

»Danke, das ist nett von Ihnen. Ich glaube, wir werden uns hier wohlfühlen.«

»Sollten Sie mal etwas auf dem Herzen haben, kommen Sie einfach zu mir. Meine Tür steht immer offen.« Er lächelte. »Sie wollen den Rasenmäher ausleihen, hat Madeleine erzählt.«

»Oh ja, wenn wir das dürfen, sehr gerne.«

»Aber natürlich. Hier auf dem Land hilft man sich gegenseitig aus. Ich freue mich immer, wenn junge Familien nach Seesby ziehen. Das belebt das Dorf. Leider kommt das nicht all zu häufig vor.«

Sandra hatte Sophie abgesetzt, und die Kleine erkundete gemeinsam mit Torge das Zimmer. Alle zuckten kurz zusammen, als ein Stapel Briefe vom Schreibtisch fiel.

»Sophie! Komm da weg! Was machst du denn da?« Sandra nahm Sophie bei der Hand und zog sie zur Seite. Ihr war es unangenehm, dass Sophie gleich bei ihrer ersten Begegnung das Zimmer des Bürgermeisters durcheinanderbrachte.

»Ach, lassen Sie mal. Das macht doch nichts. Es sind nun mal Rabauken, nicht wahr, mein Kleiner.« Er nahm seinen Enkel hoch und wuschelte ihm durch das Haar.

Beim Anblick der Briefe, die jetzt durcheinander auf dem Fußboden lagen, fiel Sandra ein, weshalb sie überhaupt gekommen war. Sie nahm den Umschlag aus ihrer Tasche und reichte ihn Herrn Stiezel. »Der ist für Sie. Er war irrtümlich bei uns im Briefkasten.«

»Oh, danke.« Er legte den Brief achtlos auf seinen Schreibtisch.

»Haben Sie gesehen, dass unsere Adresse draufsteht? Ich finde das etwas komisch«, hakte Sandra vorsichtig nach.

Er drehte sich um und nahm den Brief wieder in die Hand. »Tatsächlich. Das ist in der Tat etwas merkwürdig.«

Madeleine lugte ihrem Schwiegervater über die Schulter. »Von der Telefongesellschaft. Hast du etwa Käthes Rechnungen bezahlt?«

»Aber nein. Keine Ahnung, wie das kommt.« Seine Stirn hatte Denkfalten gebildet. »Wahrscheinlich ist es so ein typischer Fall von weiterverkauften Adressen. Ich habe öfter mal Geschenke für Renate zu Käthe schicken lassen, damit meine Frau sie nicht gleich sieht. So ist wahrscheinlich diese Adresse zustande gekommen.«

»Das kann natürlich sein«, sagte Madeleine.

»Käthe hat nie erwähnt, dass sie Briefe für mich bekommen hat. Ich werde mich natürlich sofort darum kümmern, aber sollte das wieder vorkommen, bitte ich das zu entschuldigen.«

»Das ist ja überhaupt kein Problem«, erwiderte Sandra, »zur Not gebe ich die Briefe dann Madeleine mit. Wir sehen uns jetzt ja mindestens einmal die Woche, weil wir gemeinsam in den Zwergen-Treff gehen.«

»Das ist ja schön.« Herr Stiezel lächelte und seine Freude wirkte echt. Er schien ein sehr sympathischer Mensch zu sein.

Sie redeten noch kurz über verschiedene Dinge, dann verabschiedeten sie sich. Sandra hatte mit Herrn Stiezel abgemacht, dass sie den Rasenmäher am Montag ausleihen würde. Madeleine brachte sie noch nach draußen und winkte ihnen hinterher, als sie die Straße überquerten.

Als Sandra am Hof der Familie Hauser vorbeiging, schielte sie vorsichtig in die Fenster. Vor der Tür schlief ein Schäferhund im Schatten, sonst war niemand zu sehen.

Sie überlegte, ob dieser Heinrich wirklich so ein komischer Typ war, wie die Frauen erzählt hatten oder ob er einfach nur seinen Ruf als Dorftrottel weghatte, weil er anders war und irgendjemand immer der Depp sein musste.

Als sie Sophies Kinderkarre die Birkenallee zum Haus hochschob, ahnte Sandra nicht, dass sie längst aufgefallen war.

Kapitel 6

Am Montag war Marvin wieder früh zur Arbeit gefahren. Sandra stand kurz nach ihm auf und brachte Sophie zu ihrer Mutter, damit sie ungestört den Rasen vertikutieren konnte.

Es war immer noch heiß. Der Boden war knochentrocken und staubig. Nicht die richtige Zeit, neuen Rasen zu säen, dachte sie, aber es ließ sich jetzt nicht ändern. Bei Regen konnte man das Moos nicht entfernen.

Sie hatte eine alte Jeans abgeschnitten, um eine kurze Hose zum Arbeiten zu haben, und trug ein altes Shirt mit Spaghetti-Trägern. Sandra fand keine Sonnencreme, aber ohne ging es bei dem Wetter nicht. Sie würde bei Madeleine im Laden schnell eine kaufen, da sie ohnehin noch bei Stiezels den Rasenmäher holen musste. Nach ein paar Schritten merkte sie bereits, wie die Sonne auf ihren Schultern brannte.

Bei Familie Hauser lag wieder der Schäferhund vor der Tür. Frau Hauser stand in der Nähe mit einer großen Sonnenhaube auf dem Kopf und hackte in einem Beet. Sandra bezweifelte, dass sie bei dem harten Boden überhaupt irgendeine Wirkung erzielte.

Frau Hauser winkte ihr zu. Sandra grüßte zurück. Die Nachbarin hätte bestimmt mit ihr plaudern wollen, aber Sandra wollte ihre Haut nicht länger als nötig ungeschützt der sengenden Sonne aussetzen. Außerdem hatte sie heute noch so viel vor.

Sie ging weiter und erreichte Renates Dorfladen. Angenehm kühle Luft kam ihr entgegen, als sie die Tür öffnete. Madeleine stand hinter dem Tresen und nickte ihr nur kurz zu, da sie gerade einen Kunden bediente. Sandra suchte die Sonnencreme und nahm sich eine Flasche.

Auf dem Weg zur Kasse warf sie einen Blick in die

Eistruhe, die bei diesem Wetter verführerisch wirkte. Nein, sie würde warten und sich später nach getaner Arbeit belohnen.

Der Kunde war fertig und drehte sich zum Gehen um. Er war riesengroß und bestimmt doppelt so breit wie Marvin. Sein Oberkörper wirkte, als hätte man ihn wie einen Luftballon aufgeblasen. Eine fast schon übertrieben große Brille, wie Sandra sie aus Spaß mal zum Fasching getragen hatte, ließ seine Augen monströs erscheinen. Auf dem unförmigen großen Kopf lagen dünne, strähnige Haare wirr durcheinander. Würde man Darsteller für *Die Schöne und das Biest* suchen, hätte er sofort eine Hauptrolle bekommen, ohne vorher lange in der Maske sitzen zu müssen.

Er sah Sandra kurz ins Gesicht. Dann blieb sein Blick auf Brusthöhe hängen und verweilte dort.

»Das ist dein Nachbar, Sandra. Heinrich Hauser«, sagte Madeleine.

Sandra schluckte. Sie hatte sich einiges unter ihrem neuem Nachbarn vorgestellt, aber nicht das Ebenbild von Shrek. Dennoch behielt sie ihre Fassung und streckte ihm die Hand entgegen. »Guten Tag, ich bin Sandra Losberg«, sagte sie, während ihre Hand in seiner Pranke verschwand.

»G-g-guten T-tag. I-ich bin Ha-Heinrich Ha-Hauser«, stotterte er. »I-ich ha-hab Sie sch-schon ge-gesehen.«

Madeleine warf Sandra einen warnenden Blick zu.

Heinrich hatte das sofort gemerkt und versuchte sich rauszureden. »I-ich mein', a-als Sie ein-eingezogen sind. Da-da ha-hab ich Sie ge-gesehen.« Er wischte seine nassen Hände an der dreckigen, abgenutzten Arbeitshose ab.

Sandra nickte. Sie konnte verstehen, dass es für Heinrich schwer war, eine Frau zu finden. Aber sie war sich sicher, dass es nicht an der Arbeit auf dem Hof lag, wie Frau Hauser behauptet hatte.

Er wandte sich um und verabschiedete sich schnell. Sandra und Madeleine schauten ihm nach.

»Und? Was sagst du? Ist der nicht heftig?«, fragte Madeleine, die Heinrich offensichtlich als eine Art Dorfattraktion ansah.

»Heftig kräftig«, witzelte Sandra. »Der passt hier ja kaum durch die Tür.«

»Du sagst es. Dem will ich nicht allein im Dunkeln begegnen.«

Sandra bezahlte die Sonnencreme und ging dann hinüber zu Herrn Stiezel, um den Rasenmäher zu holen.

*

Sie brauchte zum Vertikutieren länger, als sie gedacht hatte. Das Grundstück war einfach zu groß und das Moos so reichlich und hartnäckig, dass sie wiederholt darüberfahren musste und es doch nicht weniger zu werden schien. Überall auf dem Rasen waren große Mooshaufen entstanden.

Den ganzen Montag und den halben Dienstag verbrachte sie auf dem Mäher oder mit dem Rechen in der Hand. Im Stillen verfluchte sie ihren Garten.

Am Dienstagnachmittag hatte sie keine Lust mehr. Sandra war den ganzen Garten mehrmals rauf und runter gefahren und kannte ihr Grundstück mittlerweile besser, als ihr lieb war. Die Zeit in der heißen Sonne auf dem staubigen Boden strengte an und machte müde.

Sie ging ins Haus, zog ihre staubigen Sachen aus und holte sich ein Erfrischungsgetränk aus dem Kühlschrank. Für einen Moment setzte sie sich in Unterwäsche in die Küche und ruhte sich aus. Durch das Fenster konnte sie ihre Mooshaufen erkennen.

Zufrieden hüpfte sie unter die Dusche. Ihr Körper war verstaubt und klebrig. Das kühle Wasser fühlte sich so gut an, dass sie gar nicht wieder heraus wollte.

Als sie fertig war, wickelte sie sich ein Handtuch um die Brust und brachte ihre staubigen Sachen in den Wäschekorb. Jetzt aufs Sofa und die Füße hochlegen, bis Sophie gebracht wird, dachte sie.

Sie hatte ihre Kleidung gerade im Heizungsraum abgelegt, als eine Gestalt am Fenster vorbeihuschte.

Vor Schreck warf sich Sandra auf den Boden, so dass sie ihr Handtuch verlor. Sie hatte durch die Milchglasscheibe nur einen Umriss sehen können und nicht erkannt, wer es war. Sie suchte ihr Handtuch und hielt es ganz fest, als sie aufstand. Langsam und geduckt pirschte sie sich zur Hintertür, um aus dem kleinen Fenster zu gucken.

Es wird Marvin sein, dachte sie, vermutlich war er eher fertig. Aber warum schleicht er durch den Garten? Andererseits wäre Marvins Schatten deutlich kleiner, oder?

Ihr Herz begann zu rasen, als ihr plötzlich jemand einfiel, der diese Größe haben könnte. Verdammt! Er hatte sie schon so angestarrt, als sie ihn im Laden getroffen hatte. Ihr ausgeleiertes Shirt hatte ihn bestimmt aufgegeilt.

Sie presste sich an die Hintertür und stand langsam auf. Vorsichtig schaute sie durch das kleine Fenster in der Tür, so dass von außen vielleicht gerade mal ihre Stirn und die Augen zu erkennen waren.

Es war niemand zu sehen. Bis auf die Mooshaufen sah der Garten aus wie immer.

Sie zitterte vor Anspannung und auch ein bisschen vor Kälte. Vermutlich habe ich einen Sonnenstich und sehe schon Gespenster, dachte sie. Sandra wollte sich gerade umdrehen, als direkt vor dem kleinen Fenster in der Tür ein Gesicht auftauchte und sie anstarrte.

Vor Schreck schrie sie laut auf und hätte fast erneut ihr Handtuch verloren. Ihr Herz machte einen riesigen Luftsprung und ein kalter Schauer lief ihr über den Rücken.

Der Mann vor dem Fenster starrte sie immer noch unbewegt an. Es war Heinrich.

Sandra konnte sich nicht bewegen. Sie wusste überhaupt nicht, was sie machen sollte. Was wollte er hier? Die anderen hatten wahrscheinlich recht. Er hatte sie beobachtet und das gewiss nicht zum ersten Mal. Er wusste vermutlich, dass sie gerade geduscht hatte und jetzt nur mit einem Handtuch bekleidet alleine im Haus herumlief.

Vor der Tür tat sich etwas. Heinrich bewegte sich kurz und drückte dann die Klinke herunter.

In Sandras Kopf überschlugen sich die Gedanken. War die Tür unverschlossen? Ja, klar, Sandra war gerade erst reingekommen. Konnte sie noch schnell abschließen? Nein, zu spät! Er kommt hier rein, dachte sie panisch. Sie sah vor sich schon die Schlagzeilen – *Junge Mutter von perversem Nachbarn vergewaltigt und brutal ermordet.* Was sollte sie nur tun?

Sie sah sich hektisch im Heizungsraum um. Sollte sie sich eine Waffe holen? Das Regal mit den Gartenscheren war direkt neben der Tür, aber da kam sie jetzt nicht mehr hin.

Heinrich machte die Tür auf.

»Was wollen Sie hier?«, schrie sie, versuchte ihn mit ihrer Stimme wieder rauszubrüllen. Ihre Hände krallten sich am Handtuch fest.

Heinrich blieb abrupt in der Tür stehen und schaute sie verwirrt an.

Sandra stand ebenfalls wie erstarrt da, auf einen Angriff gefasst. Was würde er jetzt machen? Sie anspringen? Hätte sie bei seinem Körpergewicht überhaupt die geringste Chance?

Heinrich bewegte sich immer noch nicht. Er starrte sie an, als wüsste er gar nicht, wie er eigentlich hergekommen war. Wie gebannt klebten seine Augen an ihrem umgewickelten Handtuch. Dann machte er mit der Hand langsam eine kleine Bewegung, als würde er sich einem bissigen Hund nähern. »I-ich wo-wollte Sie n-nicht erschrecken«, sagte er zögerlich. »E-es tut m-mir leid, w-wenn i-ich da-das getan ha-habe.«

Sie sah ihn mit zusammengekniffenen Augen prüfend an. Wie schlau war er wirklich? War sein Stottern echt? Was wollte er hier? Sie konnte ihn nicht durchschauen. »Was haben Sie hier zu suchen?«, fragte sie forsch.

Er wich ein Stück zurück und wirkte wie ein verängstigtes Kind. »I-ich … i-ich …«, stammelte er und schaute verlegen auf den Boden. Der Anblick der nur in ein Handtuch eingewickelten Sandra machte ihn sichtlich nervös.

»Was machen Sie in meinem Garten? Und wieso schleichen Sie hier ums Haus und erschrecken mich fast zu Tode?«

Er versuchte einen neuen Ansatz: »I-ich ha-habe mitbeko-kommen, da-dass Sie de-den Rasen entmo-osen. I-ich wo-wollte I-ihnen anbieten, d-das Mo-os a-auf unseren Mi-misthaufen zu bringen. So-sonst v-verrottet d-das nicht so-o schnell.«

War das die Wahrheit? Oder nur die beste Notlüge, die ihm spontan einfiel, nachdem er beim Spannen erwischt worden war? Wenn ja, dann war es eine wirklich gute Lüge. Sandra hatte sich noch nicht überlegt, was sie mit dem Moos anfangen sollte. Aber jetzt war sie zu aufgebracht, um es zu entscheiden.

Heinrich sah Sandra vorsichtig durch seine dicke Brille an, abwartend, wie sie jetzt reagieren würde.

»Ich glaube, es ist besser, Sie gehen jetzt. Wenn Sie das nächste Mal etwas von mir wollen, klingeln Sie bitte an der Vordertür, wie sich das gehört.«

Heinrich drehte sich um und zog langsam die Tür hinter sich zu, die die ganze Zeit offen gestanden hatte. Er murmelte noch etwas, Sandra konnte es nicht genau verstehen. Dann war die Tür zu.

Für einen Moment stand sie völlig regungslos da. Dann ging sie schnell zur Tür und drehte den Schlüssel um. Heinrich war nicht mehr zu sehen.

Sie ließ sich auf den Boden sinken und wickelte das Handtuch fest um ihren Körper. Ihr war kalt. Mit dem Rücken lehnte sie sich an die Tür und schloss die Augen. Was war da eben passiert? Wollte ihr Nachbar ihr wirklich etwas antun?

Vielleicht hatte sie ja doch etwas überreagiert. Er hatte sie wahrscheinlich auf dem Mäher und beim Harken gesehen und wollte einfach nur nett sein.

Andererseits hatte sie gehört, dass er Frauen hinterherschlich, sie beobachtete und sogar ein Mädchen vergewaltigt haben sollte. Und dann waren da noch sein Aussehen und seine riesigen Fischaugen, die ihm fast aus dem Kopf gefallen waren, als er sie so sah – in ihrem alten Shirt, oder eben mit dem Handtuch.

Was war richtig? Was war falsch? Warum war Marvin heute nicht ausnahmsweise mal früher da?

Sie ging nach oben und zog sich an. Ihr war richtig kalt geworden. Dann setzte sie sich in ihr kleines Auto und fuhr los, um Sophie abzuholen. Sie wollte nicht warten, bis die Kleine von den Großeltern gebracht wurde. Sandra wollte nicht alleine in diesem Haus sein.

Beim Vorbeifahren schaute sie kurz auf den Hof der Familie Hauser. Es war niemand zu sehen.

Wer seid ihr?

*

Als Marvin abends nach Hause kam, sah er schon von Weitem die über den ganzen Rasen verteilten kleinen Mooshaufen. Im Halbdunkel sahen sie ein bisschen wie übergroße Maulwurfshügel aus.

Müde und erschöpft schleppte er sich ins Haus. Der Tag war anstrengend gewesen, genau wie der vorherige und der morgen und, und, und – weiter mochte er gar nicht denken. Er nahm sich ein Bier aus dem Kühlschrank und setzte sich mit einer Zeitung an den Tisch, während sein Essen in der Mikrowelle erhitzt wurde.

Sandra hatte Sophie ins Bett gebracht und kam jetzt von oben runter. Flüchtig gab sie ihm einen Kuss auf die Stirn und räumte die Geschirrspülmaschine ein.

»Hey, war das alles?«, fragte Marvin und streichelte Sandras Po, während sie sich bückte.

Sandra drehte sich um und hatte ein ganz verzerrtes Gesicht.

Sein Grinsen verschwand. »Hey, was hast du denn? Geht's dir nicht gut?« Er nahm ihre Hände und drückte sie fest.

»Ach, ich weiß auch nicht, ich hatte nur so ein komisches Erlebnis mit unserem Nachbarn heute.«

»Was war los?«

»Er stand plötzlich im Heizungsraum. Einfach so. Und ich hatte nur ein Handtuch um.«

Marvin zog eine Augenbraue hoch und grinste. »Du triffst dich leicht bekleidet mit unseren Nachbarn? Sollte ich davon wissen?«

»Och, Marvin, du bist doof!« Sandra schlug ihm spielerisch die Hand auf die Brust.

Er ergriff sie und zog Sandra zu sich auf den Schoß. Seine Augen funkelten unternehmungslustig. »Vielleicht sollte ich morgen noch später nach Hause kommen.«

Sandra boxte ihn an den Arm. »Nein, Marvin. Es war wirklich ein bisschen unheimlich. Es war Heinrich von nebenan, weiß du? Der Monster-Mann. Er soll mal ein Mädchen vergewaltigt haben.«

Marvin wurde ernst. »Was wollte er?«

»Eigentlich nur bei unserem Moos helfen, ich glaube, dass ich vielleicht etwas überreagiert habe. Ich war nur so geschockt, weißt du?«

Marvin legte den Arm um seine Frau und strich ihr

eine Haarsträhne aus der Stirn. Sie war so klein und zart, so zerbrechlich. »Ich will nicht, dass dir etwas passiert.«

Sandra lächelte und drückte sich an ihn. »Mir wird auch nichts passieren, Marvin.«

Nein, das würde er nicht zulassen. Er schob sie ein Stück zurück und musterte sie mit seinem schelmischen Grinsen. »Zeigst du mir das auch mal? Das mit dem Handtuch?«

»Du bist unmöglich!« Er bekam einen Boxhieb auf die Schulter, aber dann küsste sie ihn.

Kapitel 7

Sandra schlief schlecht. Sie wusste aber nicht, ob es an der Sache mit Heinrich lag oder einen anderen Grund hatte. Sie war schließlich aufgewacht, weil die Kleine zu jaulen angefangen hatte.

Nach dem Frühstück fing Sandra an, das Haus aufzuräumen. In den Garten zu gehen, hatte sie heute keine Lust. Es war schon wieder so heiß, obwohl die Sonne nicht mal schien. Der bedeckte Himmel erzeugte eine unangenehm schwüle Luft und am Horizont versammelten sich schon die ersten Gewitterwolken.

Sie hatte gerade im Flur zu saugen angefangen, Sophie spielte in der Stube mit ihren Bauklötzen, als es an der Tür klingelte, oder besser schellte. Die Klingel war so laut, dass sie sogar den Lärm des Staubsaugers übertönte.

Sandra öffnete und staunte nicht schlecht, als sie Frau Hauser auf der Treppe stehen sah.

»Oma da, Oma da!«, schrie Sophie und kam angerannt. Frau Hauser lächelte.

»Nein, das ist nicht Oma.« Sandra streichelte der Kleinen über den Kopf. »Das ist Frau Hauser, unsere Nachbarin.«

»Na ja, aber ich bin ja fast eine Oma.« Frau Hauser kniff Sophie in die Wange. Dann richtete sie sich auf und sah Sandra schwach lächelnd an. Sie sah müde und angestrengt aus. »Frau Losberg, ich muss mich für meinen Sohn entschuldigen. Es … es ist …« Ihr Unterkiefer zitterte und Sandra sah, wie sich ihre Augen mit Wasser füllten.

»Kommen Sie! Möchten Sie nicht kurz mit reinkommen und sich hinsetzen?« Sandra fasste ihrer Nachbarin unter den Arm.

Mühevoll ging die alte Frau ins Haus und ließ sich

schwerfällig auf einem Küchenstuhl nieder. Sandra stellte ein Glas Wasser vor sie und setzte sich ihr gegenüber.

Frau Hauser nahm einen großen Schluck und atmete einmal tief durch. »Das Wetter macht mir einfach zu schaffen. Ich bin unheimlich schwach auf der Brust.« Dann setzte sie sich aufrecht hin und räusperte sich kurz. »Es tut mir sehr leid, was gestern passiert ist. Heinrich kam ganz aufgebracht nach Hause. Er muss Sie sehr erschreckt haben.«

Sandra schaute verlegen auf den Tisch. »Na ja, er stand auf einmal bei uns im Heizungsraum. Es war ein großer Schock.«

Sophie kam mit ihrem Buggy angefahren und wollte bei Sandra auf die Arme. Sandra nahm sie auf den Schoß.

Frau Hauser lächelte kurz die Kleine an, dann schaute sie leer in den Raum und schien sich an irgendeinem Punkt festzuhalten. »Wissen Sie, es ist nicht leicht mit Heinrich. Es wird viel geredet über ihn. Er ist anders als andere und das macht es ihm und uns unheimlich schwer.«

Sie suchte einen Moment nach Worten und starrte auf den Fußboden. »Er hatte immer schon Probleme, sich anzupassen und Freunde zu finden. Er war von jeher ein Einzelgänger, schon in der Schule. Es ist, weil ihn keiner versteht. Nicht nur wegen seiner Aussprache, sondern auch weil er sehr sensibel ist. Alle sehen ihn nur äußerlich. Den großen, kräftigen Mann. Die harte Schale. Aber drinnen steckt ein weicher Kern, den keiner sieht. Das Dorf lacht über ihn. Sieht ihn als Dorftrottel. Erzählt Geschichten, er würde Frauen beobachten. Aber das stimmt alles nicht. Er würde keiner Fliege etwas antun. Er ist mein Sohn, Frau Losberg. Ich kenne ihn.« Sie sah Sandra an und ihre Augen waren klein. Sie wirkte sehr erschöpft.

Sandra war es unangenehm, dass sie gedacht hatte,

Heinrich sei gekommen, um ihr etwas anzutun. Jetzt wusste sie gar nicht mehr, was sie glauben sollte.

Frau Hauser schien ihre Gedanken lesen zu können. »Sie haben gedacht, er hat Ihnen nachspioniert, nicht wahr?«

Sandra schluckte.

Ihrer Nachbarin reichte es als Antwort. Sie schaute wieder ins Leere. »Ich will Sie nicht verurteilen. Jeder hätte das an Ihrer Stelle gedacht. Sein Ruf eilt ihm voraus.« Sie sah um Jahre älter aus, als sie eigentlich war. Ihr Unterkiefer begann zwischendurch immer wieder zu zittern.

»Ich habe mich einfach furchtbar erschreckt.«

Frau Hauser blickte Sandra jetzt direkt an. »Heinrich hat sich auch erschreckt. Als er nach Hause kam, war er ganz außer sich und konnte lange Zeit kein Wort rauskriegen. Er war sehr verwirrt. Wissen Sie, normalerweise sind wir in Seesby um diese Uhrzeit angezogen.«

Sandra wusste nicht, ob sie richtig verstanden hatte. »Das bin ich normalerweise auch«, platzte es aus ihr heraus, »aber normalerweise schleicht man auch nicht ums Haus herum, sondern klingelt an der Vordertür.« Was denkt diese Frau, wer sie ist? Gehört ihr das ganze Dorf und bestimmt sie, wann man abends ins Bett gehen soll?

Frau Hauser stand auf und mit einem Mal war ihre Miene wieder fest und überzeugend. »Ich wollte es Ihnen nur gesagt haben. Mein Sohn ist ein guter Junge. Was das Dorf erzählt, sind nur Geschichten. Ich wünsche Ihnen noch einen schönen Tag.«

Bevor Sandra noch etwas erwidern konnte, war sie bereits auf dem Weg zur Tür. Die alte und schwache Frau von gerade eben war verschwunden, jetzt verließ eine energische Dame das Haus.

Kapitel 8

Um kurz vor drei kam Madeleine auf den Hof gefahren, um Sandra und Sophie für den Zwergen-Treff abzuholen. So pünktlich hatte Sandra sie nicht erwartet.

Sandra packte schnell noch die letzten Sachen zusammen, als Madeleine auch schon an der Tür stand und wild klingelte. Als Sandra öffnete, fiel ihr sofort eine völlig aufgeregte Madeleine um den Hals.

»Oh, Sandra. Was hab ich da gehört? Das ist ja so furchtbar«, schrie sie und drückte sich an Sandras Körper.

Sandra versuchte, sich aus ihrem Klammergriff zu lösen. »Was ist denn passiert?«

Madeleine starrte sie mit offenem Mund an. »Na, das mit Heinrich. Das ganze Dorf spricht darüber. Du musst solch eine Angst gehabt haben!«

»Woher weißt du davon?«

»Von Frau Riedler. Sie und ihr Mann wohnen auf der anderen Seite neben den Hausers. Sie war heute Morgen bei mir im Laden. Frau Hauser hat es ihr erzählt. Gleich heute früh.«

Frau Hauser hat es ihr erzählt … Na toll! Sandra überlegte, was die wohl erzählt hatte. Dass Heinrich der neuen Nachbarin aufgelauert hatte, oder dass das neue junge Ding tagsüber nackt durch die Gegend lief und arme Männer erschreckte?

»Aber jetzt brauchst du keine Angst mehr zu haben. Wolfgang redet mit Heinrich und der Familie. Da wird nie wieder etwas passieren.« Madeleine drückte Sandra erneut.

Wolfgang redet mit der Familie? Sandra wurde fast übel. War sie hier im Kindergarten? »Das braucht er nicht. Das kann ich bestimmt auch alleine klären.«

»Willst du da etwa rübergehen? Einfach so?« Madeleine wurde kreidebleich.

»Vielleicht. Wieso nicht?«

»Mein Gott, bist du naiv. Er hat dich begafft, als du nur ein Handtuch getragen hast. Wahrscheinlich hat er sich dabei auch noch einen runtergeholt. Ich kriege jetzt noch eine Gänsehaut.« Sie fröstelte und rubbelte mit den Händen über ihre Arme.

»Aber vielleicht kam er auch einfach nur im falschen Moment. Er sagte, er wollte mir helfen.«

Madeleine schüttelte den Kopf. »Ich kann einfach nicht fassen, dass du so leichtgläubig bist. Du kommst doch aus der Großstadt. Du musst wissen, wie das mit Spannern und Perversen ist.«

»Ich weiß überhaupt nicht mehr, was ich glauben soll.«

»Wir Frauen wollen auf jeden Fall eine Gruppe bilden, die uns gegen Männer wie Heinrich stark macht und in der wir überlegen, was wir dagegen tun können. Bist du auch dabei?«

»Ich werde es mir überlegen.« Solche Gruppen waren wahrscheinlich die reinsten Gerüchteküchen und besten Angstmacher-Treffen.

Sie befestigten den Kindersitz in Madeleines Auto und verstauten die Wickeltasche im Kofferraum. Dann fuhren sie los.

Heinrich war kein Thema mehr.

*

Kurz nachdem sie weggefahren waren, schritt jemand die Treppen zur Tür hinauf. Der Briefkastendeckel wurde leicht geöffnet und ein kleiner, harter Gegenstand aus Metall mit einem leisen Klirren hineingelegt.

So schnell und unauffällig, wie die Person gekommen war, war sie auch wieder verschwunden.

Kapitel 9

Der Kindergarten war ein kompletter Neubau, laut Madeleine gerade mal ein paar Jahre alt. An allen Seiten reichten große Fenster bis auf den Boden, so dass die Räume hell und freundlich wirkten. Der Zwergen-Treff bestand aus etwa zehn Kindern von eineinhalb bis drei Jahren.

Die Betreuerin begrüßte sie herzlich und stellte sich als Jutta vor. Sie war um die vierzig, klein, rundlich und hatte rot getönte kurze Haare. Sandra schmunzelte, weil sie an ihre Tante denken musste, die in etwa die gleiche Figur hatte und scherzhaft mal gesagt hatte, dass die Senkrechte bei ihr die Waagerechte nie eingeholt hatte. Das passte auch zu dieser Frau.

»Jutta ist Toms Cousine«, murmelte Madeleine, als sie gemeinsam den Spielraum betraten.

Sandra staunte. Die Gemeinde war echt klein.

Sophie hatte nie Hemmungen, mit fremden Kindern zu spielen. Im Nu herrschte ein wildes Getobe und Geschrei.

Die Spielstunde ging schnell vorbei und schon wurde der Tisch zum Essen gedeckt. Aufgeregt ließen sich alle Kinder auf den kleinen Stühlen nieder, um wie wild die mitgebrachten Leckereien zu vertilgen. Es wurde immer lauter am Tisch. Die Kinder schrien und kreischten durcheinander und auch die Mütter mussten ihre Stimmen erheben, damit sie sich weiter unterhalten konnten.

»Da kann man ja sein eigenes Wort nicht mehr verstehen«, murmelte Jutta nach einiger Zeit und stand auf. Sie ging auf den großen Wandschrank zu und zog einen blauen Vorhang zur Seite. Sandra hatte sich schon gefragt, was sich wohl dahinter verbarg. Skeptisch sah sie zu den anderen Müttern hinüber, als ein Fernseher zum Vorschein kam.

»Wollen wir es uns doch gemütlich machen, oder?« Jutta kam lächelnd mit einer Fernbedienung zurück und setzte sich auf ihren Stuhl.

Sandra war verwirrt. Wollte die jetzt etwa fernsehen? Wahrscheinlich zeigt sie uns ein Video von der letzten Kindergartenaufführung, dachte Sandra.

Die Kinder versammelten sich sofort vor dem Flimmerkasten und starrten erwartungsvoll auf das unscharfe Bild.

Jutta hielt die Fernbedienung hoch, damit der Rekorder das Signal erkannte, und schon huschten kleine Trickfilmfiguren über den Bildschirm. Entspannt lehnte sie sich zurück und beugte sich zu einer Mutter. »Hast du das blaue Kleid gekauft, das dir so gut gefallen hatte?«

»Nein, ich war mir da nicht so sicher. Meinst du wirklich, dass es mir steht?«

»Aber klar. Jetzt, wo du fünf Kilo abgenommen hast, mit Sicherheit.«

Was machen wir hier?, dachte Sandra. Sie konnte kaum glauben, was gerade geschah. Alle Mütter vertieften sich sofort in Gespräche über schlaflose Nächte, verlorene Pfunde, neueste Werbeangebote und Konflikte mit den Ehemännern. Die Kinder sahen fern.

Sandra wusste gar nicht, was sie sagen sollte. »Ähm … war es das jetzt? Oder was machen wir hier noch?«

Alle Mütter hörten sofort auf zu sprechen und sahen sie fragend an.

»Wir sitzen hier und die Kinder gucken Trickfilme?«

»Ja«, antwortete Jutta freundlich, »das machen wir immer. So können wir uns alle noch ein bisschen austauschen.« Sie grinste.

Sandra glaubte nicht richtig verstanden zu haben. Sie waren doch zum Spielen hier. Stattdessen wurden die

Kinder einfach vor dem Fernseher geparkt, damit die schnatternden Mütter den neuesten Klatsch und Tratsch austauschen konnten? Sophie sah so gut wie nie fern. Sie war einfach noch zu klein. Sandra war schockiert. »Kommen wir nicht zum Spielen her?«

»Doch, doch. Das haben wir ja«, antwortete Jutta.

»Aber jetzt gucken wir Fernsehen. Machen das nicht die meisten Kinder vielleicht schon genug zu Hause?« Sandra sah sich in der Runde um und die Mienen der Mütter verfinsterten sich.

Nur Jutta lächelte weiter. »Aber da können wir uns nicht unterhalten.«

»Ihr könnt ja gehen!«, maulte eine Mutter von der Seite.

Sandra war verstört.

»Nein, keiner geht hier«, fuhr Jutta dazwischen, »aber ich glaube, wir sind auch langsam rum mit der Zeit. Wollen wir noch was singen zum Abschluss?«

Der Fernseher wurde wieder ausgeschaltet und alle stellten sich im Kreis auf. Nach ein paar kurzen Liedern verabschiedeten sie sich winkend voneinander und gingen in den Flur.

Sandra wusste immer noch nicht, was sie von all dem halten sollte. Sprachlos folgte sie den anderen. Sophie war bereits bei Madeleine und Torge im Flur und suchte ihre Schuhe heraus.

»Warte, Sophie. Ich muss noch schnell deinen Rucksack holen«, sagte Sandra und ging in den Spielraum zurück.

Jutta war gerade dabei, den Tisch abzuwischen. »Und? Hat es euch gefallen bei uns?«

»Ja, ich fand es sehr lustig. Auch wenn mich das mit dem Fernsehen etwas verwundert hat. Sophie sitzt zu Hause nie vorm Fernseher.«

»Das ist auch gut so. Ich versteh das«, erwiderte Jutta und machte sich an einen hartnäckigen Schokoladenfleck. »Aber vielleicht solltest du ein Auge zudrücken. Hier war es immer schon so und es ist ja nur einmal in der Woche. Einige Mütter, du ja mit Sicherheit auch, haben einen sehr harten Arbeitstag. Es sind fünf Minuten, in denen sie mal abschalten können und mit Gleichgesinnten reden. Das tut ihnen unheimlich gut.«

»Aber muss man das hier machen? Ich meine, der Kindergarten ist doch für die Kinder da. Wir Mütter können uns auch abends treffen, wenn wir tratschen wollen, oder nicht? Irgendwann schlafen die Kinder schließlich.«

Jutta atmete einmal tief durch. Sie hatte vermutlich nicht damit gerechnet, dass Sandra die Sache so ernst war. »Soll das eine Predigt werden? Es ist nun mal so, dass die Mütter sich hier immer schon diese Auszeit gegönnt haben. Und mal ganz ehrlich, die paar Minuten vor dem Fernseher schaden den Kindern ganz bestimmt nicht.«

»Wieso lesen wir den Kindern denn keine Geschichte vor? Wir könnten uns jede Woche abwechseln.«

Jutta zog die Brauen zusammen und sah Sandra finster an. »Ich gebe Ihnen jetzt einmal einen guten Tipp, Frau Losberg: Versuchen Sie nicht, in Seesby etwas zu verändern!«

Was sollte das denn jetzt heißen? Und vor allem, wo war das Du geblieben? Sandra wusste nicht, was sie darauf antworten sollte.

Jutta kam einen Schritt auf sie zu. »Wir ändern nichts bei uns. Hier ist alles genau so, wie wir es haben wollen und ich rate Ihnen, sich nicht einzumischen. Halten Sie gefälligst den Mund und passen Sie sich an!« Dann nahm sie ihren Eimer und verließ den Raum.

Sandra stand immer noch wie erstarrt da, als Madeleine in den Raum kam. »Ist alles in Ordnung? Du siehst aus, als hättest du einen Geist gesehen.«

»Glaub mir, das habe ich auch. Ich erzähl dir alles im Auto.« Sie nahm Sophie an der Hand und ging mit ihr in den Flur, um die Schuhe anzuziehen. Dabei beeilte sie sich, so sehr sie konnte.

Als sie gerade gehen wollten, kam Jutta aus dem Mitarbeiteraufenthaltsraum. »Bis nächste Woche, ihr Lieben«, sagte sie freundlich lächelnd und strich Sophie über den Kopf. »Es war schön, dich kennenzulernen.« Sie wirkte wie ausgewechselt. »Kommt gut nach Hause. Ich glaube, es gibt noch ein Unwetter.«

»Im Auto ist es ja trocken«, sagte Madeleine und schob Torge zur Tür hinaus. »Tschüss, Jutta. Bis nächste Woche!«

Die Zwei-Seiten-Jutta winkte ihnen fröhlich hinterher.

*

Der Himmel war fast schwarz und es war immer noch schwül. Das Gewitter würde sicherlich nicht lange auf sich warten lassen.

Als sie im Auto saßen, konnte Madeleine ihre Neugier nicht länger zügeln. »Nun erzähl mal! Was war denn los?«

»Du wirst es nicht glauben«, begann Sandra und erzählte grob, was vorgefallen war. Nur Juttas schnippische Antwort beschrieb sie etwas detaillierter.

»Das hat sie gesagt?«, fragte Madeleine erstaunt. »Das kann ich gar nicht glauben. Ich kenne Jutta auch privat. Bist du sicher, dass du das auch richtig verstanden hast?«

»Aber ja, natürlich. Sie war auf einmal richtig ernst und verbiestert.«

»Krass.« Madeleine grinste. Ihr gefiel es offensichtlich, dass Sandra ein wenig Aufregung in ihr alltägliches Leben brachte.

Kurz vor dem Ortsschild Seesby öffnete der Himmel seine Schleusen. Es regnete, als wollte Petrus das ganze

Wasser, das ihnen in den letzten Wochen gefehlt hatte, mit einem Mal loswerden. Madeleine musste fast im Schritttempo weiterfahren, da sich die Straßen in Flüsse verwandelten. Der Scheibenwischer lief auf höchster Stufe und verschaffte ihnen dennoch keine Sicht.

»Ich muss noch mal in den Laden«, sagte Sandra, während sie die dunklen Wolkenberge beobachtete, die sich übereinander schoben. »Wir brauchen noch Milch für heute Abend. Bestimmt hört es gleich wieder auf.«

»Ich kann kurz warten und euch dann rumfahren«, schlug Madeleine vor und stellte den Wagen vor dem Haus ab.

»Das wäre noch viel besser.« Sandra sprang aus dem Auto und sprintete die wenigen Meter zum Ladeneingang. Trotzdem war sie bereits nach den ersten Schritten nass bis auf die Haut.

Sie erinnerte sich daran, dass die Tür etwas schwer zu öffnen war, und warf sich mit Schwung dagegen. Sandra stürzte beinahe in die Eistruhe, als sie in den Laden flog. Verwirrt sah sie sich um und dann wusste sie auch, weshalb die Tür so einfach aufgegangen war: Heinrich, der Schrecken der Nachbarschaft, hatte von innen geöffnet, weil er gehen wollte.

Sandra starrte ihn verstört an. Wie konnte jemand so aussehen? Dieser überdimensionale Schädel war einfach unglaublich.

Heinrich musterte sie von oben bis unten. Seine Stieraugen schienen dabei fast aus dem Kopf zu fallen.

Schützend zog Sandra ihre Strickjacke vor der Brust zusammen und drehte sich um. Sie war hier, um Milch zu kaufen, und nicht, um ihrem Nachbarn einen neuen Grund zur Erregung zu geben. Sie nahm eine Packung aus dem Kühlschrank und ging zur Kasse.

Heute stand Renate selbst hinter dem Tresen. Sie war eine große, knochige Frau mit langem blonden Haar, die stets ein warmes und freundliches Lächeln auf den Lippen hatte.

Heinrich war bereits wieder nach draußen gegangen. Eilig nahm Sandra ihr Wechselgeld und ging zügig zur Tür. Beim Blick aus dem Fenster sah sie, wie dunkel es durch die dicken Regenwolken schon geworden war. Gott sei Dank würde Madeleine sie nach Hause fahren.

Sie wuchtete die schwere Ladentür auf und erschrak, als sie Heinrich auf der Treppe stehen sah. Offensichtlich hatte er auf sie gewartet. Er war vollkommen nass.

Madeleine! Ich lauf schnell zu Madeleine! Sie hatte den Gedanken noch nicht mal zu Ende überlegt, da machte sie schon den ersten Schritt in Richtung Wagen. Bloß nicht hier alleine mit Heinrich stehen bleiben.

Doch er kam ihr zuvor und hielt ihren Arm. »Wa-warten Sie!«, stotterte er und stierte sie genauso an wie vorhin im Laden.

»Was wollen Sie? Lassen Sie mich los!«

»Bit-te, ha-haben Sie k-keine A-angst vor m-mir. I-ich hab ni-nichts von de-dem geta-tan, was di-die Leu-eute erzählen.«

Es regnete, als würden sie unter einer Dusche stehen. In vielen kleinen Bächen bahnte sich das Wasser seinen Weg über den Körper. Sandra wusste nicht, was sie antworten sollte.

»D-das Dorf e-erzählt Geschi-ichten ü-über mich. Gl-glauben Sie ni-nicht d-dem Dorf. D-d-das Dorf ist b-böse.« Mit einer Hand hatte er ihren Arm umklammert und seine Augen schienen sie durchbohren zu wollen. Sie wagte nicht, sich zu bewegen. »I-ich weiß, da-dass Sie g-gut sind. Be-besser, als d-das D-dorf. Hö-hören Sie ni-nicht auf die. Hö-hören Sie a-auf Ihr He-rz.« Dann gab er ihren Arm frei.

Seine Augen waren weit aufgerissen. War da vielleicht doch irgendwo eine Art Trauer zu erkennen? Unter der

Brille schimmerten dunkle Augenringe hervor. Seine Haut wirkte grau und alt.

Sandra sprang die Stufen hinunter und hüpfte zu Madeleine in den Wagen.

Heinrich blieb regungslos an der Tür stehen und sah ihnen hinterher, als sie davonbrausten.

Kapitel 10

Sandra schlief wieder nicht gut. Sie hatte einen fiesen Traum, in dem sie von wilden Tieren gejagt wurde und einfach nicht vorwärts kam. Am Ende biss ihr etwas in den Fuß, bis sich ihr Bein taub und kalt anfühlte.

Schweißgebadet wachte sie auf. Es war noch stockdunkel. Der Wecker zeigte 2:36 Uhr an. Marvin lag ganz ruhig neben ihr und atmete friedlich.

Sie merkte, dass ihr Fuß die ganze Zeit draußen gelegen hatte und deshalb jetzt so kalt war. Langsam stand sie auf, um aufs Klo zu gehen. Ihr Hemd klebte an ihrem Rücken.

Im Flur stutzte sie kurz. Durch das Fenster über der Treppe konnte sie den Hof der Familie Hauser sehen, und im oberen Fenster brannte Licht. Waren die noch wach? Wahrscheinlich sahen sie fern. Aber so spät? Mussten die nicht um sechs oder sieben melken? Was machten die denn jetzt noch?

Womöglich hat Heinrich eine Geliebte in Übersee und chattet mit ihr, dachte sie und musste schmunzeln.

Als sie wieder im Bett lag, konnte sie nicht einschlafen. Der Tag beschäftigte sie zu sehr.

Nicht nur Juttas Drohung, auch Heinrich hatte sie erschreckt und ging ihr jetzt nicht mehr aus dem Kopf. Marvin hatte sie noch nichts sagen wollen, da sie selbst noch nicht wusste, was sie von all dem halten sollte.

»Das Dorf ist böse. Das Dorf ist böse.« Immer wieder klang dieser Satz in ihrem Innern nach. Was hatte Heinrich nur damit gemeint?

Die ganze Gemeinde mied Heinrich. Alle erzählten diese gruseligen Geschichten von einer möglichen Vergewaltigung und dem hünenhaften Schrecken des Dorfes. Wenn man Heinrich sah, musste man die Geschichten sofort glauben, weil es irgendwie passte. Er war einfach unheimlich.

Aber was wäre, wenn das alles gar nicht stimmte und alle ihn einfach nur zum Dorftrottel machten, weil er nun mal anders war? Vielleicht war er mittlerweile so tief in seine Rolle versunken, dass er sich selber schon so sah und sich nicht daraus befreien konnte?

Sandra bekam Kopfschmerzen. Sie beschlich ein ungutes Gefühl, wenn sie an Heinrich, Jutta und diese ganzen Geschichten dachte. Etwas war hier faul.

*

Am Morgen wurde sie von Sophie geweckt. Marvin hatte einen frühen Termin und war schon aufgebrochen. Sandra fühlte sich wie gerädert. Beim Frühstück musste sie sich zusammenreißen, damit sie nicht wieder einschlief.

Sophie hatte nicht viel Hunger. Nach ein paar Bissen sprang sie auf und sauste mit ihrem kleinen Puppenwagen im Flur hin und her. Sandra räumte den Tisch ab und überlegte, ob sie mit den Mooshaufen weitermachen sollte, aber irgendwie hatte sie dazu heute überhaupt keine Kraft.

Sie ging zum Briefkasten, um die Zeitung zu holen. Vielleicht stand etwas Aufheiterndes drin.

Die Zeitung war ziemlich fest eingekeilt, da noch allerlei Werbung und Briefe im Kasten steckten. Mit einem Ruck zog Sandra an dem dicken Bündel, so dass der gesamte Inhalt im hohen Bogen aus dem Briefkasten flog und auf der Treppe landete. Auch das noch!

Sie bückte sich und sammelte die Briefe und Prospekte ein. Zwischen der Werbung fand sie einen Schlüssel. War der im Briefkasten gewesen? Er war schwer und dick, wie der ihres Schlafzimmers. Sofort dachte sie an den Raum im ersten Stock, für den sie keinen Schlüssel bekommen hatten. Sollte es der vielleicht sein? Aber wo kam der auf einmal her?

Sandra warf die Post auf den Küchentisch und nahm Sophie auf den Arm, damit die Kleine nicht alleine unten bleiben musste.

Oben angekommen setzte sie ihre Tochter ab und steckte voller Erwartung den Schlüssel ins Loch. Sie drehte. Er bewegte sich. Mit einem leisen Knarren ließ sich die Tür öffnen. Ihr Herz machte einen Luftsprung vor Anspannung.

Im Zimmer war es dunkel, da die Gardinen zugezogen waren. Sie nahm Sophie wieder auf den Arm und ging zum Fenster, um Licht hereinzulassen. Staub rieselte ihr entgegen, als sie die Vorhänge aufzog.

Es gab nur dieses eine Fenster. Der Fußboden war mit alten Holzdielen ausgelegt. Der Raum war nicht allzu groß und leer. Hier muss lange keiner mehr drin gewesen sein, dachte sie. Überall lag dicker Staub und unzählige Spinnweben hingen an der Decke. Die abgenutzte Tapete hatte ein hässliches, altmodisches Blumenmuster. Die Fensterscheiben waren ganz milchig und vergilbt.

Mit einem Ruck öffnete sie das Fenster und ließ frische Luft in den Raum. Sie schaute hinaus und sah, dass man direkt in Familie Hausers Apfelgarten gucken konnte.

Sophie wollte auf den Boden gelassen werden und Sandra setzte sie ab. Die Kleine rannte zielstrebig auf eine kleine Nische zu, die Sandra bis jetzt noch gar nicht gesehen hatte. Der Raum war doch nicht ganz leer, denn hier standen ein paar Kartons. Obenauf lag eine völlig eingestaubte Puppe.

Sophie riss sie sofort an sich. »Püppi!«, sagte sie aufgeregt und drückte die Puppe, die braune Staubflecken auf ihrem Pullover hinterließ.

»Warte, Sophie. Ich mach sie dir sauber.« Sandra nahm

ihr die Puppe ab und entfernte den Staub. Es war eine dieser altmodischen mit Porzellankopf und Schlafaugen. Bei einem fehlten bereits die Wimpern und ihr Kleid war von oben bis unten verdreckt. Sophie hat so viele Puppen, dachte Sandra, warum musste sie ausgerechnet dieses hässliche Ding finden …

»Haben, haben!«, schrie Sophie und streckte ihr die Hand entgegen. Sandra lächelte und gab ihr die Puppe zurück. Bei Gelegenheit würde sie das Kleid waschen und das ganze Ding mal gründlich saubermachen.

Voller Neugier zog Sandra den ersten Karton zu sich. Unter der dicken Staubschicht war allerlei Gerümpel verborgen, wie man es auf Flohmärkten fand. Sandra fragte sich allerdings immer, wer so etwas kaufte.

Sie wühlte weiter und fand einen vergilbten Zeitungsausschnitt. Als Datum konnte sie den 15. Juli 1993 erkennen. Sechzehn Jahre alt, dachte sie.

Erholungsbesuch aus Tschernobyl
Zu unserer großen Freude erreichte unsere Redaktion die Nachricht, dass in diesem Jahr zum ersten Mal Kinder und Jugendliche aus der sowjetischen Stadt Tschernobyl bei uns in der Natur in und um Seesby Erholung finden sollen.
Seit der Reaktorkatastrophe im Kernkraftwerk Tschernobyl am 26. April 1986 nahe der Stadt Prypjat ist das Leben dort nicht mehr das, was es vorher mal war.
Der Unfall, der als einer der schlimmsten Umweltkatastrophen aller Zeiten gilt, führte bei einer nicht genau bekannten Zahl von Menschen zum Tod und schweren Erkrankungen. Zu den bisher am häufigsten beobachteten gesundheitlichen Folgen gehört ein dramatischer Anstieg der Fälle von Schilddrüsenkrebs und Leukämie bei Personen, die zum Zeitpunkt des Unglücks Kinder und Jugendliche waren, wobei letzteres bisher noch

nicht eindeutig bewiesen ist, allerdings aber auch nicht widerlegt werden kann.
Um das kurze Leben dieser erkrankten und unschuldigen Seelen aufzuhellen, hat Seesbys Bürgermeister Wolfgang Stiezel seine Beziehungen spielen lassen und einen Austausch organisiert. Vierzehn Jungen und Mädchen im Alter von 8 bis 14 Jahren werden diesen Sommer vier Wochen bei Familien in Seesby und Rugstedt verbringen und für eine kurze Zeit ein unbeschwertes und fröhliches Leben erfahren, das in ihrer alten Heimat nicht mehr möglich ist.
»Wenn alles gut klappt und es von den Kindern gut angenommen wird«, so Stiezel zu unserer Zeitung, »werden wir in den nächsten Jahren auch wieder kranke Kinder zu uns nehmen und versuchen, ihnen eine erholsame und sorgenfreie Zeit zu geben.«
Wer im nächsten Jahr noch Kinder aufnehmen möchte, möge sich bitte mit unserer Redaktion in Verbindung setzen.

Sandra konnte sich noch an die Katastrophe erinnern. Sie war damals sieben Jahre alt gewesen und wusste noch genau, dass sie auf einmal keine Milch mehr hatte trinken dürfen, da man nicht gewusst hatte, wie weit die Strahlung vorgedrungen war. Stattdessen hatte sie von ihren Eltern Kalktabletten bekommen, um den Knochenbau dennoch zu fördern.

Über dem Artikel war ein Bild abgedruckt. Sie erkannte Wolfgang Stiezel, der mit breitem und offenem Lachen zwischen Kindern stand, die scheu in die Kamera guckten. Sie waren dünn und blass und wirkten eingeschüchtert. Ist wahrscheinlich normal, dachte Sandra. Immerhin haben sie ihre Heimat verlassen und leben einen Monat in der Fremde.

Wie viele von ihnen mochten heute noch leben? Sie

empfand tiefes Mitgefühl mit diesen Jungen und Mädchen.

Mit einem Mal glaubte sie etwas auf dem Foto wiederzuerkennen und hielt die Zeitung ins Licht, um besser sehen zu können. Ein Mädchen in der ersten Reihe, es mochte etwa acht Jahre alt sein, schaute ängstlich in die Kamera und hielt eine alte Puppe mit Porzellankopf und Schlafaugen in der Hand. Sandra meinte, die Puppe zu erkennen, die hier im Karton gelegen hatte und jetzt von Sophie heiß geliebt wurde.

Wie kam die hierher? Wahrscheinlich hatte Frau Köbing damals auch Kinder aufgenommen und die Puppe war hier geblieben.

Sandra schaute sich das Gesicht der Kleinen genauer an. Sie wirkte so zart und verletzlich. Wie viel Schmerz musste dieses Kind schon erlitten haben? Vielleicht hatte es Familie und Freunde verloren. Wenn man einmal etwas verliert, dann passt man auf, dass so etwas nicht wieder vorkommt. Warum hatte sie ihre Puppe vergessen?

Sandra hatte als kleines Mädchen mal ihren Lieblingshaarreifen an einer Autobahnraststätte liegenlassen. Als sie es bemerkt hatte, war für sie eine Welt zusammengebrochen. Natürlich konnte man einen Haarreifen nicht mit seinen Liebsten und einem gesunden Leben vergleichen, aber Sandra glaubte, sich das Gefühl des Mädchens vorstellen zu können, als es plötzlich gemerkt haben musste, dass die Puppe nicht mehr da war. Auf einmal unerreichbar und viel zu weit weg.

So ein Mädchen vergisst keine Puppe, dachte sie. Wenn man in dem Alter ohne Eltern so weit verreist, ist eine Puppe eine enorm wichtige Verbindung nach Hause.

Mit einem Mal erschien ihr das hässliche Ding in einem ganz neuen Licht. Sie würde Sophie sagen, dass sie gut drauf aufpassen musste. Aber so wie ihre Tochter die Puppe jetzt schon liebte, musste Sandra sich wohl keine Sorgen machen.

Sie stöberte noch ein bisschen in den Kartons, konnte aber in dem billigen Flohmarktramsch keine weiteren interessanten Sachen finden.

Sandra stand auf und klopfte sich den Staub von der Hose. In den nächsten Tagen würde sie hier mal gründlich saubermachen. Diesen Raum konnte man gut als Lesezimmer einrichten. Oder vielleicht einen begehbaren Kleiderschrank daraus machen, weil er direkt neben dem Schlafzimmer lag.

Sie nahm Sophie hoch und ging mit ihr nach unten.

Sandra war immer noch ganz aufgeregt, weil der Schlüssel auf einmal aufgetaucht war. Hatte der Makler den vielleicht doch noch gefunden und in den Briefkasten geworfen? Aber warum hatte er nicht wenigstens eine Nachricht zusammen mit dem Schlüssel hinterlassen? Es war sehr merkwürdig.

Kapitel 11

Als Marvin nach Hause kam, war Sandra schon im Bett. Er ging ins Schlafzimmer und zog sich aus. Sie hatte zwar noch nicht geschlafen, war aber kurz davor.

Er kroch auf das Bett und gab ihr einen Kuss. Mit ihm war der Geruch von Alkohol und Zigaretten in den Raum eingezogen.

»Schläfst du schon?«, fragte er und rüttelte leicht an ihrer Schulter. Auch wenn sie schon geschlafen hätte, wäre sie jetzt wach gewesen.

»Nein«, murmelte sie und ließ die Augen zu.

»Dreh dich doch mal um!«

»Nein, du stinkst.«

»Ich weiß. Und das ist auch gut so.« Marvin lachte.

Sandra drehte sich ein bisschen zur Seite und schaute ihren Mann mit halb offenen Augen fragend an. »Was ist denn los? Du hast doch sonst nicht geraucht.«

»Das werde ich auch in Zukunft nicht anfangen, aber guck doch mal, was das hier ist.« Er hielt ihr eine Flasche Champagner und zwei Sektgläser vor die Nase.

Sandra war verwirrt. »Gibt es was zu feiern?«

»Oh, ja!« Er versuchte möglichst leise die Flasche zu entkorken, damit Sophie nicht wach wurde. »Wir haben heute den Auftrag erhalten.«

Sandra saß mit einem Mal aufrecht im Bett. Marvin und sein Team waren seit einem halben Jahr dabei, eine große Baumarktkette anzuwerben. Jetzt also war endlich alles unter Dach und Fach und sie konnten ihre große Werbekampagne für die neu zu eröffnenden Filialen starten.

»Das ist ja großartig!«, schrie Sandra und hielt sich gleich die Hand vor den Mund, weil sie Angst hatte, Sophie aufzuwecken. Stürmisch umarmte sie ihren

Mann. »Ich freue mich so für dich. Endlich wirst du mal belohnt für deine harte Arbeit.«

»Ja. Aber weniger wird es zukünftig trotzdem nicht werden. Jetzt geht es ja erst richtig los. Allerdings weiß man endlich, dass das Ganze auch etwas gebracht hat.« Er gab ihr ein Glas und goss den Champagner ein.

»Auf dich, Marvin! Du bist toll!«

»Danke.«

Beide tranken einen Schluck. Marvin strahlte über das ganze Gesicht.

»Und warum stinkst du so?«, fragte Sandra.

»Wir haben vorhin in der Stadt schon mal angestoßen. Im *Galapagos*. Kennst du das? Ist echt nett da.«

»Ja, ich war mal dort.« Sandra nippte wieder an ihrem Glas. Dann fiel ihr plötzlich ein, dass ihr Tag ja auch nicht ganz langweilig gewesen war. Sie erzählte ihm vom Schlüssel im Briefkasten, dem staubigen Zimmer, der Puppe und dem Zeitungsartikel über Tschernobyl.

Marvin sah sie mit großen Augen an. »Irgendwie erzählst du mir jeden Abend eine neue verrückte Geschichte, wenn ich nach Hause komme. Geht das jetzt so weiter? Ich dachte immer, auf dem Land ist nichts los.«

Sandra lachte. »Ja ... Aber ist das nicht komisch? Wo kommt der Schlüssel auf einmal her?«

Marvin trank noch einen Schluck und zuckte mit den Schultern. »Vielleicht wirklich vom Makler. Am besten, wir rufen da morgen mal an.«

»Du meinst eher, dass ich da anrufe. Du bist ja morgen arbeiten.«

Marvin lachte und gab ihr einen Kuss. »Nein, ich kann da auch anrufen. Ich hab mir morgen freigenommen.«

»Oh, wie schön. Dann können wir morgen ja mal wieder etwas gemeinsam machen.«

»Ja, genau. Nur wir drei.«

*

Sandra hatte Kopfschmerzen, als sie am nächsten Morgen aufwachte. Sie wusste nicht, wann sie endlich eingeschlafen waren, aber der Schlaf hatte offensichtlich bei beiden nicht gereicht. Marvin konnte kaum die Augen offen halten.

Während Sandra das Frühstück machte, begutachteten Marvin und Sophie noch mal das neue Zimmer. Für die Kleine war der neue Raum aufregend und spannend.

Im Flur klingelte das Telefon. Sandra nahm ab. Es war Madeleine. Sandra ließ sie gar nicht richtig zu Wort kommen und platzte gleich mit der aufregenden Geschichte über den Fund des Schlüssels und die Eroberung des letzten Zimmers heraus.

Madeleine fand es auch rätselhaft. »Seit du hier bist, ist es überhaupt nicht mehr langweilig im Dorf. Erst der Schreck mit Heinrich, dann die Sache mit Jutta und jetzt findest du auch noch den verbotenen Schlüssel.« Die letzten Wörter hauchte sie mystisch in den Apparat.

Sandra lachte. »Ich werde gleich mal den Makler anrufen. Der kann das bestimmt aufklären.«

»Und wenn nicht? Dann ist das Thema Hausgeist nicht weit. Mann, Sandra, du solltest darüber ein Buch schreiben«, schlug Madeleine vor. »Wie ist denn das Zimmer so? Ist Blut an den Wänden und der Fußboden mit Knochen ausgelegt?«

»Also, Knochen und Blut habe ich nicht gefunden. Noch nicht«, sagte Sandra geheimnisvoll. »Außer ein paar Kartons, Spinnweben und jeder Menge Staub ist das Zimmer leer. Ich habe aber einen alten Zeitungsartikel gefunden, in dem es um die Kinder aus Tschernobyl geht. Wann waren die eigentlich das letzte Mal hier?«

»Soweit ich weiß, sind sie nur einmal hier gewesen. Ein Mädchen soll hier tödlich verunglückt sein und deshalb wurde die ganze Sache abgebrochen.«

Sandra traf es wie ein Schlag. Sie dachte sofort an die

Puppe. »Hat Frau Köbing denn auch Kinder aufgenommen?«, fragte sie vorsichtig.

»Nein, das glaube ich nicht. Ich kannte sie kaum, aber sie soll sehr zurückgezogen gelebt haben. Wieso?«

»Ich habe da oben eine Puppe gefunden, die ein Mädchen auf dem Bild in der Hand hält. Ich wundere mich nur, wie die Puppe hier hergekommen ist.«

»Wahrscheinlich war das Mädchen mal zu Besuch und hat die Puppe vergessen. Ober Frau Köbing hat sie irgendwo gefunden, nachdem die Kinder wieder weg waren.«

Madeleine hatte offensichtlich noch nie einen Haarreifen verloren, dachte Sandra. »Wie ist denn das Mädchen gestorben?«

»Sie wurde vom Auto überfahren.«

»Oh Gott, wie schrecklich. Hier in Seesby?«

»Ich weiß es nicht genau. Über das Thema Tschernobyl wird seitdem grundsätzlich nicht mehr gesprochen. Bitte frag auch niemanden danach. Der Schmerz und der Schock sitzen immer noch tief bei den Leuten.«

Sandra lief es eiskalt den Rücken runter bei der Vorstellung, dass diese Puppe möglicherweise einem Mädchen gehört hatte, das vor ihrer Haustür ums Leben gekommen war. »Lass uns das Thema wechseln! Wieso hast du überhaupt angerufen?«

»Ja, natürlich – das hätte ich jetzt fast vergessen! Wir wollen morgen grillen und ich wollte fragen, ob ihr auch kommen mögt. So gegen vier, damit unsere Kleinen auch noch etwas davon haben.«

»Das hört sich gut an. Wir kommen gerne.«

Kapitel 12

In der folgenden Nacht schlief Sandra wieder schlecht. In ihrem Traum spielte sie mit Sophie im Garten. Es war ein schöner Sommertag. Die Sonne schien, die Blumen blühten und ganz viele Schmetterlinge tanzten fröhlich durch die Luft. Es wirkte wie bei *Alice im Wunderland*.

Plötzlich sah Sandra, dass die Schmetterlinge gar keine Schmetterlinge waren, sondern Riesenwespen mit großen Stacheln. Die Blumen waren mit einem Mal keine Blumen mehr, sondern an Strom angeschlossene Stacheldrahtbüsche, die sich im aufkommenden Wind wiegten und es überall blitzen ließen.

Auch die Sonne war plötzlich nicht mehr da. An ihrer Stelle bildete sich ein Tornado, der pechschwarze Wolken aufwirbelte. Wie auf Kommando schüttete es schlagartig kübelweise kalte und dicke Regentropfen. Sofort waren Sandra und Sophie nass bis auf die Haut.

Sie flüchteten ins Haus. Der Wind war so stark geworden, dass Sandra nur mit größter Mühe die Haustür schließen konnte. Die Fenster klapperten und drohten von Regen und Wind eingedrückt zu werden.

Sie nahm Sophie und setzte sich mit ihr in eine Decke eingehüllt auf das Sofa im Wohnzimmer. Der Wind heulte um das Haus und Sandra sah die ersten Ziegel vom Dach fliegen. Sophie fest an sich gedrückt, kauerte sie sich zusammen und hoffte, dass der Spuk bald aufhören möge, als es plötzlich an der Tür klingelte.

Schon war sie im Flur und öffnete. Sofort fegte ein fürchterlicher Sog durch das Haus, der sämtliche Türen auf und zu schlagen ließ.

Auf der Treppe stand das Mädchen aus der Zeitung, dem die Puppe gehört hatte. Es war komplett nass und trug ein zerrissenes Nachthemd, das über und über mit

Blut und Dreck beschmiert war. An ihrem Kopf hatte sie eine klaffende Wunde, die vom blutverkrusteten Haar verdeckt wurde. Ihre Arme und Beine waren grün und blau und mit Schürfwunden übersät. Mit rot unterlaufenen Augen starrte sie Sandra und Sophie an. »Lasst mich rein! Bitte helft mir! Ich will meine Puppe!« Es war nur ein Flüstern.

Instinktiv sprang Sandra zurück und fiel rücklings auf den harten, kalten Fliesenboden. Erschrocken zuckte sie zusammen und war plötzlich wach. Ihre Decke war weg.

Angespannt setzte sie sich im Bett auf und atmete tief durch. Es war nur ein Traum, es war nur ein Traum, wiederholte sie in Gedanken. Dennoch hatte sich das Gesicht des Mädchens in ihrem Kopf festgebrannt.

»Was ist los?«, fragte Marvin, der plötzlich neben ihr saß. Sandra erschrak und sah ihn verwirrt an. »Du bist ja total nass.« Er streichelte mit der Hand über ihren Rücken und zog die Decke wieder ran.

»Ich … ich hab sie gesehen, Marvin«, stammelte Sandra und starrte an ihm vorbei ins Leere.

»Wen hast du gesehen?«

»Das Mädchen. Das Mädchen vom Foto, das hier verunglückt ist. Sie stand bei uns vor der Haustür und sie war voller Blut.«

»Es war nur ein Traum.«

»Sie kam mir so wirklich vor. Sie hat mit mir gesprochen. Sie war da.«

»Beruhige dich, okay? Es war nur ein Traum. Leg dich hin! Versuch wieder einzuschlafen!«

Sandra konnte es aber nicht. Die ganze Zeit über hatte sie das Mädchen vor den Augen und traute sich nicht, die Lider zu schließen. Der Traum war zu real gewesen.

Sobald es hell war, stand sie auf. Sie musste unbedingt auf andere Gedanken kommen.

*

Den Vormittag verbrachten sie gemeinsam im Garten. Auch wenn sie nicht mit Hacke und Schaufel unterwegs waren, so schritten sie doch gemeinsam ihr Reich ab und schmiedeten Pläne – für eine neue, größere Terrasse, Rosenbeete in allen Ecken und Sophies Schaukel- und Spielpark. Man könnte ihr irgendwann in einer der hohen Eichen ein Baumhaus bauen.

Marvin hätte am liebsten natürlich eine große Teichanlage mit Insel und Brücke und einen Swimmingpool gehabt, aber das wollte Sandra nicht, solange Sophie noch so klein war.

Nach einiger Zeit legten sie sich zufrieden auf den Rasen hinter dem Haus, oder besser, auf die paar Hälmchen, die Sandra freigelegt hatte, und genossen ihr Paradies. Die Gartenarbeit war erledigt – zumindest theoretisch. In ihren Köpfen war der Garten fertig, aber wahrscheinlich war selbst ihr riesiges Grundstück für die geplanten Veränderungen und Neuanschaffungen zu klein.

Am Nachmittag um kurz vor vier machten sie sich auf den Weg zu Madeleines Familie. Es war ein schöner Tag und Sandra genoss es, dass sie endlich mal wieder Zeit füreinander hatten.

Die großzügige Terrasse der Stiezels lag hinter dem Haus. Wolfgang Stiezel war gerade dabei, den Grill anzuheizen, und lächelte ihnen freundlich entgegen. »Hallo! Die komplette Familie Losberg. Wie schön! Was macht der Rasen?«

Sandra reichte ihm die Hand. »Der hat jetzt endlich mal ein bisschen Luft und kann wachsen. Vielen Dank noch mal für den Rasenmäher, Herr Stiezel.«

»Oh, sag doch bitte Wolfgang zu mir. Wir Seesbyer sind alle eine Familie und da gehört ihr jetzt schließlich auch dazu.« Er gab auch Marvin die Hand und wiederholte noch einmal, wie sehr er sich freute, die junge Familie jetzt in seinem Dorf zu haben.

Madeleine kam aus dem Haus und stellte eine Schale mit Kräuterbrot auf den Tisch. Sie sah wie immer blendend aus in ihrer knackig sitzenden Jeans und dem hautengen Top mit Blumenmuster. Lächelnd ging sie auf Marvin zu und gab ihm die Hand. »Ich bin Madeleine.«

»Marvin. Hallo. Schön, dich endlich kennenzulernen.«

»Und Tom kennt ihr beide noch nicht. Kommt doch schnell mit rein.« Sie rannte los und schwebte durch die Terrassentür.

Tom tippte in seinem Arbeitszimmer auf dem Rechner herum. Madeleine stand in der Tür und machte eine entschuldigende Geste zu Sandra und Marvin. »Man darf ihn nicht stören, wenn er beschäftigt ist.« Sie zog die Mundwinkel runter und machte ein wichtiges Gesicht.

»Ich sehe dich, Madeleine«, sagte Tom, ohne vom Bildschirm aufzublicken. »Auch wenn ich arbeite, kriege ich alles mit.«

»Dann hör doch endlich damit auf. Heute ist Samstag und wir haben Besuch.« Madeleine ging auf ihn zu und legte ihm die Hände auf die Schultern.

Tom tippte noch schnell etwas ein. Dann stand er auf und schob seine Frau beiseite. »Ich bin ja schon fertig.« Vorsichtig bahnte er sich einen Weg durch Kabel, Papier und diverse Kartons mit Computereinzelteilen. »Bitte entschuldigt mein Chaos. Hier sieht es immer so aus«, sagte er und gab Sandra und Marvin die Hand.

Er war recht klein, vermutlich nur ein Stückchen größer als Madeleine. Sein Gesicht zeigte deutlich die Spuren schwerer Jugendakne. Er hatte kurzes braunes Haar und einen leichten Dreitagebart. Hätte man nicht gewusst, dass die beiden Mann und Frau waren, hätte man nicht unbedingt vermutet, dass sie zusammengehörten. Er war eher ein Durchschnittstyp. Wenn er lächelte, sah man allerdings deutlich die Ähnlichkeit mit seinem Vater.

Auf dem Grill lagen bereits die ersten Fleischstücke und brutzelten vor sich hin.

Madeleine hatte eine Decke ausgebreitet und einige von Torges Spielsachen darauf gelegt. Sophie stürzte sich gleich auf einen großen Karton mit Bauklötzen. Die Erwachsenen setzten sich an den Tisch. Wolfgang Stiezel schenkte Getränke ein und erzählte stolz, dass er beim Getränkelager in Rugstedt aufgrund der letzten Feier des Gemeinderats immer noch Prozente bekam.

»Habt ihr euch schon gut eingelebt?«, fragte Tom, während er sich etwas Salat auf den Teller füllte.

»Ja. Das Haus ist einfach wunderschön. Es ist so ruhig und gemütlich«, antwortete Sandra.

»Aber trotzdem ist schon eine Menge passiert bei euch«, erinnerte Madeleine sie und grinste. »Vorher war es hier recht eintönig. Sandra sorgt ein bisschen für Aufregung.«

Sandra wäre es lieber gewesen, wenn es nicht so gewesen wäre.

»Aber du bist auch nicht viel besser, Madeleine«, scherzte Marvin, während er sich ein Stückchen Fleisch abschnitt.

»Wieso? Was hab ich denn gemacht? Hab ich etwa auch unser Dorfmonster nackt im Heizungsraum erschreckt?« Madeleine steckte die anderen mit ihrem Lachen an.

»Nein, das vielleicht nicht, aber du erzählst Gruselgeschichten von verunglückten Mädchen, so dass meine phantasievolle Sandra davon Alpträume kriegt und wir die halbe Nacht nicht schlafen können.« Marvin schmunzelte, aber das Gelächter am Tisch war auf einmal verstummt. Alle machten ernste und bittere Gesichter.

Madeleine starrte auf den Tisch und sah aus wie ein kleines Schulmädchen, das ein Geheimnis ausgeplappert hatte.

Marvin schaute verwirrt von einem zu anderem. Die

gute Stimmung war verflogen. »Hab ich was Falsches gesagt?«, fragte Marvin verdutzt in die Runde.

Sandra legte ihm eine Hand auf die Schulter. »Die Leute im Dorf sprechen nicht gerne darüber.«

»Oh, das tut mir leid. Ich wollte keine schlimmen Erinnerungen wachrufen.«

»Ist schon in Ordnung, Marvin«, sagte Wolfgang Stiezel mit ruhiger Stimme. »Es war eine schlimme Zeit für uns und der Schock steckt immer noch in den Gliedern, obwohl es jetzt schon so lange her ist.«

»Hast du wirklich davon geträumt, Sandra?«, wollte Madeleine wissen. Sie hatte sich leicht über den Tisch gelehnt und sprach sehr leise.

»Ja, aber wie Marvin sagt, ich habe eine wirre Phantasie«, antwortete Sandra und schüttelte den Kopf.

Alle stocherten wortlos in ihrem Essen. Sophie war mittlerweile fertig und tollte wieder mit Torge auf der Decke herum.

»Ich habe damals auch viel davon geträumt«, sagte Renate völlig teilnahmslos, als ob sie gar keine Antwort erwartete.

»Es war für uns alle eine schwere Zeit«, bestätigte Wolfgang und legte seiner Frau die Hand auf den Rücken.

»Vielleicht sollten wir das Thema wechseln«, schlug Marvin vor.

»Erzählt doch mal von eurem Hausgeist!«, bettelte Madeleine und hatte dabei ein faszinierendes Blitzen in den Augen.

»Was denn für'n Hausgeist?«, fragte Tom mit vollem Mund.

»Ach, Madeleine spinnt!« Sandra lachte. »Der Schlüssel für das eine Zimmer lag plötzlich im Briefkasten und Madeleine meint, wir hätten einen Hausgeist, der ihn da hineingelegt hat.«

»Hat er doch auch!«, protestierte Madeleine. »Wo soll der Schlüssel sonst mit einem Mal herkommen?«

»Der Makler wird ihn reingelegt haben.«

»Ich denk, den wolltet ihr anrufen?«

»Haben wir auch, aber er ist erst Montag wieder im Büro.«

Madeleine lehnte sich zurück und verschränkte die Arme vor der Brust. »Der hat ihn bestimmt nicht reingelegt.«

»Und wie sieht der Raum nach all den Jahren aus?«, fragte Renate. »Ich glaube, Käthe hat ihn so gut wie nie benutzt.«

»Er ist sehr dreckig und muffig«, sagte Sandra. »Aber wenn so lange kein Fenster auf war, ist es ja ganz klar. Ich werde mich nächste Woche mal ans Aufräumen machen.«

»Ist er denn wenigstens leer oder müsst ihr noch viel entsorgen?«, fragte Wolfgang etwas angespannt. Er dachte womöglich an die viele Arbeit, die da auf einen zukommen konnte.

»Nein, bis auf ein paar Kartons ist er vollkommen leer«, beruhigte ihn Sandra.

Er atmete tief durch. »Na, dann habt ihr ja Glück. Käthe war eine kleine Sammlerin und hat immer viel behalten. Ich dachte schon, der Raum sei total vollgestellt.«

»Ach, ich glaube, so schlimm war sie gar nicht«, widersprach Renate ihrem Mann. »Einige Sachen wirft man eben nicht weg. Man weiß schließlich nie, was man noch brauchen kann.«

»Typisch Frauen, kann ich da nur sagen«, meinte Tom und fing sich dafür gleich einen Hieb von Madeleine ein.

»Das kommt genau vom Richtigen«, fauchte sie, »durch wessen Arbeitszimmer kann man denn so gut wie gar nicht laufen? Die Kunden sind immer schon fast weg, wenn ich im Laden ankomme, weil ich so lange brauche.«

Alle mussten lachen. Die Stimmung war wieder gut. Gegenseitig zogen sie über das andere Geschlecht her. Nach einer Weile kam Madeleine auf ihr Lieblingsthema – Heinrich den Großen, wie sie ihn scherzhaft nannte. Frau Hauser hatte ihr heute Morgen im Laden erzählt, dass Heinrich wohl eine Freundin hätte, die womöglich bald einzog.

»Heinrich eine Freundin?«, lachte Tom. »Das ist doch nun wirklich weit hergeholt. Mich wundert es immer schon, dass seine Kühe noch nicht vor ihm weggelaufen sind.«

»Aber sie hat es erzählt«, verteidigte sich Madeleine, »und sie klang sehr ernst mit der ganzen Geschichte.«

»Ich würde erst mal abwarten, was passiert«, meinte Renate. »Sie hat das schon so oft erzählt und da war nie wirklich etwas dran. Aber für Heinrich wäre es bestimmt mal gut. Vielleicht würde er dann aufhören, Frauen nachzustellen. Er soll letzte Woche Hanna Kiesfeger beobachtet haben. Sie erzählte mir gestern, dass den ganzen Abend jemand vor ihrem Fenster gestanden habe. Wer sollte es sonst gewesen sein außer Heinrich?«

»Er ist so widerlich!« Madeleine schüttelte sich.

»Ich will euch keine Angst machen«, sagte Wolfgang mit fürsorglicher Stimme zu Sandra und Marvin, »aber es ist leider nicht das erste Mal, dass Heinrich Frauen belästigt. Es ist nie gesagt, dass er wirklich nur beim Gucken bleibt. Leider ist ja auch schon mal mehr passiert.«

Sandra schluckte. Nach der Begegnung mit Heinrich in Renates Dorfladen waren ihr Zweifel gekommen, sie hatte überlegt, ob es nicht doch alles nur Gerede war. Aber wieso sollten alle das Gleiche erzählen? Irgendwas musste da dran sein.

»Vielleicht kriegt ja selbst er irgendwann eine Frau. Oder so was Ähnliches«, sagte Tom und grinste.

»Das ist gar nicht so weit hergeholt«, antwortete Sandra.

»Bei denen brennt die ganze Nacht Licht. Ich habe schon überlegt, ob er vielleicht mit jemandem chattet.«

»Familie Hauser hat kein Internet. Noch nicht mal einen Computer«, entgegnete Renate trocken.

Alle sahen sie verwundert an.

»Was? Wieso das denn nicht?«, fragte Madeleine ungläubig.

»Frau Hauser sagte mal, dass sie sich nicht für neuartige Medien interessieren. Sie leben immer noch in ihrer alten Tradition.«

»Aber Heinrich ist doch ein Erwachsener«, bemerkte Madeleine, »mehr oder weniger zumindest. Ich meine, irgendwo wird ihm doch mal etwas Neumodisches über den Weg gelaufen sein, woran er Interesse haben könnte. Der Kerl muss doch mal etwas aus sich machen.«

»Der Typ ist zurückgeblieben, Madeleine«, antwortete Tom, »da kannst du nichts machen. Dem könntest du wahrscheinlich auch noch Hundefutter vorsetzen und er würde es ohne Murren aufessen.« Tom lachte über seinen Einfall.

»Ich frage mich, was er dann die ganze Nacht macht«, überlegte Marvin. »Ob er wirklich Fernsehen guckt? Einen Fernseher haben sie doch, oder?«

Renate nickte. »Ja, aber soweit ich weiß, haben sie keine Satellitenschüssel, das heißt, sie haben nicht viele Programme.«

»Was macht er dann?«, fragte Madeleine, die schon wieder eine Sensation witterte.

»Wahrscheinlich guckt er sich Frauenbilder in der Zeitung an und holt sich dabei einen runter«, schlug Tom vor.

»Die ganze Nacht? Wer schafft das denn?« Madeleine zog eine Augenbraue hoch. Ihrem Blick nach zu urteilen, würde sie es Tom nicht zutrauen. Alle lachten. Nur Tom blickte mürrisch zu Boden.

»Vielleicht liest er ja auch«, schlug Sandra vor. Obwohl sie sich das nicht wirklich vorstellen konnte.

»Ich glaube, der kann gar nicht lesen«, meinte Madeleine, »im Laden hält er sich die Sachen zwar immer ganz dicht vor die Nase, aber ich glaube, er guckt sich nur die Bilder an.«

»Vielleicht werden wir es irgendwann erfahren«, sagte Marvin.

»Ich will es gar nicht wissen.« Madeleine machte ein angewidertes Gesicht.

Der Abend näherte sich dem Ende und bald verabschiedeten sich Sandra und Marvin. Als sie nach Hause gingen, trug Marvin seine kleine Tochter auf dem Arm, weil sie schon kurz vor dem Einschlafen war.

»Es war doch sehr nett, oder?«, fragte Sandra ihren Mann.

»Ja, finde ich auch. Mit denen scheinen wir echt Glück zu haben.«

»Hoffentlich klappt es auch mit Heinrich in Zukunft gut.«

Marvin legte seinen Arm um Sandra. »Glaub mir, ich passe auf dich auf.«

»Man müsste rauskriegen, ob er wirklich mal ein Mädchen vergewaltigt hat. Vielleicht kann ich erfahren, wer das gewesen ist, und sie fragen.«

»Willst du Detektiv spielen?« Marvin grinste.

»Nein, das nicht. Aber wenn es wirklich stimmt, dann muss sie Heinrich anzeigen. Warum hat sie das wohl nie gemacht?«

»Ich hab keine Ahnung. Sie wird wohl ihre Gründe haben.«

»Aber was sollten das für Gründe sein? Jeder im Dorf hasst Heinrich und würde sie bei einer Anzeige unterstützen und ihr glauben.«

»Vielleicht hat sie Angst vor ihm.«

»Dennoch würde das ganze Dorf hinter ihr stehen und ihr helfen. Heinrich würde in der Luft zerrissen werden. Glaub mir, Marvin, die Sache stinkt. Da stimmt irgendetwas nicht.«

»Okay, Sherlock, dann mach dich mal an die Arbeit!«

Sandra gab ihm einen Knuff in die Seite. »Du bist blöd, Marvin. Du musst mich unterstützen.«

Er drückte sie mit seinem freien Arm und zog sie an sich. »Okay, vielleicht findest du ja etwas raus.«

Verträumt gingen sie die Birkenallee hoch. Es war ein schöner Abend. Die Sonne war gerade untergegangen und die Luft roch warm und mild.

Ohne etwas zu sagen, schielten beide unauffällig zum Nachbarhof.

Es brannte wieder Licht im oberen Fenster.

Kapitel 13

Am Sonntag war der Himmel grau und es war deutlich kühler geworden.

Für Sandra war es der beste Grund dafür, sich an das neue Zimmer zu machen. Der Gedanke reizte sie, den Raum zu entstauben, die Fenster zu putzen und alles wieder komplett auf Vordermann zu bringen.

Marvin und Sophie waren im Wohnzimmer und versuchten im Bauklotzturm-Bauen einen neuen Rekord aufzustellen.

Sandra räumte die Kartons aus dem Zimmer und stellte sie vorerst in den Flur. Dann fing sie an, den Raum auszufegen, aber das war keine so gute Idee, es staubte fürchterlich. Sie öffnete das Fenster, so weit es ging, und lehnte sich hinaus. Die Luft war angenehm. Entspannt ließ sie den Blick schweifen und sah, wie beim Nachbarhof blitzschnell eine Gardine zugezogen wurde.

»Auf frischer Tat ertappt«, sagte Sandra zu sich selbst. »Hör auf zu spannern, du Arschloch!« Sie war wütend. Alle hatten recht gehabt. Er war ein ekelhaftes, notgeiles Schwein.

Sandra wollte am liebsten hinübergehen und ihm die Meinung sagen. Aber würde das etwas bringen? Man konnte ihn nicht mal anzeigen. Die Polizei würde wahrscheinlich sagen, dass alle Nachbarn ein wenig neugierig seien, und Sandra vorschlagen, dickere Vorhänge zu kaufen. So war es bei einer ihrer Freundinnen gewesen.

Angewidert streckte Sandra die Zunge raus und verzog das Gesicht. »Penner!«

Dann machte sie sich wieder an die Arbeit. Bei offenem Fenster ging das Fegen besser. Trotzdem holte sie sich den Staubsauger, nachdem sie das Gröbste weggefegt hatte.

Beim Fensterputzen hatte sie am meisten zu tun. Sie waren lange nicht mehr gereinigt worden und es war anstrengend, sie richtig sauber zu kriegen. Sandra scheuerte und scheuerte, bis sie keine Kraft mehr in den Armen hatte und ihr die Hände wehtaten. Nach einer Weile hatte sie keine Lust mehr und beschloss, eine Pause einzulegen.

Marvin und Sophie hatten das Turmbauen aufgegeben und saßen mit einem Buch auf dem Sofa. Als Sandra ins Wohnzimmer kam, blickte ihr Mann kurz auf. »Bist du schon fertig?«

Sandra lachte. »Noch lange nicht. Das Fenster kriege ich nicht sauber. Ich würde am liebsten ein neues kaufen.«

»Was meinst du, Sophie? Sollen wir mal mit hochgehen und Mama helfen? Das ist bestimmt gar nicht so schlimm, wie sie immer meint.«

»Witzbold.« Sandra holte sich aus der Küche etwas zu trinken und folgte dann Marvin und Sophie nach oben.

Ohne die vielen Spinnweben und den ganzen Staub sah das Zimmer schon gar nicht mehr so schlimm aus. Sandra merkte, dass sie doch schon weiter war, als sie gedacht hatte.

»Das geht doch«, meinte Marvin und schaute sich um. »Jetzt müssen wir nur noch die Tapeten abreißen und dann sieht es hier schon anders aus.« Er griff nach einem Ende, das bereits wellig von der Wand hing, und zog kräftig daran. Sofort löste sich die Tapete und flog schwungvoll von der Wand. Die Fußleiste sauste gleich hinterher. »Upps, das geht aber einfach. Ich dachte, wir müssten richtig viel kratzen.« Voller Tatendrang ging er zur nächsten Tapetenbahn. Die allerdings ließ sich nur in kleinen Fetzen entfernen. »Okay, das darfst du dann doch machen.«

»Typisch, sobald es schwer wird, hast du keine Lust

mehr.« Sandra versuchte, am anderen Ende die Tapete zu lösen.

Beide waren für einen Moment nur mit der Wand beschäftigt und achteten nicht darauf, was Sophie machte.

»Dat denn?«, fragte die Kleine und hielt einen dreckigen Stofffetzen hoch, der an der abgerissenen Fußleiste hing. Sandra und Marvin drehten sich um.

»Was hast du denn da?« Marvin nahm Sophie das Stückchen Stoff aus der Hand und verzog das Gesicht. »Igitt, guck mal, Sandra! Eine Unterhose.«

Sandra wollte es nicht glauben, aber er hielt tatsächlich eine zerknüllte und sehr dreckige Mädchenunterhose in der Hand. »Wie kommt die denn hinter die Fußleiste?«

»Frag mich was Leichteres. Ich schmeiß die gleich weg.«

»Warte mal kurz.« Sandra meinte etwas an der Unterhose gesehen zu haben, das nicht wie einfacher Dreck aussah. »Guck doch mal da. Ich glaube, das ist Blut.«

Beide schauten genauer hin. Es sah wirklich so aus, als ob die Hose direkt im Schritt blutig war, und es war nicht gerade wenig.

»Das ist ja ekelhaft.« Marvin nahm die Unterhose an einem Zipfel hoch. »Ab in den Müll damit.«

»Nein, warte mal.«

Er sah seine Frau mit krauser Stirn fragend an. »Willst du die etwa behalten? Am besten einmal waschen und dann für Sophie aufheben? Du spinnst doch!« Er machte sich auf den Weg nach unten.

Sandra hielt ihn zurück. »Schmeiß sie bitte nicht weg. Ich nehme sie.«

»Was zum Teufel willst du denn damit?«

»Überleg doch mal! Frau Köbing hat keine Kinder gehabt. Sie hat auch nie Feriengäste aufgenommen. Hier sind nie Kinder gewesen. Wo kommt die Unterhose her?«

»Du spinnst doch, Sandra.« Er wandte sich ab.

»Marvin, warte! Ich meine das ernst. Wieso ist da so viel Blut drin?« Sandra hielt aufgeregt seinen Arm fest.

»Na, wahrscheinlich hat das Mädchen seine Tage bekommen.«

»Und wieso finden wir das Ding dann hinter der Fußbodenleiste?«

»Es war ihr vermutlich unangenehm. Wahrscheinlich war es das erste Mal. Sie hat sie eben versteckt.«

»Aber wieso war sie hier?«

»Ich hab keine Ahnung, Sandra«, murrte Marvin, schob sie zur Seite und ging nach unten. In der Küche hörte sie die Klappe des Mülleimers zuschlagen.

Sandra war noch völlig in Gedanken, als Sophie plötzlich neben ihr stand. »Detty haben!«, sagte sie und zeigte auf ihren Stoffbären, der unten im Flur lag. Sandra nahm sie auf den Arm und ging mit ihr runter.

Marvin hatte sich etwas zu trinken geholt. Er setzte sich an den Küchentisch und blätterte in der Zeitung.

»Lass uns bitte noch mal überlegen, Marvin.«

Er blickte kurz hoch und sah sie genervt an.

Sie ließ sich nicht beirren. »Wie kommt die Unterhose da hin?«

»Mensch, Sandra! Ich hab keinen Bock, jetzt die ganze Zeit über diese blöde Unterhose zu diskutieren. Frau Köbing wird doch irgendwann mal Verwandte oder Besucher hier gehabt haben. Du kannst mir nicht erzählen, dass in diesem Haus noch nie ein Kind gewesen ist. Und jetzt hör auf damit!« Marvin vertiefte sich in die Zeitung.

Sophie war im Flur und spielte Hoppe Hoppe Reiter mit ihrem Teddy.

Marvins Theorie klang logisch. Frau Köbing hatte ja schließlich auch einen Neffen gehabt. Da gab es bestimmt noch mehr Verwandtschaft.

Irgendetwas ließ Sandra dennoch keine Ruhe.

Sie konnte sich noch gut daran erinnern, wie es gewesen war, als sie selbst das erste Mal ihre Tage bekommen hatte. Sie war aufgewacht und aufs Klo gegangen. Schon beim Ausziehen hatte sie den dunklen roten Fleck in ihrer Unterhose gesehen und sich furchtbar erschreckt. Für sie war die Vorstellung, dass sich plötzlich alles ändern sollte und sie kein Kind mehr war, grausam gewesen und sie hatte sich mies und beschmutzt gefühlt. Erst nach einigen Monaten hatte sie sich an ihre neue Situation gewöhnt und gemerkt, dass sie ja trotzdem noch sie selbst geblieben war.

Sie konnte sich gut vorstellen, dass das Mädchen aus Scham die Unterhose versteckt hatte. Trotzdem fand sie, dass wirklich viel Blut in der Hose gewesen war.

Langsam ging sie auf den Mülleimer zu und fischte das Höschen wieder heraus. Vorsichtig steckte sie es in einen Gefrierbeutel.

Marvin schaute kurz auf und schüttelte verwundert den Kopf, als Sandra ihren Fund nochmals genauer untersuchte.

Die Unterhose war helllila mit einem Schleifchen in der Mitte. Außer dem Blut war sie auch noch mit allerlei anderem Dreck beschmutzt, so als hätte jemand mit ihr den Boden aufgewischt.

Sandra drehte und wendete den Beutel hin und her und inspizierte den Inhalt. Da war so viel Blut. Zu viel Blut.

»Wenn junge Mädchen brutalen Sex haben oder vergewaltigt werden«, begann sie, ohne den Blick von dem Gefrierbeutel abzulassen, »können schlimme Verletzungen passieren. Es kann zu starken Blutungen kommen, wenn in der Scheide Blutgefäße und Schleimhäute reißen.«

»Willst du jetzt etwa behaupten, dass das Mädchen vergewaltigt wurde?« Marvin zog eine Augenbraue hoch.

»Marvin, das ist viel zu viel für eine erste Regelblutung«, sagte sie energisch.

»Gib noch mal her!« Marvin streckte seine Hand nach der Tüte aus.

Sandra stemmte die Hände auf ihre Hüften und wartete auf seine Antwort. »Was machen wir jetzt?«

Marvin überlegte. »Ich weiß nicht, ob wir was machen können. Ich meine, wir haben zwar einen blutverschmierten Slip, aber wir haben kein Opfer.«

»Ein Opfer vielleicht nicht, aber wir haben einen Täter.«

»Einen Täter? Wen denn?«

»Na, Heinrich natürlich. Das ist jetzt doch wohl naheliegend.«

»Wir haben zwar gehört, dass Heinrich so etwas mal getan haben soll, aber das heißt ja noch lange nicht, dass er etwas mit diesem Höschen zu tun hat.«

»Meinst du, es gibt hier gleich zwei Fälle von Vergewaltigung?«

»Nein, das nicht. Aber wie kommt die Unterhose hierher? Hat er sie vielleicht durch das Fenster geworfen?«

»Keine Ahnung, aber wir wissen auch nicht, wie gut er sich mit Käthe Köbing verstanden hat. Vielleicht war sie seine Komplizin.«

»Und sie hat das Mädchen mit Keksen in ihr Haus gelockt? Das ist doch Schwachsinn, Sandra.«

Beide waren einen Moment ruhig und dachten nach. Die Tüte lag in der Mitte auf dem Tisch. Sandra hatte sich inzwischen hingesetzt.

»Ich werde morgen mal versuchen rauszufinden, wie das Verhältnis zwischen Heinrich und Frau Köbing wirklich war«, begann sie schließlich wieder, »und ich würde auch gerne wissen, ob sie noch mehr Verwandte gehabt hat. Vielleicht finden wir ja das Opfer irgendwo.«

Marvin nickte. »Mach das, wenn es dir danach besser geht. Aber häng es nicht an die große Glocke. Ich möchte nicht, dass Frau Köbing oder sonst wer in schlechtes

Licht gerät und es am Ende doch gar nicht stimmt. Das wäre mir unangenehm.«

»Ja, keine Angst. Ich geh morgen nur zu Madeleine und frage sie.«

»Ob das schlau ist? Ich glaube, die ist eine richtige Plaudertasche.«

»Ich sag ihr, dass sie den Mund halten soll.« Sandra starrte auf die Tüte und ihren Inhalt. »Ich mag mir gar nicht überlegen, was das Schwein mit ihr gemacht hat«, murmelte sie und rieb sich über die Arme.

»Dann tu es auch nicht! Für heute wird nicht mehr über die Sache gesprochen, okay?« Er nahm die Tüte und legte sie in den Küchenschrank.

Sandra ging nach oben und schloss die Tür des Eckzimmers wieder ab. Den Schlüssel versteckte sie in einem zusammengeknäuelten Paar Socken und stopfte es nach ganz unten in ihre Sockenkiste. Der neue Raum war ihr unheimlich geworden und sie wollte ihn, zumindest in nächster Zeit, nicht mehr betreten. Es hatte offensichtlich einen Grund, dass er immer verschlossen gewesen war.

Kapitel 14

Es war eine furchtbare Nacht gewesen. Sie hatte nicht schlafen können, und wenn es dann doch ging, träumte sie verrücktes und wirres Zeug. Sie sah im Spiegel blass und angespannt aus und selbst nach der Dusche wurde es nicht besser. Am liebsten wäre sie heute den ganzen Tag drinnen geblieben, aber es gab da ja noch eine Sache, die sie klären wollte.

Als Sandra mit Sophie bei Madeleine ankam, stand die gerade im Flur auf einer Trittleiter und wischte die Türen von oben ab. Selbst beim Putzen und mit Staub auf der Nase sah sie hübsch aus.

Sandra schielte kurz in die Küche und sah, dass der Herd halb auseinandergebaut war und der Backofen in viel Schaum einweichte.

»Hallo, ihr zwei!« Madeleine sprang von der Leiter. »Wie schön, dass ihr mich mal wieder besucht.«

»Und du hast an deinem freien Tag nichts Besseres zu tun, als einen Großputz zu machen?«

»Da sagst du was. Aber hier ist in der letzten Zeit so viel liegen geblieben, da musste ich heute mal ran. Wie geht's euch?«

»Gut, danke. Ich hab gestern auch ordentlich geschrubbt.«

»Habt ihr noch so viel Umzugsarbeiten?«

»Nein, das nicht. Ich war im neuen Zimmer.«

Madeleines Augen leuchteten auf. »Und wie sieht es jetzt aus? Wird es schön?«

»Es ist eine ganz schöne Arbeit.«

Madeleine zwinkerte mit einem Auge und zog den Mund schief. »Und was ist mit den Schädelknochen und Blutspuren an den Wänden?«

Wenn sie wüsste, wie nah sie der Realität doch war,

dachte Sandra. »Knochen sind da keine, aber ich hab tatsächlich Blut gefunden.«

»Was?«, schrie Madeleine und wenn sie nicht schon neben der Leiter gestanden hätte, wäre sie jetzt wahrscheinlich runtergefallen.

»Da war eine Unterhose mit Blut.«

Madeleine zog angewidert die Stirn in Falten. »Lag die da einfach so rum?«

»Nein, die war unter der Fußleiste. Eine total verschmutzte Mädchenunterhose mit ganz viel Blut.«

»Vielleicht hat da jemand seine Tage bekommen.«

»Das hat Marvin auch gleich gesagt. Er meinte, ein Mädchen habe seine Tage bekommen und die Hose vor Scham unter die Leiste geschoben. Aber meiner Meinung nach ist es für eine Regelblutung zu viel Blut.«

Madeleines Augen weiteten sich. »Und was denkst du?«

»Ich weiß es nicht genau, aber …«

»Heinrich!« Es kam wie aus der Pistole geschossen.

Sandra nickte. »Das habe ich dann auch gedacht.«

Madeleine starrte auf den Boden und setzte sich langsam auf eine Stufe der Leiter. »Das ist ja unglaublich.«

»Was ist unglaublich?«, fragte eine Männerstimme aus dem Arbeitszimmer.

Sandra wäre am liebsten im Boden versunken. Wie dumm von dir, dachte sie, du hättest ja auch erst mal gucken können, ob noch jemand da ist.

Es war nicht Tom, sondern Wolfgang, der gerade durch die Seitentür zum Laden reingekommen war. »Na, ihr zwei. Was ist unglaublich?«

»Sandra hat die Unterhose gefunden«, antwortete Madeleine.

Wolfgang sah sie verdutzt und fragend an. »Was denn für eine Unterhose?«

»Die Unterhose des Mädchens, das von Heinrich vergewaltigt wurde.«

Er schien immer noch nicht ganz zu begreifen und wandte sich an Sandra.

Jetzt ist die Sache eh schon fast draußen, dachte sie und entschuldigte sich innerlich bei Marvin, als sie Wolfgang die Einzelheiten erzählte.

Er verzog das Gesicht und schien ins Grübeln zu fallen.

»Ist das nicht der Hammer?«, meinte Madeleine. »Jetzt sind die Beweise da und er kann endlich angezeigt werden.«

»Es ist nicht bewiesen, dass es wirklich die Hose und das Blut von Tina Fistel sind«, sagte Wolfgang.

»Ist das das Mädchen, das Heinrich vergewaltigt haben soll?«, fragte Sandra.

»Ja, sie ist nach dem Vorfall mit ihrer Familie nach Braunschweig gezogen. Ich habe seitdem nichts mehr von ihnen gehört.«

»Warum hat sie Heinrich nie angezeigt?«

»Erst wollte sie es. Sie hatte jedem von der Vergewaltigung erzählt und Heinrich beschuldigt. Vom einem Tag auf den nächsten hat sie allerdings alles zurückgenommen und nie wieder davon gesprochen. Fast so, als hätte ihr jemand eine Gehirnwäsche verpasst. Kurz danach sind sie weggezogen.«

»Aber dann können wir das doch nun noch machen. Jetzt sind die Beweise schließlich da.« Madeleine konnte die Geschichte offenbar auch nicht ruhen lassen.

»Aber was sind denn das für Beweise? Eine Unterhose mit Blut. Wir haben ja nicht einmal eine Vergleichsprobe mit Blut von Tina Fistel.«

»Kann man nicht rausfinden, wo sie jetzt lebt?«, fragte Sandra. »Vielleicht hat sie nach all den Jahren doch noch Interesse an einer Anzeige.«

»Ja, genau. Lass uns das versuchen, Sandra.«

»Ich würde es nicht machen«, erwiderte Wolfgang. »Die Familie hat Seesby damals den Rücken gekehrt und wollte nichts mehr mit allem hier zu tun haben, was ich natürlich auch verstehen kann. Wenn sie eine Anzeige hätten machen wollen, dann hätten sie das getan. Wühlt nicht in alten Wunden herum. Wahrscheinlich hat Tina die ganze Sache gerade einigermaßen überstanden und vergessen.«

»Bleibt noch die Frage, wie Heinrich die Unterhose in das Zimmer gebracht hat«, sagte Madeleine und wischte sich mit der Hand über die Stirn.

»Wie war denn das Verhältnis zwischen Heinrich und Käthe?«, fragte Sandra.

»Oh Gott, Kinder, lasst um Himmels willen die arme Käthe da raus«, warnte Wolfgang. »Die hat damit nun wirklich nichts zu tun. Ich würde die ganze Sache vergessen. Es ist ja nicht eure Angelegenheit. Wie gesagt, das Mädchen hatte selbst entschieden, ihn nicht anzuzeigen. Lasst das Vergangene ruhen.«

Madeleine und Sandra blickten niedergeschlagen auf den Fußboden.

Wolfgang fuhr fort: »Außerdem wisst ihr nicht mal, ob Heinrich da wirklich etwas mit zu tun hat. Soweit ich weiß, soll die Vergewaltigung im Wald oder irgendwo anders im Freien gewesen sein. Wie kommt die Unterhose also zu Käthe?«

»Aber von wem ist die Hose dann?«, fragte Madeleine aufgebracht.

»Käthe hatte manchmal ihre Neffen und Nichten zu Besuch. Einer von denen wird sie gehören.«

»Schade«, sagte Madeleine enttäuscht, »ich dachte, wir könnten Heinrich jetzt zum Teufel jagen.« Sie schob die Lippe vor und sah aus wie ein beleidigtes kleines Mädchen.

Sandra wusste nicht, was sie glauben sollte. Sie hatte ein merkwürdiges Gefühl bei der ganzen Sache.

Wolfgang schien ihre Zweifel zu spüren. »Du kannst

nichts an dem Geschehenen ändern, Sandra. Wir alle müssen die Wünsche anderer akzeptieren. Auch wenn es schwerfällt.«

Sie hörten Renate aus dem Laden Wolfgangs Namen rufen und er verabschiedete sich schnell. So unauffällig und leise, wie er gekommen war, war er auch wieder verschwunden.

Die beiden Frauen blieben mit Sophie zurück. Madeleine saß immer noch auf der Leiter und machte ein enttäuschtes Gesicht. »Und ich dachte schon, du sorgst wieder für neue Schlagzeilen«, sagte sie mürrisch. »Aber Wolfgang hat wahrscheinlich recht.«

»Scheint so.« Sandra war verwirrt. Und sie bekam Kopfschmerzen. Ihr Kopf dröhnte und rauschte und sie konnte kaum einen klaren Gedanken fassen. Der langsam eintretende Wetterumschwung war vermutlich die Hauptursache, aber die Ereignisse der letzten Tage waren auch nicht unschuldig daran.

*

Am späten Nachmittag ging es Sandra etwas besser und sie beschloss, nach Rugstedt zu fahren und eine Kleinigkeit einzukaufen.

Sophie liebte Einkaufen. Man musste nur das Wort sagen und schon hüpfte sie aufgeregt umher. Glücklicherweise konnte Sandra sie immer noch ohne großes Gezeter in den Einkaufswagen setzen und musste ihr nicht durch den Laden hinterherrennen, um sie vom Umsortieren der Regale abzuhalten.

Als sie das Nötigste zusammen hatte und langsam in Richtung Kasse schob, wurde sie von einer zierlichen Frau mit kurzen grauen Haaren angesprochen. »Sie sind doch Frau Losberg. Nicht wahr?«

Sandra wusste nicht, wer das war, und nickte leicht.

Die Frau schüttelte ihr stürmisch die Hand. »Ich bin

Anne Riedler. Wir sind fast Nachbarn. Wir wohnen auf der anderen Seite von Familie Hauser.«

Der Mann neben ihr nickte nur kurz und blickte weiter mürrisch und desinteressiert.

»Ah, hallo, guten Tag«, antwortete Sandra zögernd. Sie war es aus Hamburg nicht gewohnt, von fremden Leuten angesprochen zu werden, schon gar nicht mit ihrem Namen.

»Schön, dass wir Sie endlich mal persönlich treffen. Wir haben Sie schon oft gesehen, wenn Sie bei uns vorbeigelaufen sind, nicht, Frank? Ach, es ist so schön, dass wieder eine junge Familie nach Seesby gezogen ist!«

Sandra kam die ganze Sache sehr bekannt vor. Bis jetzt hatte ihr jeder in Seesby gesagt, wie sehr eine junge Familie das Dorf aufleben lassen konnte. Hatten die sich abgesprochen? »Danke, wir freuen uns auch«, sagte sie und versuchte ein freundliches Lächeln.

Dann wurde Frau Riedlers Miene plötzlich ernst. »Ich habe so etwas Schreckliches gehört. Sie sollen eine blutverschmierte Unterhose gefunden haben. Stimmt das?« In ihren Augen blitzten Neugier und Sensationslust.

Sandra war baff. Sie hatte die Unterhose gestern erst gefunden und heute Morgen das erste Mal mit jemandem darüber gesprochen. Wie konnte diese Frau jetzt davon wissen? Die Mundpropaganda in Seesby war besser als das Internet. »Äh, ja, das stimmt.«

»Das ist ja wirklich entsetzlich. Man sagt, es soll die von Tina Fistel sein.«

»Das weiß man doch gar nicht, Anne«, brummte ihr Mann.

Sie warf ihm einen bösen Blick zu.

Sandra schaute fragend von einem zum anderen. »Woher wissen Sie das überhaupt?«

»Frau Hauser hat es mir vorhin erzählt.«

Frau Hauser? Das kann doch alles nicht wahr sein,

dachte Sandra. Woher sollte die das denn gewusst haben? In diesem Ort schien es überall Mikrofone und Kameras zu geben.

»Was haben Sie denn damit vor? Werden Sie zur Polizei gehen?« Frau Riedler verzog das Gesicht wie ein durchtriebener Lehrer, der eine Fangfrage stellt.

Sandra war verunsichert. »Ich weiß es noch nicht. Wolfgang meint, es sei keine gute Idee.« Test bestanden?

»Das sehe ich auch so«, murrte Herr Riedler. Er bekam kaum die Lippen auseinander. »Wühlen Sie keinen Staub auf. Es ist nicht Ihre Sache.«

Frau Riedler sah ihren Mann mit gerunzelter Stirn an. »Aber Frank! Es war doch eine brutale Vergewaltigung. Da kann man nicht so einfach wegsehen. Es ist ein wichtiges Beweisstück aufgetaucht.«

»Das beweist rein gar nichts.«

»Hören Sie nicht auf ihn«, sagte sie jetzt zu Sandra, »der spinnt. Ich sage Ihnen, denken Sie an Ihre Tochter und hören Sie auf Ihr Gefühl. Heinrich ist nicht ganz koscher. Der muss weg.«

Frank Riedlers Gesicht hatte tiefe Falten gezogen. »Hören Sie bloß nicht auf die!«, sagte er zu Sandra und zeigte auf seine Frau, die ihre Arme vor der Brust verschränkt hatte. »Sie sieht überall Gespenster. Sie weiß überhaupt nicht mehr, was sie redet. Seesby ist ein hübsches und gemütliches Dörfchen und das wird es auch bleiben, solange sich alle ruhig verhalten und alles so bleibt, wie es ist. Einen schönen Tag noch.«

»Auf Wiedersehen«, murmelte Sandra.

Frank Riedler nahm seine Frau am Arm und führte sie fort.

Sandra sah ihnen nach. »Solange sich alle ruhig verhalten und alles so bleibt, wie es ist.« Es war doch gar nicht lange her, dass sie etwas Ähnliches gehört hatte.

Die Kopfschmerzen waren wieder voll da, als sie zu Hause ankam.

*

Nicht weit entfernt wartete ein Mann mit einem Telefonhörer am Ohr darauf, dass jemand abnahm. Er war nervös. Es war etwas passiert, das nicht hätte geschehen dürfen. Endlich wurde am anderen Ende abgehoben.

»Hallo?«, fragte eine Männerstimme.

»Na, endlich. Warum nimmst du denn nicht ab?«

»Ich war beschäftigt. Tut mir leid. Was ist denn?«

»Du wirst es nicht glauben. Sie hat eine Unterhose gefunden.«

»Wer hat was gefunden? Ich versteh gar nicht, was du meinst.«

»Sandra Losberg. Sie wohnt jetzt in Käthes Haus. Sie hat eine Mädchenunterhose gefunden.«

»Na und? Die kann doch von jedem kommen.«

»Nein, kann sie nicht. In der Unterhose ist Blut. Und es soll nicht gerade wenig sein, wie ich gehört habe.«

Am anderen Ende wurde es still. Es dauerte eine Weile, bis der Mann sich wieder meldete. »Scheiße!«

»Das kannst du laut sagen.«

»Und was machen wir jetzt?«

»Ich hab keine Ahnung. Ich frage mich, was du gemacht hast. Wolltest du den Raum nicht komplett leer räumen und saubermachen?«

»Aber das hab ich doch. Es stand nichts mehr drin, außer Käthes Flohmarktgerümpel. Ich habe alles saubergewischt.«

»Anscheinend warst du nicht gründlich genug.«

»Verdammte Scheiße! Kann die Tussi uns gefährlich werden?«

»Ich weiß es nicht genau. Ich kenne sie ja gar nicht richtig. Sie ist schließlich gerade erst hergezogen.«

»Scheiße, Mann! Du hast mir echt den Tag verdorben.«

»Tut mir leid! Du hättest uns den ganzen Mist ersparen können, wenn du etwas ordentlicher gewesen wärst.«

»Jetzt hör damit auf, okay? Wir können es nun nicht mehr ändern. Lass uns lieber überlegen, was wir jetzt machen.«

»Ich höre mich mal um, ob sie etwas vorhat.«

»Gut, lass uns hoffen, dass sie die ganze Sache vergisst.«

»Ja. Es wäre ihr und ihrer Familie zumindest zu raten.«

Kapitel 15

Sandra ging heute früh schlafen. Direkt nachdem sie Sophie hingelegt hatte, nahm sie eine Kopfschmerztablette, zog sich aus und schlüpfte unter die Bettdecke.

Als Marvin spät abends nach Hause kam, war sie immer noch nicht richtig eingeschlafen. Er gab ihr einen Kuss und setzte sich auf die Bettkante. »Ist alles klar mit dir? Du siehst krank aus.«

»Mir geht es auch nicht gut«, antwortete sie und drehte sich ein Stück, um ihn besser sehen zu können.

»Was ist denn los?«

»Ich hab tierische Kopfschmerzen. Und außerdem weiß das ganze Dorf von der Unterhose.«

»Was?! Ich denk, du wolltest nur mit Madeleine reden.«

»Hab ich ja auch. Aber Wolfang hat alles mitbekommen.«

»Na, toll«, maulte Marvin und stand auf, »dann machen wir wieder das ganze Dorf verrückt. Als ob nicht ohnehin schon alle über uns reden würden.«

»Jetzt mach mich doch nicht an«, fauchte Sandra und setzte sich aufrecht hin, »ich kann doch auch nichts dafür. Er stand plötzlich in der Tür und hat mitgehört.«

»Ist ja schon gut.«

Beide legten eine kurze Pause ein, um sich wieder zu beruhigen.

»Hast du wenigstens beim Makler etwas rausbekommen?«, fragte Sandra schließlich.

»Nein.«

»Hast du es etwa vergessen?« Ihr Kopf war dem Platzen nahe.

»Nein, hab ich nicht. Ich habe mit ihm gesprochen, aber der Schlüssel kommt nicht von ihm. Er kann sich das auch nicht erklären. Bist du sicher, dass er nicht doch die ganze Zeit im Briefkasten lag?«

»Ja, natürlich. Ich hab den Kasten von innen und außen saubergemacht, bevor wir eingezogen sind. Er war voller Blätter und Spinnweben.«

»Dann war es doch der Hausgeist.«

»Quatsch, wenn es wirklich nicht der Makler war, dann kann es ja nur irgendjemand aus dem Dorf gewesen sein.«

»Und warum hat uns dieser Jemand den Schlüssel nicht persönlich gegeben?«

»Ich war nicht da.«

»Wieso hat er keine Nachricht hinterlassen?«

Sandra massierte sich die Schläfen und überlegte. Jeder Gedankengang tat weh. Plötzlich fiel es ihr wie Schuppen von den Augen. »Er oder sie wollte unbekannt bleiben. Er oder sie wusste, was wir in dem Zimmer finden würden.«

»Du meinst…«

»Ja, klar. Irgendjemand muss gewusst haben, dass Heinrich hier die Unterhose versteckt hat.«

Marvin war ruhig und hatte den Blick auf den Fußboden gerichtet. »Vielleicht hast du sogar recht, Sandra. Wenn dieser Jemand sich aus Angst nicht zeigen möchte, dann ist an der ganzen Sache vermutlich wirklich etwas dran.«

»Wir müssen rausfinden, von wem der Schlüssel kommt.« Sandra war es ganz heiß geworden. »Wolfgang sagt, das Mädchen, das von Heinrich vergewaltigt wurde, heißt Tina Fistel und lebt jetzt in Braunschweig. Ich würde gerne mal wissen, was sie dazu zu sagen hat.«

»Mir ist nicht ganz wohl bei der Sache.« Marvin fuhr sich nervös durch die Haare. »Ich weiß nicht, ob wir uns da einmischen sollen. Die Person mit dem Schlüssel hält sich bestimmt nicht ohne Grund versteckt.«

»Wolfgang hat mir auch gesagt, dass ich mich raushalten soll. Er meinte, Tina hätte damals frei entschieden, Heinrich nicht anzuzeigen. Ich versteh aber nicht warum. Was hatte sie zu verlieren?«

»Theoretisch hat er aber recht. Es ist ihre Entscheidung.«

»Aber Marvin, Heinrich darf nicht einfach so davonkommen. Denk doch auch mal an Sophie!«

»Will ich gar nicht. Mir wird schlecht bei dem Gedanken.«

»Eben. Wir müssen etwas machen, Marvin.«

Er lehnte sich zu ihr und ergriff ihre Hände. »Versprich mir bitte, dass du vorsichtig bist und niemandem auf die Füße trittst.«

»Aber ja. Ich werde morgen einfach mal gucken, ob ich Tina Fistel in Braunschweig finden kann.« Sie zog ihn an sich und küsste ihn.

*

Mitten in der Nacht wurde Sandra von einem Klappern geweckt. Es kam von draußen. Sie lauschte kurz, dann stand sie auf.

Vom Schlafzimmerfenster aus konnte man direkt auf den alten Schuppen sehen, der früher die Schmiede beherbergt hatte und jetzt mit allerlei Gerümpel von Sandra und Marvin vollgestellt war.

Als Sandra aus dem Fenster sah, war der Schuppen hell erleuchtet und komplett leer geräumt. Der gesamte Inhalt lag unsanft übereinandergeworfen davor.

»Wir werden beklaut, Marvin. Da räumt jemand unseren Schuppen aus!«, schrie sie und drehte sich um.

Marvin war nicht da.

Plötzlich ging die Tür auf und ein Dorfbewohner nach dem nächsten betrat das Schlafzimmer. Flüsternd näherten sie sich ihr. Einige mussten sich auf das Bett setzen, weil der Raum zu klein für alle wurde.

Sandra stand wie erstarrt da und wollte schreien, aber kein Laut kam aus ihrer Kehle.

»Marvin ist nicht da«, sagte Wolfgang und sein Kopf kam ihr unheimlich nah.

»Niemand ist da«, sagte Frank Riedler von der anderen Seite des Bettes. Er hatte sich mit Marvins Decke zugedeckt.

»Wir lassen nicht zu, dass jemand einfach irgendwelche Sachen in den alten Schuppen stellt. So was macht man hier in Seesby nicht«, flüsterte Jutta und starrte Sandra mit großen Augen an.

»D-das ge-geht so ni-nicht«, stotterte Heinrich und hielt eine von Sandras Unterhosen in den Händen. Mit einer übertrieben langen Zunge leckte er gierig durch den Schritt.

Sandra war schweißnass. »Wo ist Marvin?«, schrie sie.

Wolfgang presste ihr seine Hand auf den Mund. »Schrei nicht so laut«, sagte er mit seiner ruhigen Stimme. »Wir wollen nicht, dass dich jemand hört. Alles soll so bleiben, wie es ist.«

Sandra drehte sich hin und her, um sich aus seinem Griff zu befreien. Dann biss sie zu und er musste seine Hand wegnehmen. Sie schrie, so laut sie konnte: »Marvin! Marvin! Marvin!«

*

»Sandra? Sandra, was ist denn?« Marvin packte sie und schüttelte ihren steifen, kalten Körper, damit sie sich wieder beruhigte. Langsam erschlafften ihre Glieder. »Das war nur ein Traum«, flüsterte er in ihr Ohr, »nur ein Traum.«

Sandra weinte. Ihre Decke lag am Fußende. Mit einem Arm griff er danach und legte sie um ihren zitternden, tauben Körper.

»Schsch. Ist ja gut. Es war nur ein Traum.« Er hielt sie so fest er konnte und wiegte sie langsam hin und her.

Was war nur mit ihr los? In Hamburg hatte sie nie solche Alpträume gehabt.

»Das war nicht nur ein Traum«, murmelte sie und obwohl ihr Mund direkt an seinem Ohr lag, konnte er sie kaum verstehen. »Das ganze Dorf sagt, ich soll mich nicht einmischen und in Seesby alles so lassen, wie es ist. Das ist kein Traum.«

Marvins Kehle zog sich zusammen. Wieder dieses Thema. Aber vermutlich hatte das Dorf recht. Sandra steigerte sich immer mehr in diese verzwickte Geschichte rein. Wie konnte er sie nur davon abbringen?

Sandra lag schweigend in seinem Arm und starrte ins Leere.

Er betrachtete seine Frau sorgenvoll, als sie sich wieder hinlegte. War es wirklich richtig gewesen, nach Seesby zu ziehen? Von der Idylle, die sie sich vorgestellt hatten, war noch nicht viel zu spüren gewesen.

Sie wirkte nur wie ein Häufchen unter der Decke. Fast so, als würde hier lediglich ihr Schatten liegen. Ihre Augen waren geschlossen und mit dunklen Furchen umrandet. Das sonst so schöne und leuchtende Gesicht war aschfahl und dünn.

»Versuch zu schlafen. Denk dran, es ist immer nur ein Traum. Wir haben es hier doch schön in unserem eigenen Haus auf dem Land. Es war immer dein größter Wunsch.« Man konnte es sich zumindest einreden.

Er küsste ihren Mund. Ihre trockenen und müden Lippen bewegten sich kaum.

Kapitel 16

Den Rest der Nacht schlief Sandra besser, als sie erwartet hatte. Sie fühlte sich sogar richtig gut, als sie am nächsten Morgen aufwachte. Die Kopfschmerzen waren weg.

Nur an den Traum musste sie immer wieder denken. Es war ihr so unwahrscheinlich realistisch vorgekommen, als das halbe Dorf plötzlich in ihrem Zimmer gestanden und mit ihr gesprochen hatte.

Gleich nach dem Frühstück fuhr sie mit Sophie nach Rugstedt und holte sich in einer Apotheke Schlaftabletten. Die Frau hinter dem Schalter sah sie merkwürdig an und Sandra überlegte, ob die vielleicht auch schon von der Unterhose gehört hatte und genau wusste, wer Sandra war. Wundern würde es sie nicht.

Im Moment fehlte ihr die Anonymität, die sie in der Stadt genossen hatte. Auch wenn die Atmosphäre dort oft kühl und die Menschen unhöflich gewesen waren, so hatte sie wenigstens Dinge sagen und machen können, über die nicht gleich jeder Bescheid wusste und auf die sie auch nicht sofort von Fremden angesprochen wurde.

Sie hielt sich nicht lange in Rugstedt auf, sondern fuhr gleich wieder nach Hause.

Als sie gerade ausgestiegen war, hörte sie drinnen das Telefon klingeln. Eilig nahm sie Sophie aus dem Sitz.

»Nein, nein, unter, unter«, jammerte die Kleine, weil sie auf den Boden gelassen werden und ihrer Lieblingsbeschäftigung nachgehen wollte, dem Steinesammeln. Ach, was soll's, dachte Sandra und setzte sie wieder ab. Das Wetter ist doch ganz schön, dann bleibt sie eben kurz draußen.

Schnell sprang sie die Stufen hoch, schloss auf und flitzte zum Telefon. Im letzten Moment nahm sie den Hörer ab. »Losberg!«

»Sandra? Hallo? Hier ist Jutta vom Zwergen-Treff.«

Sandra war überrascht. »Jutta, hallo. Wie geht es dir?«

»Ganz gut, danke. Du hör mal, ich möchte mich für neulich entschuldigen. Ich glaube, ich habe da nicht ganz fair reagiert. Es tut mir leid.«

»Ist schon in Ordnung.« Konnte sie ihr jetzt glauben oder nicht?

»Wolfgang hat mir erzählt, wie geknickt du warst. Das wollte ich wirklich nicht.«

Wolfgang hat es erzählt? Na, klasse, dachte Sandra. Als sie ihn vor ein paar Tagen im Dorfladen getroffen hatte, hatte sie nebenbei erwähnt, was im Zwergen-Treff vorgefallen war. Dann war er also die Tratschtante aus dem Dorf und Sandra, die Neue und Fremde, stand jetzt total blöd da. Sie war eine Petze. Super! »Ist schon okay!«

»Vielleicht sollten wir uns aber trotzdem alle mal zusammensetzen und gemeinsam darüber reden.«

Sandra war sprachlos. War das eine Falle? Oder meinte Jutta es wirklich ernst? »Sehr gerne.«

»Kommt ihr morgen?«

»Ja, machen wir.«

»Klasse. Da freue ich mich.«

Sandra fand es nett, dass Jutta extra anrief, um sich zu entschuldigen. Das hätte sie ja auch beim nächsten Zwergen-Treff machen können. Sandra wollte das Gespräch beenden, aber Jutta war noch nicht fertig. »Da ist noch etwas.« Ihre Stimme klang ernst und verhalten. »Der eigentliche Hauptgrund, weshalb ich anrufe.« Jutta räusperte sich kurz, dann sagte sie knapp: »Ich habe von der Unterhose gehört.«

Na, das wundert mich gar nicht, dachte Sandra. Komisch, dass es noch nicht in der Zeitung stand. »Es geht rum wie ein Lauffeuer.« Das sollte ein kleiner Witz sein, aber Jutta ging überhaupt nicht darauf ein.

»Sandra, die Sache ist ernster, als du vielleicht denkst.«

»Ich nehme die Sache sehr ernst. Es sind eher alle anderen, die meinen, ich sollte mich da raushalten.«

»Genau das meine ich ja. Du solltest dich da wirklich raushalten.«

»Aber du hast doch gerade noch gesagt, die Sache sei ernst. Warum soll man ihr nicht endlich mal auf den Grund gehen?« Wovor hatten die alle Angst? Was war hier bloß los?

»Sandra ...« Jutta schien zu überlegen, wie sie es am besten sagen sollte. »Ich sage dir das jetzt nicht als eine Fremde oder irgendeine Dorfbewohnerin, sondern als Freundin und weil ich dich mag. Misch dich da bitte nicht ein, auch wenn es noch so schwerfällt. Ich kann dich wirklich gut verstehen. Man will schließlich Gerechtigkeit. Aber wenn du keine ernsthaften Schwierigkeiten bekommen willst, dann halte dich da bitte raus!«

»Was denn für Schwierigkeiten?«

Plötzlich hörte Sandra bei Jutta im Hintergrund ein Kind schreien.

»Oh, es tut mir leid. Ich bin bei der Arbeit und muss jetzt leider Schluss machen.«

»Jutta. Sag es mir bitte! Was für Schwierigkeiten? Was ist hier los?«

Das Kind im Hintergrund schrie immer lauter und Sandra hörte, wie Jutta es zu beruhigen versuchte. »Tut mir leid, Sandra. Ich muss auflegen. Wenn du es nicht für dich tust, dann bitte für Sophie.«

Dann war sie weg.

Sandra bekam eine Gänsehaut. Das ganze Dorf schien etwas zu wissen, aber niemand machte den Mund auf. Warum? Wieso sollten sie Schwierigkeiten kriegen? Und vor allem: durch wen? Und warum Sophie?

Sophie! Sandra fiel plötzlich ein, dass die Kleine ja immer noch draußen war. Sie rannte hinaus.

Sophie war weg. Der Nissan stand mutterseelenallein

auf dem Hof. Aufgeregt sah Sandra sich um. Wie hatte sie nur so blöd sein können und Sophie alleine draußen lassen, noch dazu, wo sie kein sicheres Tor zur Straße hatten!

Sandra rannte über den Hof in Richtung Straße. Die Birkenallee war übersichtlich, doch Sophie war weit und breit nicht zu sehen. Konnte sie so schnell überhaupt zur Straße gelaufen sein? Wie lange hatte Sandra telefoniert? Fünf Minuten? Oder waren es doch eher zehn gewesen?

Sie lief bis ans Ende der Allee und schaute die Straße auf und ab. Schweiß lief von ihrer Stirn. In Panik wandte sie sich wieder dem Haus zu und sah Heinrich auf der anderen Seite des Zauns hinter den Büschen. Oh nein, dachte sie und rannte los. Sollte er etwa …? Das durfte nicht sein. Bitte, lieber Gott, wenn es dich wirklich gibt, lass es nicht geschehen sein.

Heinrich hatte sie nicht bemerkt. Er lief auf der anderen Seite hin und her, Sandra konnte allerdings nicht erkennen, was er machte.

Ihr Herz schlug ihr bis zum Hals und das Blut rauschte in ihren Ohren. Sie war dem Weinen nahe. Sie rannte bis zu der Stelle, an der Heinrich auf der anderen Seite des Zauns stand, und sah plötzlich Sophie. Sie saß direkt neben dem Haus im Gras und zupfte Gänseblümchen aus dem Rasen.

»Sophie!« Sandra stürzte auf ihre Tochter zu und nahm sie stürmisch in die Arme. »Oh, Sophie. Du hast mir so einen Schrecken eingejagt.«

»Datze. Da Datze«, sagte Sophie und zeigte mit ihrer kleinen Hand in die Büsche.

Sandra bückte sich ein Stück und sah eine kleine schwarze Katze unter einem Strauch sitzen. Wahrscheinlich hatte Sophie das Tierchen gesehen und war ihm vom Hofplatz auf den Rasen gefolgt.

»Komm, wir gehen rein, Sophie.« Sandra wollte gerade

aufstehen, als sie ein klapperndes Metallgeräusch vom Nachbargrundstück hörte. Was machte der da?

Sie hielt den Zeigefinger vor den Mund und sagte Sophie, sie solle leise sein. Das klappte meistens ganz gut. Für Sophie war es immer ein lustiges Spiel.

Langsam pirschte Sandra sich vorwärts und setzte sich in die Büsche. An dieser Stelle war die Hecke ziemlich dicht, so dass sie nur schwer erkennen konnte, was auf der anderen Seite vor sich ging. Schwach nahm sie die Umrisse von Heinrich und einem Trecker war. Es sah aus, als hätte er einen Schraubenschlüssel oder etwas Ähnliches in der Hand und werkelte am Motor rum.

Sie hörte ihn schnaufen und schwer atmen. Bei seiner Figur war das aber auch wirklich kein Wunder. Sandra war angeekelt, aber auch fasziniert, dass jemand so aussehen konnte. Sein Kopf und alle Einzelheiten daran waren so unnormal groß, dass man meinte, sie seien Attrappen für den Karneval und extra aufgeklebt worden.

»Scheiße«, fluchte er und warf den Schraubenschlüssel weg. Dann schlurfte er zum Stall und fiel dabei fast über seinen Hund. »Geh mir aus dem Weg, du Mistvieh.«

Der Hund jaulte einmal kurz auf und Sandra sah ihn zur Seite huschen. Was konnte denn das Tier dafür, dass Heinrich nicht mit dem Trecker fertig wurde? Sandra hasste ihren Nachbarn gleich noch mehr.

Kurz darauf kam er zurück. Sandra meinte einen Hammer in seinen Händen zu sehen. Wie ein Bekloppter schlug er damit auf den Motor ein.

»Ärm«, sagte Sophie.

Sandra zuckte und hielt schnell den Zeigefinger wieder vor den Mund. Dann sah sie vorsichtig durch die Hecke. Heinrich hatte sie nicht gehört.

Langsam kroch sie mit Sophie wieder aus den Büschen raus. »Du hast recht. Er macht Lärm«, sagte sie, als sie außer Hörweite waren.

Sie setzte die Kleine auf dem Rasen ab. Die Katze war verschwunden. Wahrscheinlich gehörte sie auf den Hauserhof und hatte bei Heinrichs Anblick die Flucht ergriffen. Sehr verständlich, dachte Sandra.

»Komm lass uns auch reingehen, Sophie. Ich hatte genug Aufregung für heute. Wir haben ja schließlich eine Wahl und können diesem furchtbaren Typen aus dem Weg gehen. Nicht so wie das arme Mi-Mistvieh«, stotterte sie, weil sie Heinrich nachmachen wollte. Dann blieb sie abrupt stehen.

So hatte er das gar nicht gesagt. Er hatte ganz klar und deutlich »Mistvieh« gerufen und kein bisschen gestottert. Der ganze Satz war fehlerfrei gesprochen worden.

Sandra drehte sich um und betrachtete die Umrisse des Treckers und seines wütenden Mechanikers. War Heinrichs Gestotter eine Maskerade? Machte er das nur, wenn andere dabei waren, damit jeder dachte, er sei blöd und zurückgeblieben?

Ihre Kehle zog sich zusammen und ihr wurde schlecht. Verarscht er vielleicht das ganze Dorf? Kann es sein, dass er der Schlauste von allen ist?

Sie packte Sophie und rannte ins Haus. Drinnen drehte sie den Schlüssel zweimal um und atmete tief durch.

Ist dir klar, was du gerade erfahren hast?, dachte sie. Du könntest ihn komplett als Schwindler und Lügner entlarven.

Wieso hatte das bis jetzt noch keiner bemerkt? Er lebte doch schon sein ganzes Leben lang hier. Hatte er vielleicht als Kind schon den Stotterer markiert, obwohl er normal reden konnte? Aber warum? Das musste doch total anstrengend sein. Irgendwann muss man daran doch mal die Lust verlieren.

»Was führt der Typ im Schilde?«, fragte sie laut. Keiner antwortete.

Kapitel 17

Im Zwergen-Treff wurde die Sache mit dem Fernsehen nicht so diskutiert, wie Sandra sich das erhofft hatte. Jutta erwähnte lediglich, dass eine Mutter die Fernsehpause nicht passend fände und ob man nicht eventuell eine Alternative finden könnte. Das war die Diskussion.

Obwohl Jutta keinen Namen erwähnt hatte, sahen alle sofort zu Sandra, der Neuen. Über sie wurde fast überall gesprochen, weil sie so auffällig war und sich nicht anpassen wollte. Es waren nicht unbedingt freundliche Blicke.

Die Zeit im Zwergen-Treff ging schnell vorbei. Der Fernseher blieb ausnahmsweise mal aus und die Mütter mussten sich über aber das Geschrei ihrer Kinder hinweg unterhalten.

Sandra hatte das Gefühl, als wären sie gerade erst angekommen, da saßen sie auch schon wieder im Auto. Sie war sehr schweigsam gewesen und auch jetzt mit ihren Gedanken ganz woanders.

»Ist alles in Ordnung mit dir und Marvin?«, fragte Madeleine vom Beifahrersitz. Sie waren heute mit Sandras Auto unterwegs.

»Was?« Sandra hatte überhaupt nicht zugehört.

»Ob bei euch alles okay ist?«

»Ja. Ja, klar. Wieso fragst du?«

»Weil du den ganzen Nachmittag schon so still bist und hier eigentlich hättest abfahren sollen.« Sie zeigte auf die Abfahrt nach Seesby, an der Sandra gerade vorbeigesaust war.

»Ach, verdammt!« Sandra schlug mit der Hand auf das Lenkrad. Sie fuhr in die nächste Hofeinfahrt und wendete. »Es ist nichts. Ich mache mir nur Gedanken, weil die Leute im Dorf so komisch zu mir sind.«

»Wieso denn? Was haben sie denn gemacht?«

»Na, wegen der Unterhose.«

»Wolfgang hat doch gesagt, du sollst dich nicht darum kümmern. Es ist verjährt. Warum vergisst du das nicht einfach?«

»Ich kann es nicht. Jeder sagt mir, ich solle mich da raushalten. Jutta hat mich gestern extra deswegen angerufen und gesagt, ich könnte ernsthafte Schwierigkeiten bekommen.«

»Das klingt ja unheimlich. Wie hat sie das gemeint?«

»Ich habe keine Ahnung. Aber ich glaube, dass alle schon von der Unterhose gewusst haben, bevor ich sie gefunden habe.«

»Du meinst ...«

»Ja, genau. Das ganze Dorf schützt irgendwen, vermutlich Heinrich, den doch aber eigentlich keiner mag. Dennoch wird versucht, ein Verbrechen zu vertuschen.«

»Warum?«

»Jetzt bist du so weit wie ich. Ich weiß es auch nicht.«

Madeleine schaute aus dem Fenster und dachte nach.

»Außerdem glaube ich, dass Heinrich eigentlich normal sprechen kann und kein Stotterproblem hat.«

Jetzt sah Madeleine sie verwirrt an.

»Er hat gestern ganz fehlerfrei seinen Hund angeschrien. Da war kein Funke eines Stotterns.«

»Fehlerfrei?« In Madeleines Gesicht waren deutliche Zweifel zu erkennen.

»Ja, genau. Ich glaube, er macht dem ganzen Dorf etwas vor.«

»Das wäre ja furchtbar. Er geht wahrscheinlich jedes Mal bei mir aus dem Laden und lacht sich ins Fäustchen. Warum macht er das?«

»Weil er dadurch als dumm hingestellt wird und ihm niemand etwas zutraut. Alle denken, er wäre total blöd, dabei ist er der Schlauste von allen und keiner merkt etwas.« Sie waren vor Madeleines Haus angekommen und Sandra hielt auf dem Seitenstreifen.

Madeleine schüttelte ungläubig den Kopf. »Heinrich hat immer schon gestottert. Jeder weiß das.«

Sandra wusste dafür keine Erklärung und zuckte nur mit den Schultern.

»Das muss ich erst mal verdauen.« Madeleine nahm ihre Tasche. »Hast du Lust auf Kino am Freitag?«

»Freitag geht leider nicht. Da sollen wir zu einem Empfang in Marvins Firma. Aber am Samstag vielleicht.«

»Gerne.« Madeleine stieg aus und verschwand mit Torge im Haus. Selbst mit einem Kind auf dem Arm schien sie noch zu schweben.

*

Sandra fuhr auch nach Hause. Sie hatte sich vorgenommen, trotz aller Warnungen, doch Tina Fistel in Braunschweig ausfindig zu machen. Vielleicht konnte sie ja etwas Licht in die Sache bringen.

Während der Laptop hochfuhr, ging sie in die Küche, um sich einen Tee zu kochen. Sophie lag im Wohnzimmer und hatte sich in eine Decke eingekuschelt.

Gedankenversunken öffnete Sandra versehentlich die falsche Schranktür und stieß direkt auf die schmutzige Unterhose. Vor Schreck zuckte sie zusammen. Sie nahm die Tüte und betrachtete das Blut. Du armes Ding, dachte sie. Warum verschließen nur alle die Augen?

Sie überlegte kurz, wo sie ihren Fund hinlegen könnte, denn im Küchenschrank konnte das Teil unmöglich bleiben.

Dann fiel ihr der Sekretär im Wohnzimmer ein, ein altes Erbstück von ihrer Urgroßmutter. Er hatte in der oberen Schublade ein kleines Geheimfach, das man abschließen konnte. Hier würde die Hose niemanden mehr stören und falls Sandra, Tina oder irgendjemand sonst Heinrich anzeigen wollte, gab es möglicherweise noch ein paar wichtige Beweisspuren. Das wusste man schließlich aus jedem Krimi.

Sie schloss den Schreibschrank auf und legte die Tüte hinein. Hier bleibst du jetzt erst mal, dachte sie und verriegelte das Schloss wieder. Vielleicht war es ein bisschen übertrieben, eine alte, dreckige Unterhose einzuschließen, aber momentan fiel ihr kein besserer Platz ein.

Der Computer war mittlerweile hochgefahren. Sandra setzte sich mit dem Laptop an den Küchentisch und gab *Tina Fistel Braunschweig* ein.

Er spuckte nichts Brauchbares aus. In Braunschweig gab es eine Menge Tinas, aber keine, die mit Nachnamen Fistel oder ähnlich hieß. Vielleicht war sie inzwischen wieder weggezogen? Sandra wusste nicht einmal, wie lange die ganze Geschichte her war. Außerdem wusste sie nicht, ob Tina nur eine Abkürzung war.

Enttäuscht rieb sie sich die Augen und massierte ihre Stirn. Was hatte sie eigentlich erwartet? Hatte sie wirklich Tina Fistel anrufen wollen, wenn sie eine Nummer gefunden hätte?

Sandra merkte wieder ein Ziehen im Nacken, das neue Kopfschmerzen versprach. Nicht schon wieder, dachte sie. Immerhin hatte sie jetzt Schlaftabletten, die sie bis jetzt allerdings noch nicht eingenommen hatte. Die letzte Nacht war es auch ohne gegangen, aber heute würde sie die bestimmt brauchen.

*

Er war unruhig. Seit dem Telefonat hatte er nicht mehr richtig schlafen können. Nichts klappte seitdem. Sein Anrufer hatte ihm nicht nur den Tag, sondern auch die komplette Woche versaut. Wenn etwas schiefging, sogar die ganze Zukunft.

Die neue Hausbewohnerin hatte eine Unterhose mit

Blut gefunden. Wie hatte das nur passieren können? Er hatte doch alles aufgeräumt und alle Spuren beseitigt. Wo kam das Ding plötzlich her?

Dieser Gedanke bereitete ihm Kopfzerbrechen. Die größte Frage war: Wie gefährlich war diese Sandra Losberg? Konnte sie auf seine Spur kommen? Wenn sie wollte, gewiss. Aber klemmte sie sich dahinter oder ließ sie die ganze Sache auf sich beruhen?

Was ihn auch noch beunruhigte, war die Frage, ob sie vielleicht noch mehr finden könnte. War da nicht noch ... ? Ja, bestimmt.

Es war furchtbar für ihn, so machtlos zu sein und nicht zu wissen, was als nächstes passieren würde.

Wahrscheinlich gab es keine andere Möglichkeit, dachte er und warf seinen Koffer auf das Bett. Er würde zum ersten Mal seit langer Zeit wieder nach Seesby fahren müssen.

Kapitel 18

Sophie war am Freitag gegen drei Uhr von Sandras Eltern abgeholt worden. Natürlich hatte sie das Haus nicht ohne ihre neue Puppe verlassen.

Sandra freute sich auf den Abend ohne Kind. Sie nahm sich vor, endlich mal wieder zu entspannen und die Zeit mit Marvin alleine richtig zu genießen. Auch wenn es vielleicht kein romantischer Abend, sondern eher ein ununterbrochenes Freundlich-lächelnd-Hände-Schütteln werden und sie etlichen Geschäftspartnern und Kunden vorgestellt würde, so war es doch besser als nichts.

Sie hatte sich für ihr bordeauxfarbenes Satinkleid entschieden, das sie schon so lange nicht mehr getragen hatte. Sie mochte es gerne, weil es so gut saß und man nicht ständig irgendwo ziehen musste, damit es wieder ordentlich aussah. Die Haare ließ sie offen, so dass sie bis knapp über die Schultern fielen.

Als sie Marvin kommen hörte, ging sie nach unten und versuchte dabei Madeleines Schwebegang zu imitieren, aber ob es wirklich so aussah, war fraglich.

Marvin stand in einem Wirrwarr von Kisten mit Ordnern, Kabeln, Entwurfmappen und Computerdateien und kramte in einer herum. Der halbe Flur war damit vollgestellt. Als er aufsah, entging Sandra nicht, dass sich seine Augen kurz ein Stück weiter öffneten als normal. Sein Mund formte sich zu einem Lächeln. »Wow, Sandra. Du siehst aber gut aus!«

»Danke!«

Er nahm sie in den Arm und befühlte ihren Körper, als müsse er sich überzeugen, dass es wirklich seine Frau war, die in dem Kleid steckte.

Sandra musste lachen, als seine Hände über ihren Bauch wanderten. »Das kitzelt. Lass das! Was soll das?«

Er knabberte an ihrem Ohrläppchen. »Es macht mich ganz verrückt, wenn ich sehe, wie hübsch du verpackt bist. Haben wir noch ein bisschen Zeit?«

»Ich denke, leider nicht. Du solltest dich jetzt fertig machen.«

»Schade. Dann hebe ich mir das eben für später auf. Du behältst das Kleid doch an, oder?«

»Ich kann es kaum erwarten.« Sandra küsste ihn und gab ihm einen Klaps auf den Po, damit er sich von ihr löste.

Er drehte sich widerwillig um und stieg die Treppe rauf.

»Was ist das hier eigentlich alles?«, fragte Sandra, als sie jetzt alleine in dem Kartonchaos stand.

Marvin blieb auf halber Treppe stehen. »Arbeit. Ich will das hier in unser Büro räumen, dann kann ich vielleicht öfter mal von zu Hause was machen. Das gefällt dir doch, oder?«

»Und wie. Und was glaubst du, wie sehr Sophie sich erst freut!«

»Die hat in meinem Arbeitszimmer aber nichts zu suchen«, sagte er lachend und sprang die Treppe hinauf, um sich umzuziehen.

Kapitel 19

Der Empfang war anstrengender, als Sandra gedacht hatte. Irgendwann wusste sie nicht mehr, wie viele Hände sie geschüttelt hatte und mit wem sie welche geistreichen Gespräche über das Wetter, ihr Outfit oder die gelungene Feier geführt hatte.

Marvin passte ausgezeichnet in die Rolle des kompetenten Beraters und Betreuers der neuen Kampagne und ließ sich und seinen bisherigen Erfolg verdient feiern. Sandra war stolz auf ihn. Sie spürte, wie wichtig er für seine Kollegen und die Kunden war. Er strahlte eine Gelassenheit und Ruhe aus, um die Sandra ihn beneidete. Er schien vollkommen in seinem Element zu sein.

Sandra stand lediglich daneben und versuchte ununterbrochen zu lächeln. Sie war erleichtert, als sich irgendwann der Saal leerte und sich die Ersten verabschiedeten.

Als alle gegangen waren, durften auch sie nach Hause. Marvins Chef machte ein zufriedenes Gesicht und klopfte seinen Mitarbeitern anerkennend auf die Schulter.

Sandras Füße taten weh und ihre Augen waren müde und trocken von der warmen Luft, als sie um kurz nach Mitternacht das Restaurant verließen und ins Auto stiegen. Sie wollte schnell ins Bett.

Die Nacht war größtenteils klar und durch den Mond sehr hell. Als sie zu Hause ausstiegen, war der Himmel für einen Augenblick wolkenfrei, so dass das alte Haus voll beleuchtet wurde. Es sah mystisch und unheimlich aus, ein bisschen wie aus einem Geisterfilm.

»Wir hatten noch etwas vor«, sagte Marvin, als sie die Eingangstreppe hochstiegen, und küsste sie. Sandra wurde heiß und kalt zugleich. Ihre Körper schienen miteinander zu verschmelzen.

»Lass uns schnell reingehen«, sagte sie und schloss die Tür auf, während Marvin ihren Hals küsste. Dann machte sie einem Schritt in den Flur und schrie panisch auf.

Die Kisten, die Marvin von der Arbeit mit nach Hause genommen hatte, lagen wirr durcheinander. Der Inhalt war über den gesamten Flur verteilt und mischte sich mit den Sachen aus der Kommode, deren Schubladen geleert heraushingen. Die Blumenvase war umgeworfen und in tausend Stücke zersprungen.

»Was ist denn hier passiert?«, fragte Sandra schockiert und stieg vorsichtig durch das Wirrwarr hindurch.

Die Küchentür stand offen und ermöglichte einen Blick auf die totale Verwüstung. Alle Schränke waren ausgeräumt und Teller und Tassen auf den Boden geworfen worden, so dass alles mit Scherben übersät war.

»Hier wurde eingebrochen, Marvin«, murmelte Sandra teilnahmslos. Sie hatte das Gefühl, als wäre schon eine halbe Stunde vergangen, seit sie die Tür aufgeschlossen hatte.

Marvin Gesicht wurde kreidebleich, als er die Kisten betrachtete. Hastig begann er in dem Chaos zu wühlen.

Sandra stand wie erstarrt da und konnte überhaupt nicht begreifen, was hier geschehen war. Eingebrochen! Bei uns wurde eingebrochen?

Marvin wechselte von kreidebleich zu knallrot. Sandra wusste nicht, ob vor Aufregung oder weil er die ganze Zeit gebückt in dem Durcheinander herumkramte. »Sandra, bitte sag mir, dass das hier nur einer deiner schlimmen Träume ist«, schrie er. Auf seiner Stirn hatte sich eine dicke rote Wutader gebildet.

»Ich glaube, leider nicht, Marvin.«

Er rannte ins Wohnzimmer. Hier war das Chaos genauso schlimm. Fahrig wühlte er auch hier in dem Durcheinander herum und wurde immer hektischer. »Scheiße!«, brüllte er. »Scheiße!«

Sandra stand immer noch wie erstarrt da und beobachtete ihren tobenden Mann.

»Das darf doch nicht wahr sein.« Sein Blick war mit Hass und Wut erfüllt. »Er ist weg.«

»Wer?« Langsam folgte sie ihm ins Wohnzimmer.

»Ich hatte einen schwarzen Aktenkoffer mit. Da waren sämtliche Dateien drin. Meine ganze Arbeit quasi. Der ist weg.« Er rannte raus und suchte in der Küche.

Sandra schloss die Augen und atmete tief durch. Bitte lass es ein Traum sein, bitte! Sie öffnete die Augen wieder, aber sie stand immer noch im Chaos. Sie wachte nicht auf. Es war real.

Marvin sauste wie ein D-Zug durch das Haus. Er hatte die Hoffnung wohl noch nicht aufgegeben, dass der Aktenkoffer irgendwo war.

Sandra stand regungslos im Wohnzimmer und konnte überhaupt nicht begreifen, was passiert war. Bei uns hat jemand eingebrochen, dachte sie. Warum gerade bei uns? Was haben wir denn, was andere nicht haben?

Sie sah sich um. Der große Flachbildfernseher hing noch an der Wand. Aber das Regal darunter, in dem sonst der DVD-Rekorder und die Stereoanlage standen, war leer. Sie ging zum alten Wohnzimmerschrank und kontrollierte die unterste Schublade, in der sie das Silberbesteck aufbewahrten. Auch das war weg.

Es ist alles weg, dachte Sandra und war dem Weinen nahe.

Aufgebracht kam Marvin die Treppe heruntergelaufen. »Oben waren sie auch. Es ist das absolute Chaos. Mein Organizer und dein Schmuck sind weg.«

»Mein Schmuck?«, fragte Sandra halblaut. Der ist doch kaum was wert, dachte sie. Es waren einfache Ketten und Ohrringe aus dem Kaufhaus.

Marvin rannte zum Telefon und rief die Polizei. Er sprach hektisch und schien kaum Luft zu holen.

Sandra ging nach oben. Marvin hatte mit dem Chaos nicht übertrieben. Es sah furchtbar aus. Die Kommode im oberen Flur war leer. Selbst die Bilder hingen schief. Im Badezimmer waren alle Schränke leer, egal ob darin Handtücher oder Kosmetikartikel gewesen waren. Es war alles verwüstet.

Zögernd ging Sandra zu Sophies Zimmer, sie hatte die schlimmsten Befürchtungen. Die trafen zu.

Auch hier war die Kommode leer, das Spielzeugregal lag auf dem Boden und selbst der Wickeltisch war ausgeräumt worden. Was war hier bloß los? Was hatten sie denn gesucht? Es schien eher, als hätte sich jemand nur mal richtig austoben wollen und aus Spaß ein Chaos veranstaltet.

Sie hörte Stimmen im Flur. Die Polizei war da. Sandra ging nach unten.

Es war nur ein Polizist gekommen. Er war Mitte fünfzig und etwa so groß wie Marvin. Er wirkte ruhig und gemütlich, was wahrscheinlich an seinem kleinen Bierbauch lag, und nickte Sandra freundlich zu.

Mit Marvin stieg er gemeinsam von Raum zu Raum durch das Durcheinander und machte Notizen und Fotos.

Sandra wollte dem ohnehin gestressten Marvin jetzt nicht auch noch auf den Füßen stehen. Sie hatte ihn selten so wütend erlebt und es verunsicherte sie. Vorhin beim Empfang hatte sie noch seine Gelassenheit bewundert.

Sie zog sich in die Küche zurück. Die Schränke waren komplett geleert worden. Es war alles kaputt. Warum macht jemand so etwas? Sie brauchten alles neu.

»Es ist alles kaputt, Marvin. Aber ich glaube, es ist alles da«, sagte Sandra, als er mit dem Polizisten schließlich auch in die Küche kam.

Der Polizist schaute sich um und schüttelte den Kopf.

»Es sieht nach schlichter Randale aus. Fehlt wirklich nichts?«

»Ich glaube nicht. Das Radio ist da. Die Mikrowelle. Die Kaffeemaschine. Der Toaster.« Sandra zeigte auf die Geräte.

Der Polizist notierte etwas auf seinem Zettel. »Alles keine großen Wertgegenstände.«

»Aber was ist dann mit unserem Fernseher? Warum haben sie den nicht mitgenommen?«

»Sie haben es versucht«, antwortete Marvin anstelle des Polizisten, »aber sie haben ihn nicht abnehmen können. Man sieht deutlich die Spuren an der Wand.«

Der Polizist war in der Küche fertig und ging wieder in den Flur. Sandra und Marvin folgten ihm. »War die Tür verschlossen?« Er deutete auf die Haustür.

»Ja, natürlich. Wir haben sie vorhin selbst aufgemacht«, antwortete Marvin.

»Dann müssen wir mal sehen, wo sie reingekommen sind.«

»Wir haben hinten auch eine Tür«, sagte Sandra, aber der Beamte war schon auf dem Weg. Er schien das Haus zu kennen. Wie dumm von ihr, er war ein Seesbyer Polizist – er wusste wahrscheinlich alles über die Häuser hier.

Sie folgte den beiden Männern und stockte, als sie die angelehnte Hintertür sah. Der Polizist kniete sich hin und begutachtete das Schloss. »Es wurde aufgebohrt. Hier waren Profis am Werk.«

Sandra wurde bei dem Gedanken übel, dass fremde Leute so einfach Zugang zu ihrem Haus bekommen hatten. »Und wie kriegen wir die jetzt zu?«

»Gar nicht. Das Schloss ist kaputt«, antwortete der Polizist trocken und stand wieder auf.

»Marvin, was machen wir denn jetzt? Ich schlafe nicht mit offener Tür«, schrie Sandra auf und krallte sich in sein Hemd.

»Ganz ruhig, Sandra. Wir können die Tür zum Flur verschließen und morgen besorgen wir uns ein neues Schloss.« Marvins Antwort kam kühl und monoton.

Der Polizist machte ein paar Fotos von der beschädigten Tür und dann gingen sie wieder in den Flur – zurück ins Chaos.

»Es sieht wirklich nicht nach einem normalen Einbruch aus. Hier wurde aus purer Lust eine Verwüstung angerichtet.« Der Polizist zögerte kurz, als wüsste er nicht, was er sagen sollte. »Gibt es vielleicht jemanden, der ihnen schaden möchte?«

Sandra fiel sofort Heinrich ein, obwohl, nein, eigentlich war das ganze Dorf doch irgendwie komisch. Aber sie sagte lieber nichts und auch Marvin schüttelte den Kopf.

»Die Einbrecher haben sich offensichtlich Zeit gelassen«, sagte der Beamte. »Sie müssen gewusst haben, dass Sie nicht da waren. Haben Sie irgendjemandem erzählt, dass Sie heute Abend weg sind und wann sie wiederkommen?«

Marvin schüttelte den Kopf. »Von mir weiß es niemand.«

Sandra wollte es auch verneinen, da fiel ihr ein, dass sie es doch jemandem gesagt hatte. »Ich habe mit Madeleine darüber gesprochen. Madeleine Stiezel.«

»Ah, Madeleine«, wiederholte der Polizist und notierte etwas auf seinem Zettel.

»Aber die würde doch nicht bei uns einbrechen«, versicherte Sandra schnell.

Der Polizist brummte irgendetwas und schrieb trotzdem weiter. Dann klappte er seine Unterlagen zu. »Gut, die Anzeige läuft.«

»Danke, dass Sie so schnell kommen konnten.« Marvin begleitete ihn zur Tür.

»Es war nicht viel los. Sollte Ihnen noch etwas einfallen, auch wenn sie denken, es sei nicht wichtig, dann melden Sie sich bitte. Es kann uns alles weiterhelfen.«

»Das werden wir. Vielen Dank.«

»Ich wünsche Ihnen trotz allem einen schönen Abend. Schlafen Sie beruhigt. In der Regel kommen sie nicht wieder.« Er lächelte und verschwand.

Klar, dass Sie das komisch finden, dachte Sandra, Sie müssen ja auch nicht hier schlafen.

Marvin schloss die Tür. Draußen hörten sie den Kies knirschen, als der Polizist davonfuhr. Sandra ging auf Marvin zu, damit er sie in den Arm nahm und tröstete. Sie war so verängstigt. Aber er schob sie mehr forsch als sanft zur Seite und sagte, er habe jetzt noch einiges zu klären. Ohne sie zu beachten, ging er ins Wohnzimmer und ließ sie im Flur zurück.

In ihrem Hals wuchs ein Kloß, bis ihr schließlich die Tränen in die Augen stiegen. Sie hatte sich das Leben auf dem Land so schön vorgestellt, aber bisher war es die reinste Achterbahnfahrt gewesen.

Zum Glück war Sophie nicht da. Was wäre bloß gewesen, wenn ihre Mutter hier auf die Kleine aufgepasst hätte? Der Gedanke alleine schnürte ihr die Kehle zu.

Sie ging zum Wohnzimmer und sah, dass Marvin mit hochrotem Gesicht telefonierte und offenbar kurz vor einem Nervenzusammenbruch stand.

Sandra wusste, dass sie ihm jetzt nicht helfen konnte, und beschloss, ins Bett zu gehen, auch wenn sie womöglich keinen Schlaf finden würde. Sie hatte sich den Abend so schön ausgemalt gehabt, aber jetzt war alles anders. Sie fühlte sich hundeelend und machte sich gleich an ihre Packung mit den Schlaftabletten.

Im Schlafzimmer war das Chaos genauso schlimm. Die Einbrecher hatten selbst die Bettwäsche abgezogen und die Matratze aus dem Bett geworfen. Was hatten die bloß vorgehabt? Wer machte so etwas? Ein paar

Jugendliche aus dem Dorf, die ihnen einen Streich spielen wollten? Aber wieso hatten die so professionelles Einbruchswerkzeug?

Plötzlich fiel ihr auf, dass sie immer noch ihr rotes Kleid anhatte. Der Empfang war bereits in weite Ferne gerückt und erschien irreal und unwichtig.

Als sie das Bett neu bezogen hatte, legte sie sich hin und atmete tief durch. Sie war müde, aber in ihrem Kopf sprangen die Gedanken immer noch wild hin und her. Das Haus und das ganze Dorf waren ihr unheimlich geworden.

Erst Heinrich im Heizungsraum, dann Jutta mit ihren komischen Andeutungen, der Schlüssel zum abgeschlossenen Raum, der plötzlich im Briefkasten gelegen hatte, der Raum selbst, der ewig verlassen gestanden hatte und nie benutzt worden war, die Puppe, die blutige Unterhose ... Die Unterhose.

Mit einem Mal war Sandra hell wach und saß aufrecht im Bett. Sie hatte die Tüte mit dem Höschen im Sekretär eingeschlossen. Hatten die Einbrecher das Geheimfach gefunden? Aber was sollten sie mit der Unterhose vorhaben?

Sandra wusste selbst nicht warum, aber sie musste runtergehen und nachsehen.

Marvin war in der Küche und telefonierte am Tisch. Er hatte einen Stapel Papiere vor sich liegen.

Langsam ging Sandra auf den Sekretär zu. Die Klappe war offen, aber klar, wenn sie alles durchwühlten, dann machten sie natürlich nicht ausgerechnet vor einem vielversprechenden Sekretär Halt. Sie prüfte das Schloss der oberen Schublade. Es war kaputt. Mit zittrigen Händen zog sie die Schublade auf und öffnete das Geheimfach.

Es war leer.

Kapitel 20

Langsam drehte sie sich um. In ihrem Kopf dröhnte es. Wieso wurde ein alter, dreckiger und blutiger Mädchenslip gestohlen? Sandra kam sofort wieder auf Heinrich und ihr wurde bei dem Gedanken übel. Sollte er das Höschen gestohlen haben, damit sie ihm nichts nachweisen konnte?

Wenn die Einbrecher die Unterhose nur aus Zufall mitgenommen hatten, dann hatten sie Heinrich einen großen Gefallen getan. Sandra hatte jetzt keinen Beweis mehr. Aber ein blutiger Slip in einem Geheimfach fiel einem nicht einfach versehentlich in eine Tasche.

Aufgeregt lief sie zu Marvin in die Küche. »Marvin, die Unterhose ist weg.«

Marvin telefonierte noch und beachtete sie kaum. Mit gekräuselter Stirn winkte er sie weg.

Sandra ging wieder ins Wohnzimmer und versuchte nachzudenken. Heinrich musste hier drin gewesen sein. Es war eindeutig.

Sie hörte, wie Marvin in der Küche sein Handy wütend in die Ecke pfefferte, so dass es in seine Einzelteile zersprang. »Verdammte Scheiße.«

Vorsichtig näherte sich Sandra den Handyresten und hob sie auf. »Kriegen wir das wieder zusammen?« Sie versuchte die einzelnen Kappen und Metallstücke ineinander zu drücken.

»Das ist doch jetzt auch egal, Sandra.« Er stand auf und holte eine angebrochene Flasche Bourbon aus dem Eckschrank im Wohnzimmer. »Immerhin das haben sie uns gelassen.« Er nahm einen großen Schluck aus der Flasche und kam wieder in die Küche.

Sandra hatte ihren Mann noch nie so aufgelöst und wütend gesehen. Wäre er ein Fremder gewesen, hätte sie Angst vor ihm bekommen.

»Es ist alles weg, Sandra.« Seine Stimme war wütend und traurig zugleich. »Meine ganze Arbeit ist weg.«

»Aber du hast doch sicher noch Kopien in der Firma?«

»Ein paar, aber nicht alle. Das Wichtigste war hier. Verdammt, warum war ich nur so dumm und habe alles mit hierher genommen? In die Firma kommt keiner so leicht rein.« Er setzte die Flasche wieder an und verzog schmerzlich das Gesicht. »Ich kann wieder ganz von vorne anfangen.«

Sandra ging zu ihm und schmiegte sich vorsichtig von hinten an ihn. Er schob sie weg. »Tut mir leid, Sandra. Ich mag das jetzt nicht.«

Enttäuscht ließ sie von ihm ab. »Der Slip ist auch weg«, sagte sie leise und teilnahmslos.

Marvin atmete tief durch und schloss die Augen. »Sandra. Hör – mit – deiner – verdammten – Unterhose – auf!« Seine Stimme klang hart und rau und er betonte jedes einzelne Wort. »Wir haben jetzt ganz andere Probleme. Ich habe gerade meine gesamte Arbeit verloren.«

»Ich weiß, Marvin.« Sandra versuchte mit fester und ernster Stimme zu sprechen. »Aber warum klaut jemand eine blutige Unterhose?«

»Das ist mir doch egal. Vielleicht nehmen die Typen sie zum Wichsen.«

»Nein, das glaube ich nicht. Hier hat jemand Beweise gestohlen.«

»Was denn für Beweise? Es gibt doch nicht mal ein Opfer.«

»Aber einen Täter. Heinrich.«

»Und Heinrich hat dann auch meine Sachen mitgenommen? Du bist absolut verrückt, Sandra.« Marvin rannte aus der Küche.

Sandra sackte auf einen Küchenstuhl und wischte sich die Tränen weg. Noch nie hatten sie und Marvin sich so angeschrien.

Sie hörte etwas im Flur scheppern. Marvin hatte aus Wut gegen irgendwas getreten. Sie zitterte und vergrub ihr Gesicht in den Händen. Warum konnte das heute nicht auch nur ein Traum gewesen sein?

Nach einer Weile stand sie auf. Die Küchenuhr zeigte 3:14 Uhr an. Zeit ins Bett zu gehen, dachte sie, auch wenn sie vielleicht nicht viel Schlaf finden würde. Sie nahm noch eine Tablette und legte sich hin.

*

Die Tabletten taten ihren Dienst. Sie schlief besser, als sie erwartet hatte. Von draußen schien die Sonne warm und hell ins Zimmer, als sie erwachte. War das gestern vielleicht doch alles nur ein Traum gewesen?

Sie blickte sich im Zimmer um. Es war ein Chaos. Kein Traum.

Marvin war nicht da.

Auf dem Weg nach unten kamen die schlimmen Erinnerungen vom Vorabend wieder hoch. Es war alles so wie gestern.

Marvin lag im Wohnzimmer auf dem Sofa und schlief. Neben ihm lag die Flasche Bourbon. Sie war leer. Die Luft war verbraucht und vom Alkohol durchtränkt.

Sandra öffnete die Terrassentür und ließ ein bisschen frischen Wind herein. Es war ein schöner Spätsommertag. Unter anderen Umständen hätten sie heute bestimmt Lust gehabt, etwas zu unternehmen.

Das Chaos im Haus kam Sandra im Hellen noch schlimmer vor als letzte Nacht. Sophie durfte jetzt auf keinen Fall nach Hause kommen. So leise wie möglich ging Sandra in den Flur und wählte die Nummer ihrer Eltern.

»Hallo, hier ist Sandra.« Sie versuchte ihre Stimme so sicher wie möglich klingen zu lassen.

»Sandra, hallo, hattet ihr einen schönen Abend? Mit Sophie hat es wunderbar geklappt.«

»Ja, der Empfang war gut. Nur hier zu Hause ist etwas passiert.« Sandra konnte die Tränen nicht mehr unterdrücken.

»Sandra, mein Schatz, Engelchen! Was ist denn los? Ist mit Marvin alles in Ordnung?«

»Mama ...«, begann sie mit zittriger und schluchzender Stimme, »Mama ... bei uns wurde gestern Abend eingebrochen.«

»Was? Oh mein Gott. Wie furchtbar.«

»Ja. Sie haben alles mitgenommen. Es ist ein absolutes Chaos. Sophie kann heute auf keinen Fall nach Hause kommen. Wir müssen hier erst mal wieder Ordnung reinbringen.«

»Ja, natürlich. Das kann ich verstehen. Das ist absolut kein Problem, Sandralein.«

»Danke, Mama.« Sie legte auf.

Im Wohnzimmer tat sich was. Marvin hatte sich aufgesetzt und rieb sich die müden und verklebten Augen. Er sah furchtbar aus. »Warum ist es hier drin so kalt«, fragte er maulig und zeigte auf die offene Terrassentür.

»Weil die Luft hier drinnen absolut schlecht ist«, maulte Sandra zurück und schlug laut die Tür zu.

Marvin zuckte zusammen und hielt sich den Kopf. »Mann, was soll denn das? Bist du bescheuert?«

»Du hättest dich ja nicht so volllaufen lassen müssen!«

»Was willst du überhaupt von mir?«

»Eigentlich wollte ich nur gucken, wie es dir geht und dir guten Morgen sagen.«

»Und warum machst du das nicht?«

»Weil ich da jetzt keine Lust mehr zu habe.« Sie machte unsanft die Wohnzimmertür zu und lief nach draußen. Sie brauchte dringend frische Luft. Und Marvin würde es auch guttun, dachte sie.

Gedankenversunken schlenderte sie die Birkenallee hinunter. Für sie war es ganz eindeutig, dass jemand mit dem Einbruch Spuren verwischen wollte. Marvin würde es auch noch verstehen, aber im Moment hatte er wirklich andere Sorgen. Er tat Sandra leid. Sie wusste ja, wie hart er immer arbeitete, und er hatte so etwas wirklich nicht verdient.

Dennoch musste sie jetzt mit jemandem reden. Sie beschloss, zu Madeleine zu gehen.

Das Laufen tat gut. Sandra merkte, wie sich ihr gesamter Körper entspannte und sie mit jedem Schritt leichter wurde. Je weiter ich von der Dorfstraße 17 wegkomme, desto besser geht es mir, dachte sie, verwarf den Gedanken aber sofort.

*

»Hallo, hier ist Sandra.«

»Sandra, hallo, hattet ihr einen schönen Abend? Mit Sophie hat es wunderbar geklappt.«

»Ja, der Empfang war gut. Nur hier zu Hause ist etwas passiert.«

Ein Schluchzen war zu hören.

»Sandra, mein Schatz, Engelchen. Was ist denn passiert? Ist mit Marvin alles in Ordnung?«

»Mama … Mama … bei uns wurde gestern Abend eingebrochen.«

Der Mann drückte auf Stopp und lächelte. »Es funktioniert.«

Sein Besucher ging auf und ab. »Ist das das erste Gespräch seit gestern?«

»Ja. Ich habe es aufgenommen, kurz bevor du gekommen bist.«

»Sie hat die Unterhose nicht erwähnt.«

»Nein, aber wir wissen auch nicht, ob sie die schon vermisst.«

»Oder ob sie ihrer Mutter überhaupt davon erzählt hat.«

»Wenn nicht, wäre es gut. Das würde bedeuten, dass die Sache für sie vielleicht doch nicht ganz so wichtig ist, wie wir zuerst angenommen haben.«

»Ja. Dann wäre es doch noch möglich, dass sie alles vergisst und den Mund hält.«

»Es wäre zumindest für alle Beteiligten das Beste. Und damit meine ich auch für alle.«

»Das brauchst du mir nicht zu erzählen.«

»Andererseits frage ich mich, weshalb sie die Unterhose so gut versteckt hatte. Sie war eingeschlossen und wurde erst im letzten Moment gefunden. Wenn sie die Sache für unwichtig hält, warum wirft sie sie nicht einfach weg?«

»Am besten gehen wir erst mal von gar nichts aus. Wir können ja jetzt jedes Telefongespräch mithören und sind immer auf dem neuesten Stand. Dann sehen wir weiter. Gute Arbeit.«

Der Besucher verabschiedete sich und machte sich wieder auf den Heimweg.

Kapitel 21

Kurz vor Madeleines Haus kam Sandra Frank Riedler auf dem Fahrrad entgegen. Er musterte sie skeptisch und grüßte erst, nachdem Sandra das getan hatte, und da war er schon an ihr vorbeigefahren.

Komischer, mürrischer Typ, dachte Sandra und drehte sich nach ihm um. Er war schon fast bei seinem Haus angekommen und schien es verdammt eilig zu haben.

Konnte man ihr etwa ansehen, dass sie letzte Nacht beklaut worden waren? Dem Dorf traute sie alles zu, auch dass die schon davon wussten.

Sandra hoffte, dass Madeleine nicht im Laden arbeiten musste. Sie ging auf gut Glück erst ins Haus. Ihre Freundin war tatsächlich dort.

»Ein bisschen früh für Kino, oder?« Madeleine schaute auf die Uhr.

An das Kino hatte Sandra nicht mehr gedacht. »Deswegen bin ich gar nicht hier.«

»Na, dann komm erst mal rein. Tom ist unterwegs und Torge hilft Renate im Laden. Er gestaltet immer gerne die Regale neu, du weißt schon.« Sie lachte und blendend weiße Zähne strahlten Sandra entgegen. »Wir sind also ganz allein. Willst du einen Kaffee?«

Sandra fiel ein, dass sie noch gar nicht gefrühstückt hatte. Sie setzten sich an den Küchentisch und Madeleine goss Kaffee ein.

»Du siehst schlecht aus. War wohl eine lange Nacht? War es gut?« Sie schob Sandra die Tasse zu.

Sandra atmete einmal tief durch. Diesmal schien sie wirklich schneller zu sein als das Dorf. »Bei uns wurde letzte Nacht eingebrochen.«

Madeleine verschluckte sich an ihrem Kaffee.

»Es wurde alles geklaut und total verwüstet. Es ist

einfach furchtbar.« Sandra spürte wieder den Kloß in ihrem Hals.

»Oh, Sandra, wie schrecklich.« Madeleine kam um den Tisch herum und nahm sie in die Arme.

Sandra merkte, wie gut ihr das tat und wie sehr ihr das gestern Abend gefehlt hatte. Wieder konnte sie die Tränen nicht zurückhalten.

»Eingebrochen?«, wiederholte Madeleine. »So richtig eingebrochen?«

»Ja«, schniefte Sandra. »Den Fernseher haben sie nicht von der Wand abbekommen. Der ist noch da.«

Madeleine stand auf und gab ihr ein Taschentuch. »Aber sonst ...?«

»Aber sonst alles«, vollendete Sandra den Satz. »Am schlimmsten ist, dass sie Marvins Aktenkoffer mit etlichen Dateien mitgenommen haben. Er ist total am Ende. Wir haben uns bis jetzt nur gestritten.«

»Oh Sandra. Das tut mir so leid.«

»Und da ist noch mehr.« Sandra holte tief Luft. »Die Unterhose ist auch weg.«

»Die Unterhose ist weg?« Madeleine runzelte die Stirn. »Wer stiehlt denn einen Mädchenslip? Noch dazu benutzt und blutig?« Sie lachte und verzog das Gesicht.

»Der, dem die Unterhose schaden kann.«

Madeleines Lachen war sofort weg. »Du meinst Heinrich?«

»Zum Beispiel. Oder jemand, der mit Heinrich unter einer Decke steckt.«

»Wer sollte das denn sein? Das ganze Dorf hasst Heinrich.«

»Glaubst du das wirklich? Alle wissen von der Vergewaltigung und keiner zeigt ihn an. Er wird von allen gedeckt. Warum?«

Madeleine wusste darauf keine Antwort.

»Wir haben jetzt jedenfalls nichts mehr gegen ihn in der

Hand«, erklärte Sandra. »Auch wenn die Unterhose nur zufällig gestohlen wurde, wäre Heinrich jetzt aus dem Schneider. Wir haben keine Beweise mehr.«

»Vielleicht ist sie aber wirklich nur zufällig mitgenommen worden und die Einbrecher haben es noch gar nicht bemerkt. Oder du hast sie einfach verlegt und findest sie nicht wieder.«

»Nein. Ich hatte sie in meinem Sekretär im Geheimfach eingeschlossen.«

»Im Geheimfach? Wieso das?«

»Falls ich Tina Fistel in Braunschweig gefunden hätte, hätte sie die bestimmt brauchen können, um Heinrich an den Pranger zu stellen.«

»Falls du sie gefunden hättest? Hast du sie gesucht?«

»Ja. Aber ich habe nichts gefunden.«

»Mensch, Sandra. Du gehst der ganzen Sache ja wirklich nach.«

»Ja. Und je mehr Leute versuchen, mich davon abzubringen, desto skeptischer werde ich. Da ist was faul, Madeleine. Der Einbruch hat es gezeigt. Ich glaube sogar, dass nur wegen der Unterhose eingebrochen wurde. Alles andere ist bloß Show.«

»Sandra, das würde ja bedeuten …«

»Genau, Heinrich oder wer immer ihn auch deckt, hat kalte Füße bekommen und das Beweisstück verschwinden lassen. Das bestätigt, dass ich recht habe.«

»Was willst du jetzt machen?«

»Ich habe keine Ahnung. Erst mal aufräumen.«

»Man müsste noch mal versuchen, diese Tina Fistel zu finden. Sie muss die ganze Sache doch aufklären können.«

»Hast du sie mal gesehen?«

Madeleine schüttelte den Kopf. »Nein. Ich glaube, die Vergewaltigung soll Mitte der 1990er Jahre gewesen sein. Sie und ihre Familie hatten nicht lange hier gelebt und sind direkt danach weggezogen. Da war ich noch nicht mit Tom zusammen. Aber Renate kennt sie bestimmt. Die kann ich ja mal fragen.«

»Aber können wir ihr denn vertrauen? Ich meine, weil die Sache ja doch ernster ist, als wir dachten. Immerhin wurde deswegen schon eingebrochen.«

»Renate kann viel erzählen, aber wenn ich ihr sage, sie soll es für sich behalten, dann tut sie es auch.«

»Ja, dann mach das doch. Vielleicht bringt das etwas.«

»Und dann ruf ich dich an.«

»Okay, ich glaube, ich werde jetzt wieder nach Hause gehen. Marvin wundert sich bestimmt, wo ich bin.«

»Ich hoffe, ihr vertragt euch wieder.« Madeleine lächelte und drückte Sandra erneut.

Sandra verabschiedete sich und ging. Draußen vor der Tür sah sie Tom, der gerade mit dem Auto nach Hause kam. Er schaute sie verwundert an. Erst als Sandra winkte, holte sie ihn aus seiner Starre und er erwiderte den Gruß.

Ich sehe wohl wirklich etwas fertig aus, dachte Sandra, das scheint das ganze Dorf zu erschrecken.

*

Als Sandra zu Hause ankam, lag Marvin wieder oder immer noch auf dem Sofa. Er schien nach seinem Absturz wirklich einen dicken Kopf zu haben.

Sandra hatte sich vorgenommen, ein bisschen aufzuräumen. Die Küche erschien ihr am wichtigsten und so kehrte sie erst mal die Scherben zusammen.

Sie arbeitete sich Stückchen für Stückchen durch das Haus und nahm dabei im Moment nur das Nötigste in Angriff.

Nebenbei rief sie den Schlüsseldienst in Rugstedt an, um das Schloss an der Hintertür reparieren zu lassen. Sie vereinbarte einen Termin für Montag, da sie Samstagnachmittag nur eine Notdienstbesetzung hatten und die bereits voll ausgelastet war. Natürlich hätte sie noch weitere Schlüsseldienste abklappern können, aber dazu fehlte ihr einfach die Kraft.

Sie ging nach oben in den Flur, um dort weiterzumachen. Während sie nach und nach die Kommode wieder einräumte, fiel ihr auf, dass in dem Durcheinander auch ein paar alte Flohmarktsachen aus dem Eckzimmer lagen. Hatte sie die nicht wieder in den Raum getan? Ein ungutes Gefühl beschlich sie. Sollten sie etwa …?

Sie drehte sich um und ging langsam auf die Tür zu. Sie hatte sie abgeschlossen, das wusste sie noch genau. Den Schlüssel hatte sie im Schlafzimmer in einer Socke versteckt. Sandra drückte die Klinke runter. Die Tür ging auf. Es war nicht abgeschlossen.

Sandra rannte ins Schlafzimmer und suchte ihr Sockenknäuel. Es lag zwischen all den anderen Sachen aus dem Schrank auf dem Fußboden. Mit zitternden Fingern zog sie die Socken auseinander. Der Schlüssel war noch da. Sie hatten ihn nicht gefunden.

Verwirrt stand sie auf und ging wieder zum Eckzimmer. Hatte sie sich nur vorgenommen gehabt, die Tür abzuschließen, es aber vergessen? Nein, sie war fest davon überzeugt, dass sie es gemacht hatte. Wieso hätte sie sonst den Schlüssel so gut versteckt?

Aber wie waren die Einbrecher dann in das Zimmer gekommen? Dass die anderen Schlüssel aus der Etage nicht passen, hatten Sandra und Marvin bereits ausprobiert. War diese Tür auch aufgebohrt worden? Nein, das Schloss war vollkommen heil. Hatten sie anderes Einbruchswerkzeug genommen? Aber dann würde man mit Sicherheit auch Spuren am Schloss oder an der Tür sehen. Vielleicht hatten sie irgendein ausgetüfteltes Teil, mit dem man spurlos alles öffnen konnte? Gab es so etwas? Sandra hatte keine Ahnung.

Oder hatten sie einen eigenen Schlüssel? Sandra

lachte, weil sie diesen Gedanken genauso passend wie schockierend fand.

Was wusste sie denn schon über dieses Haus? Wer war hier sonst regelmäßig ein und aus gegangen? Was war hier früher gewesen? Vielleicht hatte ja das ganze Dorf einen Schlüssel zu ihrem Haus. Ihrer war schließlich auch einfach so aufgetaucht.

Sie hörte unten ein Geräusch. Marvin war aufgestanden und taumelte durch den Flur. Hastig rannte Sandra die Treppe hinunter.

Marvin zuckte zusammen, als sie so schnell in der Badezimmertür stand. »Was ist denn mit dir los?«, fragte er, während er auf dem Klo saß und sie mit nur halb offenen Augen anschaute.

»Du glaubst nicht, wo sie noch gewesen sind«, sagte sie aufgeregt. »Oben im leeren Zimmer!«

»Na und?«, antwortete Marvin gleichgültig. »Da ist doch eh nichts zu holen.« Langsam stand er auf und wusch sich das Gesicht mit kaltem Wasser.

»Aber die Tür war abgeschlossen. Ich hatte den Schlüssel versteckt. Und der ist immer noch da. Sie haben ihn also nicht gefunden.«

»Du hast den Schlüssel versteckt?« Er hörte kurz auf, sein Gesicht abzutrocknen. »Wieso das denn? Der Raum ist doch leer.«

»Es war kurz nach dem Fund der Unterhose. Da wollte ich einfach nichts mehr von dem Raum wissen.«

Marvin schob sich an ihr vorbei. »Du bist echt verrückt.«

»Was ist eigentlich los mit dir, Marvin? Seit gestern Abend machst du mich nur noch an.« Sandra stemmte die Hände in die Hüften.

»Was mit mir los ist? Mir sind gestern ganz wichtige Dateien gestohlen worden. Du scheinst immer noch nicht zu begreifen, was das bedeutet. Ich muss wieder bei null anfangen. Das heißt, die Firma könnte genauso gut einen neuen Mitarbeiter einstellen.«

»Das stimmt doch nicht. Du hast schließlich noch was in der Firma und deine Kollegen auch. Meinst du nicht, du kannst alles schnell wieder aufholen? Du erinnerst dich doch noch an vieles.«

Marvin kam auf sie zu und stellte sich groß und angsteinflößend vor sie. »Weißt du eigentlich, dass ich für die ganze Aufholarbeit nicht bezahlt werde und trotzdem noch nebenbei meine gewöhnliche Arbeit zu erledigen habe? Wir sind an Termine gebunden. Es kann richtig ernst für uns werden, Sandra.« Er drehte sich um und ging wieder ins Wohnzimmer, ohne eine Antwort abzuwarten.

Sandra blieb stehen und dachte nach. War durch den Einbruch vielleicht wirklich ihre Existenz bedroht? Daran hatte sie noch gar nicht gedacht.

Marvin tauchte wieder in der Tür auf und lehnte lässig am Rahmen. »Und was dein leeres Zimmer betrifft: Wer so professionell ein Schloss aufbohren kann, der wird wahrscheinlich auch noch einen einfachen Dietrich in der Tasche haben, um eine lächerliche Zimmertür aufzubekommen.« Dann war er wieder weg.

»Davon sieht man aber nichts«, rief Sandra ihm nach. Von ihm kam keine Reaktion.

Es war natürlich möglich, dachte Sandra. Vielleicht, aber vielleicht auch nicht. Die Theorie, dass es einen weiteren Schlüssel gab, fand sie allerdings wahrscheinlicher.

Kapitel 22

Der Tag ging schnell vorbei. Sandra hatte noch ein bisschen aufgeräumt und saubergemacht und legte sich früh schlafen. Als sie im Bett lag, merkte sie erst, wie müde sie war.

Marvin hatte lange Zeit am Telefon mit seinen Kollegen gesprochen. Nach einer Weile hatte er ein paar Ordner zusammengepackt und war verschwunden. Sandra wusste nicht wohin. Er hatte nur gesagt, dass er noch mal weg müsse. Mit Vollgas war er vom Hof gesaust.

Es war spät, als er nach Hause kam. Sandra hatte schon geschlafen, wurde aber wach, als er sich ins Bett legte. Ohne etwas zu sagen, zog er die Decke über sich und drehte ihr den Rücken zu.

Sandra hatte noch nie erlebt, dass er ihr gegenüber so kühl war, und es machte ihr Angst. Traurig kuschelte sie sich in ihr Kissen. Sie wollte sich am liebsten an ihn schmiegen und sich von ihm halten lassen, aber irgendwie traute sie sich nicht an ihn ran. Er hatte sich schlagartig verändert und war ihr fremd geworden.

Auch diese Nacht hatte Sandra wieder einen schlimmen Traum.

Sie schlief ruhig und merkte mit einem Mal, dass sie gar nicht in ihrem Bett, sondern auf einer Bank in einer Fußgängerzone lag. Es war kalt und als sie an sich herunterschaute, sah sie erschrocken, dass sie splitterfasernackt und ihr Körper mit Kratzern, Beulen und blauen Flecken übersät war.

Hektisch sprang sie auf, setzte sich aber sofort wieder hin und hielt die Arme voller Scham vor ihren Körper.

Die Menschen gafften sie verächtlich an und gingen angewidert weiter. Eine Frau mit einem kleinen Jungen kam vorbei und zeigte auf Sandra. »Das passiert mit

Leuten, die sich einmischen und andere verraten. Hängen sollte man sie.« Sie sah sie böse an und der Junge spuckte Sandra vor die Füße.

Wo bin ich nur? Was habe ich gemacht? Was passiert hier mit mir?

Plötzlich ging der Boden auf und verschlang sie mitsamt der Bank. Sandra fiel in ein schwarzes Loch. Ab und zu sah sie helle Lichter neben sich aufblitzen, die durch ihren schnellen Flug einen Schweif hinter sich herzogen. Leise Stimmen sprachen zu ihr, aber Sandra konnte nicht verstehen, was sie sagten. Sie tuschelten und waren undeutlich, aber sie merkte, dass sie über sie redeten und lachten.

Dann war es hell und sie fiel nicht mehr. Sie stand in ihrem Garten und war komplett angezogen. War sie jetzt wach? War der Traum vorbei?

Sie drehte sich um und suchte Sophie. Die Kleine war aber nicht zu sehen.

Vor der Hecke zum Grundstück von Familie Hauser lag ein dunkler Haufen. Sandra konnte nicht genau erkennen, was es war, und ging langsam darauf zu. Mit jedem Schritt verstärkte sich ein abscheulicher Gestank, eine Mischung aus Fäulnis und Tod. Sie hielt sich die Hand vor den Mund, weil sie sich fast übergeben musste, ging aber trotzdem weiter.

Fliegen summten über dem Haufen. War es ein Tier? Ein totes Tier in ihrem Garten?

Sie kam näher und erkannte den Schäferhund von Familie Hauser. Seine Kehle war durchgeschnitten und helles Blut rann aus seinem Hals. Die Augen stierten geradeaus und die Zunge hing schlaff aus der Schnauze.

Sandra sprang schreiend zurück, direkt in Heinrichs Arme, der plötzlich hinter ihr gestanden hatte. Sie riss sich los und fiel rücklings neben dem Tier ins Gras.

Heinrich hielt ein Messer in der Hand und wischte

mit einem Taschentuch das Blut von der Klinge. »Der Hund hat nicht gehorcht«, sagte er deutlich und ohne zu stottern. »Ich mag es nicht, wenn mir jemand in die Quere kommt und nicht das macht, was ich sage.«

Sandra schob sich so weit sie konnte in die Büsche. War das ein Traum oder war sie wach? Heinrich wirkte so echt, so detailliert konnte sie ihn doch gar nicht in Erinnerung haben, oder?

Heinrich stand ruhig vor ihr und sah sie durchdringend an. Er genoss es offenbar, dass Sandra wie ein zappelndes scheues Tier vor ihm im Gras lag.

Wo war bloß Marvin? Und wo Sophie? Ging es ihnen gut? Sandra schaute sich suchend um. Es war keiner da.

Heinrich folgte ihren Blicken. »Du bist ganz allein. Niemand kann dich hören. Du brauchst keine Angst zu haben. Es geht ganz schnell.« Er bückte sich und drückte ihr seine Pranke auf den Mund, so dass sie nicht schreien und kaum noch atmen konnte. Sie zappelte unter ihm wie ein Fisch, aber Heinrich war so stark, dass ihre Bewegungen nicht den geringsten Erfolg hatten. Sein Messer kam näher und berührte bereits mit der Spitze ihren Hals.

Sandra versuchte sich zu drehen und schaffte es sogar irgendwie. Sie befreite sich abrupt aus seinem Griff und stieß auf etwas Hartes. Schmerz durchfuhr ihren gesamten Körper. Sie machte die Augen auf und es war dunkel.

*

Sie konnte nichts sehen. Tastend fühlte sie um sich und stellte fest, dass sie neben ihrem Bett lag. Sie war hinausgefallen. Es war also doch nur ein Traum gewesen.

Schweißgebadet setzte sie sich auf und schaltete die Nachttischlampe ein. Sie war in ihrem Schlafzimmer.

Zitternd setzte sie sich auf das Bett und untersuchte ihren Körper. Ihr Ellenbogen und das rechte Knie hatten beim Aufprall einen Kratzer abgekommen, aber sonst war alles noch dran.

Sie schloss die Augen und atmete tief durch. Es war so realistisch gewesen. Sie hatte die Klinge an ihrem Hals gespürt.

Mit der rechten Hand griff sie zu dem Deckenberg, unter dem sie Marvin vermutete. Das Bett war leer.

Schlagartig schoss ihr das Blut in den Kopf und ihr Herz fing wie wild an zu schlagen. War das etwa immer noch ein Traum? Wo war Marvin?

Sie wickelte ihre Decke so fest es ging um sich und stand langsam auf. Mit ihrem ganzen Mut öffnete sie die Tür. Von unten kam Licht aus dem Flur. War er dort? Warum? Wie spät war es überhaupt?

So leise wie möglich schlich sie die Treppe hinunter. Das Licht kam aus der Küche. Marvin saß mit einem Laptop am Tisch und wühlte in ein paar Stapeln Papier.

Sandra war erleichtert, aber auch verwirrt. Auf der Küchenuhr las sie 4:51 Uhr. Er hatte sie noch nicht bemerkt.

»Marvin?« Zögernd ging sie hinein und legte ihm eine Hand auf die Schulter. Einen Moment dachte sie, dass es vielleicht gar nicht Marvin war, sondern nur ein Schatten, hinter dem sich Heinrich versteckte.

Er drehte sich um. »Sandra. Warum schläfst du nicht?«

»Ich hatte gerade wieder einen furchtbaren Traum. Bitte sag mir, dass das hier jetzt kein Traum mehr ist.«

»Aber nein, wir sind beide da.« Er widmete sich wieder seinen Papieren.

»Was machst du?«

»Ich arbeite.« Er sah nicht hoch.

»Um die Zeit? Hast du mal auf die Uhr gesehen?«

»Es ist einiges aufzuholen, Sandra. Da muss ich jede freie Minute nutzen. Ich hab hier Kaffee. Dann geht das schon.«

Sandra stand verwirrt und verängstigt in der Küche. »Kommst du mit ins Bett?« Bitte, komm mit, flehte sie innerlich. Sie wollte nicht wieder alleine hochgehen.

»Sandra, es war nur ein Traum. Niemandem ist etwas passiert. Was ist mit deinen Tabletten? Nimm doch davon eine.«

Sandra war dem Weinen nahe. Ich will keine Scheißtablette, dachte sie. Ich will dich! Sie wollte etwas sagen, konnte es aber nicht, weil ihre Unterlippe zu sehr zitterte.

Ohne ein weiteres Wort rannte sie aus der Küche, bediente sich an der Tablettenpackung und legte sich ins Bett. Sie weinte und das Kissen wurde nass. Irgendwann schlief sie unter Schluchzen ein.

*

Am nächsten Morgen wurde sie von Marvin geweckt. Er stand im Schlafzimmer und hielt ihr das Telefon entgegen. »Es ist Madeleine.« Dann war er wieder weg, ohne sie weiter zu beachten.

Sandra spürte wieder den Kloß in ihrem Hals aufsteigen. Sie räusperte sich. »Hallo?«

»Hallo, du Schlafmütze«, begrüßte Madeleine sie heiter.

»Wie spät ist es?« Sandra versuchte mit müden, zusammengekniffenen Augen die Uhrzeit auf ihrem Wecker zu erkennen.

»Gleich eins. Du hast wohl mal ausgenutzt, dass Sophie nicht da war, oder?«

Sandra versuchte sich an den letzten Abend zu erinnern. »Nein, ich hatte wieder so einen schlimmen Traum und dann konnte ich nur noch mit Schlaftabletten weiterschlafen. Ich bin auch noch gar nicht richtig wach.«

»Schon wieder so ein Traum? Ich mach mir langsam Sorgen, Sandra.«

»Ich weiß auch nicht, wie das kommt. Früher hatte ich das nie.«

»Vielleicht solltest du wirklich den Rat aller befolgen

und dich nicht mehr um diese Geschichte kümmern. Ich glaube, die Sache belastet dich zu sehr.«

Sandra beschloss, nicht darauf einzugehen. »Hast du mit Renate gesprochen?« Sie musste sich konzentrieren, damit sie nicht wieder einschlief.

»Ja, habe ich. Sie sagte, die Familie war damals gerade erst hergezogen und hatte nicht mal einen Monat hier gelebt, als die Vergewaltigung passierte. Tina muss etwa vierzehn gewesen sein. Renate hat sie nur ein- oder zweimal gesehen. Die sind danach ja sofort weggezogen.«

Sandra dachte nach.

»Ich bin etwas enttäuscht, dass Renate nicht mehr wusste«, fuhr Madeleine fort, »normalerweise weiß sie immer über alle hier im Dorf Bescheid. Aber das bringt uns nicht wirklich weiter, oder?«

»Viel Information ist es jedenfalls nicht.«

»Was willst du jetzt machen?«

»Ich weiß es nicht.« Sandras Kopfschmerzen kündigten sich wieder an.

»Du hörst dich echt schlecht an, Sandra. Kann ich dir irgendwie helfen?«

Das Mitgefühl kommt von der falschen Person, dachte Sandra und hatte Mühe, die Tränen zu unterdrücken. »Ich komm schon zurecht, Madeleine. Ich meld mich wieder bei dir.«

*

Der Mann drückte auf Stopp und rieb sich die Stirn. Diese Frau schien die ganze Sache doch ernster zu nehmen, als sie vermutet hatten.

Hastig drückte er auf die Tasten seines Telefons und wartete, dass sich am anderen Ende etwas tat. Es dauerte lange. Aber endlich meldete sich doch jemand.

»Ich bin's. Die Sache wird leider doch heiß. Sie wurde eben von Madeleine angerufen.«

»Madeleine? Mischt die sich da jetzt auch ein?«

»Es sieht ganz so aus. Aber von Renate haben sie auch gesprochen. Anscheinend hat Madeleine Renate über Tina Fistel ausgefragt. Da kann doch aber nichts passieren, oder?«

»Jeder hier im Dorf weiß gleich viel über Tina Fistel – nämlich so gut wie nichts und das ist unser Vorteil. Hat sie sonst noch etwas gesagt?«

»Sie klang ziemlich fertig und sie sagte irgendetwas von einem schlimmen Traum und dass sie Schlaftabletten genommen hatte. Madeleine hat ihr von der ganzen weiteren Nachforschung abgeraten.«

»Das hat bereits jeder hier im Dorf getan, aber ihr scheint es völlig egal zu sein. Sie lässt sich nicht aufhalten und genau das macht mir Sorgen. Hat sie gesagt, was sie jetzt machen will?«

»Nein, leider nicht.«

»Gut, dann warten wir erst mal ab. War das das einzige Telefonat?«

»Gestern Abend hat ihr Mann ganz viel telefoniert. Anscheinend hat der durch den Diebstahl seine komplette Arbeit verloren und muss jetzt wieder von vorne anfangen. Der tut mir fast ein bisschen leid.«

»Hat er auch schon mal über die Unterhose gesprochen?«

»Auf jeden Fall noch nicht am Telefon. Aber wie gesagt: Der hat im Moment ganz andere Probleme. Ich glaube, der kommt uns nicht in die Quere.«

»Wollen wir's hoffen. Sag mir Bescheid, wenn sie wieder telefoniert hat.«

»Mach ich. Aber vielleicht ist sie ja wirklich so schlapp, dass sie die ganzen Nachforschungen aufgibt und die Sache vergisst.«

»Lass es uns hoffen.«

Kapitel 23

Der Montag begann für Sandra etwas angenehmer. Sie hatte den ganzen Sonntag geschlafen und fühlte sich jetzt einigermaßen fit und ausgeruht.

Marvin war wie üblich wieder früh zur Arbeit gefahren. Sandra und er hatten nicht viel miteinander gesprochen. Er blieb kühl und distanziert.

Kurz nach neun kamen die Mechaniker vom Schlüsseldienst und bauten ein neues Schloss ein. Sandra sah ihnen dabei zu. Sie waren sehr schnell und geschickt. Als sie weg waren, machte sie sich wieder ans Aufräumen.

Sie war ganz in Gedanken, als das Türschellen sie aufgeschreckte. Sandra konnte sich einfach nicht an das Geräusch gewöhnen. Sie öffnete und war sehr überrascht, als sie Frau Hauser auf der Treppe stehen sah.

»Guten Morgen, Frau Losberg«, sagte die alte Dame nur so laut, dass man sie gerade noch hören konnte. »Es tut mir so schrecklich leid, was bei Ihnen passiert ist. Geht es Ihnen gut?«

»Ja, danke, Frau Hauser. Es geht schon einigermaßen.« Es wusste also doch schon wieder das ganze Dorf, dachte Sandra. Sie fragte sich nur, woher, weil sie bis jetzt nur mit Madeleine darüber gesprochen hatte. Wahrscheinlich hatte Renate doch nicht dichthalten können. Oder der Polizist hatte eine Infotafel im Dorf ausgehängt.

»Es gibt etwas, worüber ich mit Ihnen reden möchte.« Frau Hauser klang sehr ernst und auch ein bisschen geheimnisvoll. »Darf ich kurz reinkommen?«

Sandra trat von der Tür zurück und ließ ihre Nachbarin ins Haus. »Kommen Sie. Wir setzen uns in die Küche. Ich kann Ihnen nur nichts zu trinken anbieten, weil wir so gut wie kein Geschirr mehr haben.«

»Ja, ich hab davon gehört. Hier soll ja die reinste Verwüstung gewesen sein.«

»Darf ich fragen, von wem Sie das wissen?«

»Ach ... das ganze Dorf spricht davon. Von wem hab ich es als Erstes gehört?« Sie tat einen Moment, als würde sie überlegen und hoffte wahrscheinlich, dass Sandra es für nicht so wichtig halten würde. Als Sandra sie beharrlich fragend ansah, wurde Frau Hauser sichtlich verlegen. Sie schien nach einem Namen zu suchen. »Anne Riedler hat es mir erzählt. Ja, genau. Die ist es gewesen.«

Warum hat sie für diese Antwort jetzt so lange gebraucht?, fragte sich Sandra. Und vor allem, woher weiß Anne Riedler davon? Das ganze Dorf scheint miteinander verkabelt zu sein.

Frau Hauser sah Sandra aufmerksam an, um zu schauen, ob sie es ihr abkaufte.

Sandra reagierte nicht auf den Blick, sondern kam gleich zur Sache. »Sie wollten mit mir über etwas Bestimmtes sprechen?«

»Ähm... ja.« Frau Hauser räusperte sich und starrte nervös auf den Fußboden. »Es geht um Tina Fistel.«

Na toll, jetzt fing die auch noch damit an. Woher kriegten hier bloß alle ihre Informationen?

»Darf ich Sie mal fragen«, fuhr Frau Hauser fort, »ob Sie nach Tina Fistel recherchiert haben?« Sie hatte eine Augenbraue hochgezogen und betrachtete Sandra mit prüfendem Blick.

Sandra wusste nicht recht, was sie darauf antworten sollte. Wollte Frau Hauser jetzt etwa auch eine Predigt darüber abhalten, dass sie sich da nicht einzumischen hatte? Sie nickte.

Frau Hauser lächelte. »Und? Haben Sie sie gefunden?«

Sandra schüttelte den Kopf.

»Das habe ich mir gedacht. Soll ich Ihnen sagen, warum?« Frau Hauser machte eine Pause, um die Spannung zu erhöhen. Dann flüsterte sie geheimnisvoll: »Es gibt keine Tina Fistel.«

Hatte Sandra sich verhört? War sie jetzt wach oder war das wieder so ein komischer Traum?

Frau Hauser genoss ihre Position sichtlich und ließ Sandra etwas Zeit. »Sie haben richtig gehört. Es gibt keine Tina Fistel.«

»Aber wieso reden dann alle von ihr? Jeder kennt sie oder hat sie zumindest schon einmal gesehen.«

»Sind sie sich da ganz sicher?«

Sandra dachte nach. Was hatte Madeleine gesagt? »Die Vergewaltigung soll Mitte der 1990er Jahre gewesen sein. Sie haben nicht lange hier gelebt und sind direkt danach weggezogen. Da war ich noch nicht mit Tom zusammen. Aber Renate kennt sie bestimmt ... Renate hatte sie nur ein- oder zweimal gesehen. Sie sind danach ja sofort weggezogen.«

Frau Hauser tat sehr geheimnisvoll. »Wen Sie auch fragen, jeder wird Ihnen nur eine ungenaue Antwort geben. Keiner hat sie je wirklich gesehen.«

»Aber ich versteh das alles nicht. Warum denkt man sich so etwas aus?«

»Wissen Sie, Seesby ist ein nettes kleines Dorf. Hier passiert nicht viel. Ihnen ist wahrscheinlich schon aufgefallen, dass jeder über jeden sofort Bescheid weiß, wenn irgendetwas vorgefallen ist.«

Allerdings, dachte Sandra.

»Der Großteil der Bewohner hat die besten Jahre bereits hinter sich. Es geschieht nichts Neues mehr. Das Leben langweilt die Menschen. Irgendjemand fängt dann mit einer Geschichte an, die ein anderer weiterspinnt, und schon gibt es eine Tina Fistel.«

Sandra sah sie ungläubig an. Sollte Tina Fistel etwa wirklich nur eine Erfindung gelangweilter Häkeldamen sein? War so etwas möglich?

»Ich kann Ihre Zweifel gut verstehen«, fuhr die alte Frau fort. »Ich habe auch erst geglaubt, ich würde sie kennen. Aber wenn ich ganz ehrlich bin, dann weiß ich nicht, ob ich Tina Fistel wirklich je gesehen habe oder ob ich mir durch die vielen Erzählungen anderer vielleicht einfach nur gut vorstellen kann, dass sie hier gelebt hat.« Sie machte wieder eine Pause und ließ Sandra die Information verarbeiten.

Die ganze Sache eine pure Erfindung? Das war doch unmöglich. Andererseits hatte Sandra in diesem Dorf schon viele seltsame Dinge erlebt. Aber was war mit Heinrich? Wieso wurde ihm die Vergewaltigung eines Phantoms angehängt?

Frau Hauser schien ihre Gedanken zu lesen. »Heinrich hat niemandem etwas getan. Das Dorf mag ihn nicht, weil er anders ist als andere, und deshalb hängen alle ihm diese Sache an. Er leidet sehr darunter. Ich sage Ihnen, er würde keiner Fliege etwas zuleide tun.«

Sandra musste gleich an den Hund denken und dass Heinrich stotterfrei gesprochen hatte. So gut, wie sie immer sagte, schien Frau Hauser ihren Sohn doch nicht zu kennen.

»Es ist immer leichter, Geschichten zu glauben, wenn sie spannend, unheimlich, vielleicht sogar böse sind«, fuhr ihre Nachbarin fort. »Die Menschen hier im Dorf lieben Sensationen. Es passieren aber leider keine. Deshalb spinnt man sich eben ein paar Sachen zusammen.«

»Aber man kann sich das doch nicht alles ausdenken. Renate sagte auch, sie habe Tina ein- oder zweimal gesehen. Wieso sollte sie lügen?«

»Lügen tut sie nicht. Das kann ich mir nicht vorstellen. Aber war es wirklich Tina Fistel, die sie gesehen hat? Oder nur irgendein anderes Mädchen, dass mit seinen Eltern auf der Durchreise gewesen ist?«

»Irgendjemand wird ihr ja erzählt haben, dass es Tina

war.« Sandra konnte sich einfach nicht vorstellen, dass alles nur eine Erfindung sein sollte.

»Ja, und dieser Irgendjemand ist auch der, der die Geschichten erfindet.«

»Und wer sollte das sein?«

»Das könnte jeder hier im Dorf sein. Hier sind alle gleich. Wie gesagt, einer fängt die Geschichte an und bald ist sie in aller Munde.«

Sandra blickte nachdenklich auf den Fußboden. Sollte es wirklich keine Tina Fistel geben, dann müsste sie auch ihre Theorie mit ihrem blutigen Fund komplett neu überdenken. Sie stünde also mit noch weniger da als vorher. Erst war die Unterhose verschwunden und nun gab es nicht mal mehr ein Opfer. Es sah jetzt so aus, als ob rein gar nichts passiert wäre. Genau so, wie das Dorf es haben wollte.

Hatte Heinrich seine Mutter vorbeigeschickt, damit Sandra aufhörte, weitere Nachforschungen anzustellen? Sehr clever, sie war jetzt richtig verwirrt.

»Wollen Sie mir jetzt auch abraten, weiter nach Tina Fistel zu suchen?«, fragte Sandra und Frau Hauser schien überrascht zu sein.

»Nein, nein, ganz und gar nicht«, antwortete sie ein wenig hektisch. »Wenn Sie Spaß daran haben, können Sie natürlich weiter nach ihr suchen, aber Sie können sich die Mühe sparen. Es gibt sie nicht. Sie ist eine Erfindung.«

»Okay. Es ist nett, dass Sie deswegen extra zu mir gekommen sind.«

»Ich will Ihnen nur helfen, Frau Losberg.« Sie standen auf und Sandra ging hinter Frau Hauser zur Tür. »Ich hoffe, dass dann Ihre schlimmen Träume endlich aufhören und Sie nachts wieder gut schlafen können.«

Sandra blieb wie angewurzelt stehen. Hatte sie richtig verstanden? Frau Hauser wusste von ihren Träumen?

Die alte Dame war schon an der Haustür.

Sandra konnte sich nicht bewegen und blieb in der Küchentür stehen. Ihr war ein kalter Schauer über den Rücken gelaufen, der alle Glieder erstarren ließ.

»Ich wünsche Ihnen noch einen schönen Tag.« Frau Hauser öffnete die Haustür und wollte gehen.

»Woher wissen Sie das?«, fragte Sandra mit fester Stimme.

Frau Hauser zuckte zusammen. »Ich … ich muss jetzt wieder nach drüben. Mein Mann wartet auf mich. Ich wünsche Ihnen alles Gute.«

Sandra stellte sich ihrer Nachbarin mit einem schnellen Schritt in den Weg. Sie war so forsch, dass die Tür laut zuschlug und Frau Hauser ängstlich zurücksprang. »Woher wissen Sie von meinen Alpträumen?«

»Ich … ich habe es gehört. Es tut mir leid. Ich wollte mich nicht einmischen oder Ihnen irgendwie zu nahe treten.« Sie duckte sich und versuchte, an Sandra vorbeizukommen.

»Wer hat Ihnen davon erzählt?« Sandra versperrte ihr die Tür.

»Ich weiß es nicht mehr genau. Es … es wird auch Anne Riedler gewesen sein. Und jetzt entschuldigen Sie mich bitte. Ich hätte gar nicht herkommen sollen.« Energisch schob sie Sandras Arm zur Seite und schlüpfte nach draußen.

Sandra ließ sie gehen. Es hatte doch keinen Zweck. Sie musste sich nun mal damit abfinden, dass das ganze Dorf über sie Bescheid wusste.

Sie schloss die Tür und setzte sich im Wohnzimmer auf das Sofa. Mühsam versuchte sie, das Wirrwarr an Gedanken und Informationen in ihrem Kopf zu ordnen.

Tina Fistel existiert nicht.

Für Sandra war immer noch nicht klar, weshalb sich ein ganzes Dorf so etwas ausdenken sollte. Es ergab keinen Sinn. Man hängte doch nicht einfach so jemandem eine Vergewaltigung an, nur weil man denjenigen nicht mochte. Sandra war überzeugt, dass da ein Funken Wahrheit dran sein musste. Für sie war Heinrich schuldig. Ganz egal, was seine Mutter über ihren Sohn erzählte.

Wenn es jetzt aber keine Tina Fistel mehr gab, dann musste die Unterhose einem anderen Opfer gehört haben. Und so fange ich wieder ganz von vorne an, dachte Sandra und atmete tief durch.

Es musste eine Möglichkeit geben, herauszufinden, ob wirklich eine Tina Fistel in Seesby gelebt hatte oder nicht. Aus dem Dorf konnte sie allerdings keinen fragen. Die würden ja doch nur ihre einstudierte Geschichte erzählen.

Plötzlich kam Sandra die Idee – das Einwohnermeldeamt in Rugstedt. Das war ein völlig neutraler Ort und die müssten es doch eigentlich schwarz auf weiß stehen haben, ob Tina hier gewohnt hatte oder nicht. Warum war sie nicht schon früher darauf gekommen?

Aufgeregt sprang Sandra auf und rannte zu ihrem Auto.

Vom Hauserhof verfolgte sie ein Augenpaar.

Kapitel 24

Sandra fuhr viel zu schnell und hätte vermutlich alle Rekorde gebrochen, wenn die Zeit gestoppt worden wäre. Mit Schwung sauste sie auf den Parkplatz des Einwohnermeldeamts und kam schräg auf zwei Plätzen zum Stehen. Marvin meckerte immer, wenn sie nicht ordentlich stand. Er meinte, es sei peinlich und typisch Frau.

Beim Gedanken an Marvin wurde sie gleich wieder traurig. Seit dem Einbruch war er nicht mehr so für sie da wie sonst. Er hatte sich von ihr abgewandt.

Sie sprang aus dem Wagen und rannte auf das große, rote Amtsgebäude zu, bevor sie noch weiter in Trauer abdriften konnte.

Sandra war nervös und überzeugt, dass sie jetzt endlich Klarheit in die Sache bringen konnte. Vermutlich hatten sie sogar die neue Adresse von Tina da. Dann konnte Sandra Kontakt zu ihr aufnehmen. Sie sprang die Stufen hinauf und öffnete die weiße Glastür. Zum Einwohnermeldeamt ging es nach rechts. Sandra folgte den Schildern und musste nicht weit laufen. Auf einer kleinen Tafel an der Wand stand: *Raum 406, Einwohnermeldeamt, Elke Kelter.*

Auf einem Stuhl davor saß ein junger Mann mit ein paar Passbildern in der Hand. Sandra nickte ihm zu und setzte sich auf den Stuhl neben ihm. Zum Glück war hier auf dem Land nicht viel los beim Amt. Hier musste man nicht mal, wie in Hamburg, eine Nummer ziehen.

Nach kurzer Zeit wurde der junge Mann aufgerufen. Sandra blätterte, ohne richtig zu lesen, in einer Zeitung. Die Zeit kam ihr endlos lang vor, aber dann kam der junge Mann doch endlich wieder heraus. Sandra stand auf und betrat das Amtszimmer.

Hinter einem Tisch in der Mitte saß eine kräftige Frau mit blonden schulterlangen Haaren. Sie lächelte Sandra freundlich entgegen. »Guten Tag!«, begrüßte sie Sandra mit einer netten Stimme. »Bitte, nehmen Sie Platz. Wie kann ich Ihnen helfen?«

Sandra setzte sich und nickte ihr lächelnd zu. »Hallo. Ich bin gekommen, um die Adresse einer Tina Fistel zu erfahren.«

Frau Kelter verzog das Gesicht. »Wohnt sie hier?«

»Nein, nicht mehr. Sie hat Mitte der 1990er Jahre hier gelebt und ist dann nach Braunschweig gezogen. Ich würde gerne wissen, wo sie hier gewohnt hat und wo sie jetzt lebt.«

»Sind Sie eine Familienangehörige?«

»Nein.«

»Es tut mir sehr leid, aber wenn Sie nicht von der Polizei sind oder einen anderen wichtigen Grund haben, darf ich Ihnen keine Auskunft erteilen.«

»Oh, ich bitte Sie. Es ist wirklich wichtig für mich.«

»Es tut mir leid.« Sie kniff die Lippen zusammen und verschränkte die Arme vor ihrer Brust.

Das darf doch nicht wahr sein, dachte Sandra. Jetzt war sie so dicht am Ziel und diese blöde Kuh wollte nichts sagen. »Hören Sie, es ist etwas Schreckliches vorgefallen und deshalb muss ich dringend Tina Fistel finden.« Sandra hatte einen flehenden Hundeblick aufgesetzt, aber Frau Kelter ließ sich nicht erweichen.

»Ich kann und darf Ihnen da nicht weiterhelfen. Adressauskunft fällt unter den allgemeinen Datenschutz. Wenn Sie nicht noch etwas anderes wünschen, muss ich Sie bitten zu gehen.« Sie zeigte auf die Tür und wandte sich dann einigen Papieren zu, als hätten die schon viel zu lange gewartet und bräuchten jetzt unbedingt ihre Aufmerksamkeit.

Langsam stand Sandra auf und ging zur Tür. Was

machte die nur für einen Staatsakt daraus? Sie wollte doch lediglich eine Adresse oder auch nur die Bestätigung, dass Tina Fistel hier mal gelebt hatte.

Sie wandte sich noch mal zu Frau Kelter um. »Bitte, hören Sie, Sie müssen mir nicht mal die Adresse raussuchen. Es reicht, wenn Sie mir sagen, dass es sie gibt.«

Frau Kelters freundliches Gesicht hatte sich zu einer genervten und wütenden Miene verzogen. Sie wurde hochrot. »Verlassen Sie auf der Stelle diesen Raum. Ich habe Ihnen doch gesagt, dass ich keine Auskunft geben kann. Und jetzt raus hier!« Beim letzten Satz war sie aufgesprungen und kam fast über ihren Tisch.

Ohne ein weiteres Wort öffnete Sandra die Tür und ging in den Flur.

Auf den Stühlen im Wartebereich saß eine Frau mit zwei kleinen Kindern, die Sandra mit offenem Mund anstarrten. Es war nicht zu übersehen, dass sie das Gebrüll von Frau Kelter gehört hatten.

Sandra lächelte den Kindern zu, doch die Frau drehte schnell ihre Köpfe weg und ließ sie in eine andere Richtung gucken. Na toll, dachte Sandra, ich bin wirklich ein Schrecken für die Menschheit. Ein bisschen erinnerte sie die Szene an ihren letzten Traum, in dem sie ebenfalls so verächtlich angestarrt worden war. Es hing irgendwie doch alles zusammen.

Traurig und enttäuscht ging sie nach draußen und setzte sich in ihr Auto. In Hamburg hatte sie sofort eine Adresse erhalten, als sie sich nach einer alten Schulfreundin erkundigt hatte. Hier auf dem Land herrschten eben andere Gesetze und Frau Kelter hütete ihre Schätze mit ihrem breiten Hintern, so gut es ging.

»Mann!«, schrie Sandra und schlug mit der Faust auf das Lenkrad. Es tat weh und sie bereute es sofort.

Wie sollte sie jetzt an Tina rankommen?

Im Rückspiegel sah sie die Frau mit den beiden Kindern. Zwei Parkplätze weiter stiegen sie in einen roten Golf. Sandra musste sofort an Sophie denken und hatte mit einem Mal große Sehnsucht nach ihrer Tochter.

Was kümmerte sie schon Tina Fistel? Sie hatte mit ihr absolut nichts zu tun. Die Unterhose war mittlerweile eh weg. Und vielleicht hatte das Blut nichts zu bedeuten. Die ganz gewöhnliche Periode eines jungen Mädchens, das bei Käthe zu Besuch gewesen war.

Je mehr Sandra darüber nachdachte, umso deutlicher wurde ihr bewusst, dass sie wahrscheinlich wirklich in allen Punkten übertrieben hatte. Nicht mal mit Marvin konnte sie noch vernünftig reden, weil sie immer nur ihre wirren Theorien im Kopf hatte und sein Problem gar nicht richtig realisierte. Von jetzt an würde sie die ganze Geschichte vergessen und sich nur noch um ihre Familie kümmern. Das war es, was sie ohnehin am liebsten wollte.

Erleichtert startete sie den Motor. Sie würde jetzt Sophie abholen und einen normalen und sorgenfreien Alltag beginnen.

Als sie sich umdrehte, um rückwärts auszuparken, sah sie Frau Kelter aus dem Amtsgebäude kommen. Sie sprach aufgeregt in ihr Handy und steuerte auf ein Auto zu. Sobald sie eingestiegen war, sauste sie hinter Sandra vorbei und bog auf die Hauptstraße ein.

Eine Stimme meldete sich in Sandras Kopf und wurde immer lauter. Sie hatte ein unglaubliches Verlangen, noch mal in das Gebäude zu gehen. Wie Engelchen und Teufelchen stritten ihre Gedanken. Sie könnte noch mal nach der Adresse suchen. Aber was würde passieren, wenn man sie dabei erwischte? War der Raum nicht vermutlich sogar abgeschlossen?

Der Teufel siegte. Die Neugier war zu groß. Sie stellte den Motor aus.

*

Der Flur war menschenleer. Auch von den anderen Angestellten war keiner zu sehen. Vermutlich war gerade überall Pause. Sandra konnte nur hoffen, dass sie unbeobachtet bleiben würde.

Und falls nicht, was sollte sie dann sagen? Keine Ahnung, ihr würde schon etwas einfallen. Sie atmete tief durch. Jetzt muss nur noch die Tür offen sein, dachte sie und drückte die Klinke herunter. Die Tür sprang auf. Der Raum vor ihr war leer.

Sandra spürte ein aufgeregtes Kribbeln im ganzen Körper und konnte ihr Glück kaum fassen. Jetzt nur die Ruhe bewahren, dachte sie und schloss leise die Tür hinter sich. Sie trat hinter den Schreibtisch und stellte sich vor die riesige Schrankwand. Wo sollte sie bloß anfangen?

Der Hauptteil des Schranks bestand aus großen Schubladen, in denen die Papiere und Dokumente in Papiermappen hingen. Um erst mal einen Überblick zu bekommen, zog Sandra ein paar der Schubladen auf. Sie stieß allerdings nur auf Sterbe- und Geburtsurkunden. Nach weiterer und immer hektischerer Suche fand sie schließlich Schubladen mit alphabetisch geordneten An- und Ummeldebestätigungen.

Mit zittrigen und verschwitzten Fingern suchte sie den Buchstaben F. Schnell, aber doch sorgfältig durchsuchte sie die Mappen, fand aber keine Familie Fistel.

Hatte Frau Hauser doch recht gehabt, war Tina Fistel eine reine Erfindung? Ihr wurde bei dem Gedanken ganz heiß.

Sandra trat einen Schritt zurück und machte alle Schubladen wieder zu. Was sollte sie jetzt tun?

Sie wollte sich gerade zum Gehen umdrehen, als sie die Schubladen entdeckte, die mit *vor 2000, vor 1990, vor 1980* gekennzeichnet waren.

Schnell zog sie die Lade mit dem Aufkleber *vor 2000*

auf und wühlte sich zum Buchstaben F. Es gab nur eine einzige Familie. Sandra nahm die Mappe heraus.

Sie enthielt die Anmeldebestätigung eines Herrn Bernd Fistel, der mit seiner Familie am 26. Juni 1993 nach Seesby in die Dorfstraße 33 gezogen war. Dahinter war die Abmeldebestätigung vom 30. Juli 1993 geheftet. Renate hatte erzählt, dass die Familie direkt nach der Vergewaltigung weggezogen war. Tinas Geburtsdatum war als der 14. Mai 1979 eingetragen. Sie war gerade mal vierzehn Jahre alt gewesen, als Heinrich ihr das Schlimmste angetan hatte, was einem jungen Mädchen passieren konnte.

Frau Hauser hatte gelogen.

Jetzt musste Sandra nur noch herausfinden, wo sie hingezogen waren, damit sie Tina kontaktieren konnte. Sie drehte das Papier um und wollte die neue Adresse suchen, als hinter ihr die Tür geöffnet wurde.

»Was um Himmels willen machen Sie da?« Frau Kelter schoss wie eine Furie herein und riss Sandra die Mappe aus der Hand. »Wissen Sie eigentlich, was Sie gerade machen? Das ist unerlaubtes Eindringen in ein Verwaltungsgebäude und Begutachtung nicht freigegebener Dokumente. Ich werde die Polizei rufen.« Sie war bereits am Schreibtisch und hatte den Hörer in der Hand.

Sandra drückte rasch auf die Gabel. »Bitte«, flehte sie, »Sie verstehen das nicht. Ich will niemandem etwas Böses. Ich muss nur noch einmal in dieses Dokument schauen.«

»Sie sind doch verrückt. Sie haben bereits eine Straftat begangen.« Sie zog am Telefon, doch Sandra hielt es fest.

»Ich bitte Sie noch mal: Es geht hier um Gerechtigkeit und ich muss unbedingt diese Mappe noch einmal haben.« Sandra deutete auf die kleine Papprolle, die Frau Kelter wütend in ihrer Hand zerknüllte.

»Gerechtigkeit? Das ich nicht lache. Wer sind Sie? Robin Hood? Würde gerne mal wissen, aus welcher Anstalt Sie entlassen wurden. Und jetzt geben Sie mir mein Telefon, verdammt noch mal!«, schrie sie und entriss Sandra den Apparat.

Im nächsten Moment stand eine kleine Frau mit einer schwarzen Hornbrille in der Tür. »Ist hier alles in Ordnung, Elke?«

Frau Kelter vergaß für kurze Zeit die Polizei. »Diese Frau hat die Frechheit besessen, meinen Aktenschrank zu durchwühlen, obwohl ich ihr ausdrücklich erklärt hatte, dass sie in die Dokumente keine Einsicht bekommen kann.« Sie deutete auf Sandra, als wäre die ein widerliches kleines Tier, vor dem man sich ekeln musste.

»Was?!« Die Frau mit der Hornbrille schaute Sandra schockiert und vorwurfsvoll an. »Wissen Sie nicht, dass es verboten ist, diese Dokumente unbefugt zu lesen?!«

Noch so eine Klugscheißerin, dachte Sandra. Wie sollte sie hier nur wieder rauskommen? Etwa im Streifenwagen? »Hören Sie doch bitte, es hat hier ein Verbrechen gegeben und nur dieses Mädchen in der Mappe kann die Geschichte aufklären.«

»Jetzt fangen Sie nicht an zu spinnen. Was soll das denn für ein Verbrechen sein?«, erwiderte die Frau in der Tür.

Sandra zögerte. Wie viel durfte sie denen erzählen?

Für Frau Kelter überlegte Sandra zu lange, sie drückte bereits auf den Wähltasten ihres Telefon herum.

»Nein, bitte nicht!« Sandra sprang auf sie zu, um erneut die Gabel runterzudrücken. Stürmisch stieß sie Frau Kelter zur Seite, so dass diese taumelnd in ein kleines Regal stürzte, das krachend unter ihrem Gewicht zusammenbrach. »Verstehen Sie doch bitte, es hat eine Vergewaltigung gegeben und nur dieses eine Mädchen kann den Täter endlich hinter Gitter bringen. Der läuft immer noch frei herum.«

Frau Kelter saß in einem Haufen aus Papieren, Aktenordnern und Regalteilen. Ihre Lippe blutete. Ihre

Kollegin stand bewegungslos da und hatte den Mund weit geöffnet.

»Was ist denn hier passiert?«, fragte eine besorgte Männerstimme. Alle drei Frauen schauten verwundert zur Tür.

Es war Wolfgang Stiezel. »Oh mein Gott, Elke. Ist dir etwas passiert?« Er half Frau Kelter beim Aufstehen. »Du blutest ja.«

Frau Kelter fasste an ihre Lippe und schaute dann auf ihre roten Fingerspitzen. Hasserfüllt sah sie abwechselnd Sandra und ihre Hand an.

»Diese Frau hat Elke angegriffen!« Die Kollegin zeigte mit dem Finger auf Sandra.

»Das stimmt so nicht ganz, Wolfgang.« Sandra hoffte im Stillen, dass das alles wieder nur einer ihrer schlimmen Träume war.

»Natürlich ist es so gewesen«, schrie Frau Kelter, krebsrot und schnaufend wie nach einem Marathon. Wolfgang musste sie zurückhalten, damit sie Sandra nicht anfiel. »Sie ist eine gottverdammte Irre und Lügnerin.«

»Sie hat einfach die Aktenschränke durchwühlt, obwohl sie genau wusste, dass das nicht erlaubt ist«, fauchte die andere Frau hinter ihnen.

»Ich musste etwas Wichtiges herausfinden, Wolfgang«, erklärte Sandra und war sich sicher, dass sie jetzt ihr Grab geschaufelt hatte. Die beiden Frauen grinsten zufrieden.

Wolfgang schaute nachdenklich auf den Fußboden. »Verstehe«, murmelte er.

»Ich werde die Polizei rufen«, sagte Frau Kelter entschlossen, nahm das Telefon und ließ Sandra dabei nicht aus den Augen. Die andere stand angriffsbereit hinter Sandra, um ihrer Kollegin eventuell zur Hilfe zu kommen.

»Warte, Elke!«, meldete sich Wolfgang Stiezel zu Wort. »Ruf nicht die Polizei. Ich kümmere mich darum.«

Frau Kelter zog ungläubig die Brauen zusammen. »Wolfgang, sie ist hier eingedrungen und hat die Akten durchwühlt. Das können wir nicht einfach so laufen lassen.«

»Das werden wir auch nicht. Ich regele das, okay? Geh du inzwischen bitte zum Erste-Hilfe-Kasten und versorge deine Lippe.«

Frau Kelter setzte sich langsam in Bewegung und fauchte Sandra noch irgendetwas Unverständliches und mit Sicherheit Abwertendes zu, bevor sie zusammen mit ihrer Kollegin den Raum verließ.

Sandra stand still da und musterte Wolfgang, der mit gesenktem Blick auf und ab ging. War er wirklich auf ihrer Seite? Oder wollte er einfach nur niemanden dabei haben, wenn er jetzt mit seinem Donnerwetter loslegte?

Nach einer Weile blieb er stehen und sah Sandra durchdringend an. »Es geht um Tina Fistel, nicht wahr?« Sein Gesicht zeigte keinerlei Anzeichen von Emotionen. »Ich habe Bernd Fistel damals versprechen müssen, dass er nie wieder etwas von Seesby hören muss. Seine ganze Familie ist durch die Geschichte zerbrochen. Seine Frau hat sich von ihm getrennt, weil sie ihm die Schuld an der ganzen Sache gegeben hat.« Er kam auf Sandra zu, bis er ihr so nah war, dass sie sein Aftershave riechen konnte.

Sie schluckte.

»Ich halte meine Versprechen«, fuhr er fort. »Immer. Warum die Familie sich damals gegen eine Anzeige entschieden hat, weiß ich nicht. Ich weiß nur, dass es deren Wunsch gewesen ist. Und den müssen wir akzeptieren, Sandra, so schwer es uns auch fällt.«

Sandra hatte eigentlich nur gute Absichten gehabt, aber jetzt bekam sie ein schlechtes Gewissen.

»Denk bitte nicht, dass ich es nicht zu schätzen weiß, dass du dich so um dieses Mädchen sorgst und für die Gerechtigkeit kämpfst. Es ehrt dich und zeigt, was für ein guter Mensch du bist. Davon können wir immer genügend gebrauchen. Nicht nur hier in Seesby, sondern auf der ganzen Welt. Aber vielleicht bist du hier wirklich einen Schritt zu weit gegangen.«

Sandra konnte nicht antworten. Voller Scham blickte sie auf den Fußboden.

Wolfgang nahm sie in den Arm. »Es wird alles gut. Ich werde nicht die Polizei rufen, wenn du mir versprichst, nicht weiter nach Tina Fistel zu suchen. Ich möchte mein Versprechen von damals gerne einhalten können.«

Sandra hatte einen dicken Kloß im Hals. Sie fühlte sich wie ein kleines Mädchen, das eine Lektion gelernt hatte und jetzt von einem erfahrenen, weisen Mann gehalten wurde.

Nach einer Weile löste Wolfgang seinen Griff und sah Sandra lächelnd an. »In Ordnung?«

Sandra nickte und lächelte zurück.

»Dann fahr nach Hause. Ich kümmere mich hier um alles.«

»Danke«, hauchte Sandra und verließ den Raum. Ihr Wunsch, auf dem Weg zum Auto niemandem zu begegnen, ging in Erfüllung. Sie startete den Motor und atmete einmal tief durch.

Frau Hauser hatte gelogen. Warum, war nur zu offensichtlich. Sie wollte ihren Sohn schützen. Es gab wirklich eine Tina Fistel.

Jetzt ist alles andere wichtig, dachte sie. Sophie. Marvin. Ihr sorgenfreies Leben auf dem Land. Was sollte dem jetzt noch im Weg stehen?

Sie parkte aus und fuhr in Richtung Hamburg zum Haus ihrer Eltern, um ihre kleine Tochter abzuholen.

Kapitel 25

Sandra kam erst spät von ihren Eltern zurück. Sophie saß hinten im Kindersitz und schlief.

Im Vorbeifahren sah Sandra, dass in Renates Dorfladen noch Licht brannte, und so hielt sie an, um einen Liter Milch für das Frühstück zu holen. Sophie ließ sie im Wagen.

In der Ladentür kam ihr Anne Riedler entgegen, die ebenfalls noch einige späte Einkäufe getätigt hatte. Sandra grüßte höflich, aber Frau Riedler sagte nichts und schob sich mit distanzierter Miene an ihr vorbei.

»Hallo, guten Abend, Renate«, grüßte Sandra und holte sich einen Liter Milch aus dem Kühlschrank.

Von Renate hinter dem Tresen kam nur ein knappes »Hallo«, das man aber auch gut hätte überhören können.

Sandra stellte die Milchpackung auf den Tresen und holte ihr Geld aus der Tasche. Renate schwieg. Normalerweise hatte sie immer irgendetwas zu erzählen. »Ist alles in Ordnung?«, fragte Sandra besorgt.

»Mmh«, murmelte Renate und nickte leicht.

Da stimmt doch etwas nicht, dachte Sandra. Sie wollte allerdings auch nicht nachfragen, das hätte sie zu aufdringlich gefunden. So gut kannte Sandra sie schließlich auch nicht und es durfte doch jeder mal einen schlechten Tag haben, oder? »Ich wünsche dir noch einen schönen Abend, Renate«, sagte sie, als sie ging.

Von Renate kam nur ein »Ja, ja« und dann verschwand sie durch die Hintertür.

Sandra stieg ins Auto und fuhr die letzten Meter nach Hause. Im Stillen hoffte sie, dass Marvin da war und sie ihn in die Arme nehmen konnte.

Ihr Wunsch erfüllte sich nicht. Es blinkte lediglich das Lämpchen vom Anrufbeantworter. Marvin teilte Sandra kurz und trocken mit, dass er diese Nacht nicht nach Hause kommen würde, da er im Büro weiterarbeiten wollte.

Sandra war enttäuscht. Sie brachte die schlafende Sophie ins Bett, die dabei glücklicherweise nicht aufwachte, und legte sich dann ebenfalls hin. Es dauerte nicht lange, bis sie einschlief, und ausnahmsweise hatte sie mal keinen schlimmen Traum. Ganz ohne Schlaftabletten schlief sie komplett durch.

Sie hatte eine schwere Last abgelegt.

*

Früh am nächsten Morgen, als sie gerade das Frühstücksmüsli im Campingplastikgeschirr zubereitete, klingelte das Telefon.

Sophie saß im Wohnzimmer und hatte alle Bauklötze ausgekippt. Es sah schon wieder fast so chaotisch aus wie Freitagnacht nach dem Einbruch.

Mit der Hoffnung, es wäre Marvin, ging Sandra ans Telefon, aber sie wurde wieder enttäuscht. Es war Madeleine. »Mensch, Sandra! Was hab ich da gehört? Du warst gestern im Einwohnermeldeamt und hast herumgeschnüffelt?«

Sandra wunderte sich nicht, dass Madeleine bereits davon wusste. »Geschnüffelt habe ich nicht direkt. Ich wollte nur mal etwas nachschauen.«

»Im Dorf wird erzählt, du hättest Elke Kelter niedergeschlagen, stimmt das?« In ihrer Stimme schwang ein Hauch von Sensationslust mit.

»Nein, niedergeschlagen habe ich sie nicht. Sie ist einfach nur blöd gefallen.«

Madeleine lachte. »So nennt man das also. Sie ist wahrscheinlich blöd auf deine Faust gefallen, wie?«

»Auf meine Faust? Wird das erzählt?«

»Na ja, so ungefähr. Man sagt eben, du hättest sie

brutal niedergeschlagen. Das ganze Dorf ist in Aufruhr. Du bist gefährlich, Sandra.« Madeleine kicherte.

Vermutlich waren Anne Riedler und Renate deshalb gestern so merkwürdig gewesen. »Ich finde es nicht witzig«, sagte Sandra. »Vor allem, weil es so gar nicht stimmt.«

»Was hast du denn da überhaupt gewollt?«

»Herausfinden, ob es wirklich eine Tina Fistel gegeben hat.«

Madeleine prustete los. »Wieso soll es sie denn nicht geben? Sie hat doch hier gelebt und jeder hat sie gekannt.«

»Ich weiß, aber Frau Hauser war gestern Vormittag hier und hat mir erzählt, dass Tina nur eine Erfindung sei und keiner sie je wirklich gesehen hätte. Da musste ich einfach wissen, was wahr ist.«

»Frau Hauser darfst du gar nichts glauben. Die lügt und lästert wie verrückt.«

»Das habe ich jetzt ja auch gemerkt. Sie wollte vermutlich nur ihren Sohn schützen.«

»Aber so schnell wird sie dir wohl keine neuen Sachen auftischen können. Sie ist gestern Mittag ins Krankenhaus gekommen. Angeblich hatte sie eine Kreislaufschwäche und ist zusammengebrochen.«

»Oh«, sagte Sandra nur und dachte sofort an ihre hitzige Unterhaltung mit Frau Hauser am Vortag. War sie möglicherweise schuld an Frau Hausers Kollaps? Das würde dann für weitere Aufregung im Dorf sorgen.

»Was willst du jetzt machen?«, fragte Madeleine neugierig.

»Wegen Tina? Keine Ahnung. Ich glaube, ich vergess das einfach wieder. Wolfgang hat mich gestern noch einmal darum gebeten. Er hat da irgendeine Abmachung mit Tinas Vater. Außerdem ist die Unterhose eh weg und ich habe keinen Beweis mehr, den ich Tina geben könnte.«

»Ich glaube, so ist es am besten, Sandra«, antwortete Madeleine erleichtert. »Du warst die ganze letzte Zeit so wahnsinnig angespannt. Ich glaube, der viele Stress hat dir nicht gutgetan.«

»Ja, du hast recht. Ich habe letzte Nacht auch das erste Mal wieder wunderbar geschlafen.«

»Dann ist ja alles wieder in Butter.« Madeleine klang sehr zufrieden.

Fast alles, dachte Sandra. Wenn sie an Marvin dachte, gab es ihr immer einen Stich ins Herz, als würde sie jemand piksen.

Als sie aufgelegt hatte, holte sie die Post aus dem Briefkasten. Für Sandra war nichts dabei. Es gab lediglich ein paar Briefe für Marvin und einige Werbeprospekte.

Das Einzige, was sie ansprach, war ein Katalog mit schönen Einrichtungsgegenständen, den sie gleich nach dem Frühstück mit Sophie durchblätterte. Wie gerne würde sie etwas davon bestellen, aber das war im Moment finanziell wohl nicht möglich. Dennoch beschloss sie, den Katalog auf dem Tisch liegen zu lassen und Marvin heute Abend darauf anzusprechen. Vielleicht könnte etwas Neues ein bisschen mehr Gemütlichkeit ausstrahlen und die angespannte Atmosphäre entlasten.

*

Der Mann griff diesmal ganz entspannt zum Telefon und war kein bisschen nervös, als noch nicht gleich abgenommen wurde. Sandra Losberg hatte sich beruhigt und somit war auch sein Gewissen erleichtert.

»Hallo?«, meldete sich die vertraute Männerstimme.

»Ich bin's. Es sieht alles gut aus.«

»Ja? Wirklich? Was hat sie gesagt?«

»Sie hat gerade mit Madeleine telefoniert. Anscheinend wird sie sich jetzt nicht weiter um die Sache kümmern und ich denke mal, wir können ihr glauben.

Sie sagte, sie hätte letzte Nacht das erste Mal wieder ohne Schlaftabletten schlafen können.«

»Das sind doch mal gute Neuigkeiten. Ich bin immer ganz nervös, wenn du mich anrufst, weil ich jeden Moment denke, dass sie uns hat.«

»Was glaubst du, wie ich zitter, wenn sie telefoniert. Diese Frau ist ja wirklich unheimlich hartnäckig.«

»Es ist ja noch mal alles gut gegangen. Aber im Dorf wird viel über sie geredet. Ich glaube, sie hat ihren guten Ruf als nette junge Mutter erst mal verloren.«

»Das geschieht ihr auch recht. Ihren Sinn für Gerechtigkeit in Ehren, aber jetzt hat sie doch etwas übertrieben. Wie geht es Frau Kelter?«

»Soviel ich weiß, hat sie nur eine blutige Lippe gehabt. Ich habe aber gehört, dass sie Sandra wegen Körperverletzung anzeigen will.«

»Das soll sie man ruhig machen. Es ist gut, wenn die von überall eingeschüchtert wird.«

»Ich glaube, wir sind noch mal mit einem blauen Auge davongekommen. Was willst du jetzt machen? Fährst du wieder weg?«

»Nein, ich werde noch etwas warten. Außerdem ist es echt mal wieder schön, in Seesby zu sein. Ich habe diese Idylle wirklich vermisst.«

»Dann genieße noch ein bisschen die schöne Natur. Ich bin froh, dass wir uns wieder zurücklegen können.«

»Oh, glaub mir, das bin ich auch.«

Kapitel 26

Marvin kam heute erst spät nach Hause, aber immerhin kam er.

Sandra war aufgeregt wie ein kleines Kind, als er auf den Hof fuhr. Sophie war schon im Bett und hatte, nach einigen Büchern und vielem Protest, doch endlich aufgegeben und war eingeschlafen.

Auf dem Küchentisch stand noch der Topf mit Spaghetti, den Sandra gemacht hatte. Marvin liebte ihre Hackfleischsauce.

Er sah unheimlich müde aus, als er aus dem Auto stieg.

Sandra ging auf ihn zu und umarmte ihn. Er ließ es zu und es tat ihr sehr gut. Sie atmete einmal tief durch, um seinen lang ersehnten Duft aufzunehmen und zu speichern. »Es gibt Spaghetti.«

»Oh, wunderbar. Das kann ich jetzt brauchen«, antwortete er und ließ ihre Hand nicht los, während sie reingingen. Wahrscheinlich hatte er sie genauso vermisst wie sie ihn. Es ist alles wieder gut, dachte Sandra erleichtert.

Marvin hatte gerade ein paar Gabeln aufgerollter Spaghetti in den Mund gesteckt, als Sandra mit dem Einrichtungskatalog in der Hand aus dem Wohnzimmer in die Küche kam. Sie wollte die angenehme Stimmung nutzen. »Sieh mal hier, was wir heute bekommen haben. Ist das nicht schön? Oder das da?« Sie zeigte auf ein kleines Bambusregal und eine orientalische Stehlampe.

Marvin musterte die Artikel kurz. »Ja, das sieht nett aus.«

»Meinst du nicht, dass ich sie vielleicht bestellen könnte?«, fragte Sandra vorsichtig und fühlte sich wie ein kleines Kind, das nach seinem Taschengeld fragt. »Ich weiß, wir sind jetzt etwas knapp, aber ich glaube, ein paar neue Sachen würden uns guttun. Dann könnten wir uns hier wieder etwas wohler fühlen.«

Es dauerte, bis Marvin antworten konnte, weil er erst aufkauen und runterschlucken musste. »Sandra, wir haben da jetzt aber kein Geld für.«

»Aber so viel kostet es doch gar nicht.«

»Wir können es uns trotzdem nicht leisten.« Seine Stimme wurde ernst. »Ich kann meine verlorene Arbeit zwar wieder aufholen, aber mein Job ist dennoch gefährdet.«

»Es ist doch blöd, wenn einem das Geld für ein einfaches Regal und eine Lampe fehlt«, meinte Sandra patzig.

Marvin verzog das Gesicht. »Tut mir leid, Sandra, es ist aber so. Falls du es noch nicht bemerkt hast, es wurde bei diesem Einbruch noch mehr gestohlen als eine blutige Unterhose. Ich hatte auch noch ein paar Sachen hier im Haus, die ein bisschen wichtiger waren. Komisch, oder? Es gibt noch andere Dinge als dein albernes Katz-und-Maus-Spiel. Apropos, wie weit bist du da eigentlich? Hast du schon jemanden verhaftet?«

»Was soll das, Marvin? Denkst du, ich spinne mir den ganzen Kram nur zusammen?«

»Wie soll ich dich denn ernst nehmen? Du realisierst nicht mal, dass ich den Kopf mit bedeutenderen Dingen voll habe, wie zum Beispiel unserem Lebensunterhalt. Wie töricht von mir … während du dich zu einer gelangweilten und verzweifelten Hausfrau entwickelt hast, die nichts mit ihrer Zeit anzufangen weiß. In ein paar Jahren siehst du aus wie unsere tratschige Nachbarin. Wahrscheinlich ist das hier ein Virus.«

»Aber was soll ich denn machen, wenn sich das ganze Dorf so merkwürdig verhält und alle gemeinsam etwas vertuschen wollen? Soll ich etwa auch einfach nur dastehen und zuschauen?«

»Ich denke, wir haben selber genug Sorgen. Wir müssen uns nicht unbedingt auch noch mit denen der anderen belasten.«

»Ist dir noch nie in den Sinn gekommen, dass es bereits unsere Sorgen sind? Was glaubst du denn, warum bei uns eingebrochen wurde?«

»Du bist also immer noch überzeugt, dass es jemand von hier war, und dass sie es nur auf den ollen Schlüpfer abgesehen hatten?« Er schüttelte verächtlich den Kopf. »Es fahren auch mal Fremde durch den Ort. Und Seesby eignet sich meiner Meinung nach perfekt für einen Diebstahl, weil hier so gut wie nichts los ist.«

»Dieses Dorf hat Augen und Ohren, Marvin. Die wissen alles.«

»Meine Güte, du bist ja schon richtig paranoid! Na ja, spinn deine Geschichten weiter, vielleicht kommt ja irgendwann ein Roman dabei raus. Ich kümmere mich inzwischen darum, wie es mit unserer Realität weitergeht, der finanziellen Lage zum Beispiel.« Er widmete sich wieder seinem Teller Spaghetti.

Wie konnte er nur so über sie denken? Sie dachte sich das doch nicht alles aus. Und jetzt saß er einfach nur da und tat so, als wäre sie Luft. Am liebsten wäre sie ihm an die Gurgel gesprungen. »Meinst du etwa, du bist der Einzige, der sich um die Familie kümmert, nur weil du den Job hast und ich hier zu Hause bin? Mache ich mir deshalb etwa keine Sorgen um uns? Oh, nein, du hast recht, ich spinne ja nur rum, du verdienst immerhin das Geld. Wofür bin ich eigentlich da? Mich kann man sowieso nicht ernst nehmen.«

»Mach dich nicht lächerlich, Sandra.«

»Lächerlich? Weißt du eigentlich, was ich hier den ganzen Tag mache? Sitze ich hier etwa nur rum und drehe Däumchen? Du bist der tolle Typ mit dem Job und ich deine Putze und Kindermädchen, oder wie?

Meinst du nicht, dass mir auch manchmal die Decke auf den Kopf fällt?!«

»Ja, so sehr, dass du mit Spinnereien anfängst.«

»Aber wenn es doch wahr ist!«, schrie Sandra zurück. »Tu doch nicht so, als wäre ich eine komplette Irre! Es ist doch nicht zu leugnen, was hier im Dorf passiert!«

»Ich sag dazu nichts mehr.« Marvin kratzte die letzten Reste auf seinem Teller zusammen.

Sie hatte ihre Hände zu Fäusten geballt, so dass die Knöchel weiß hervortraten. »Lass uns doch tauschen, du Maulheld. Ab morgen gehe ich wieder arbeiten. Können wir ja mal sehen, wie weit du hier kommst und wer am Ende die größere Klappe hat.«

»Kein Problem. Wird sicher lustig.«

»Ja, natürlich. Es ist immer alles nur lustig, schon klar! Du kannst mich mal, Marvin!«, fauchte Sandra. Sie nahm den Topf mit der Sauce und warf ihn direkt vor Marvins Füßen auf den Boden, so dass er laut aufschlug und der komplette Inhalt in der Küche verteilt wurde.

Weinend rannte sie nach draußen. Einfach nur weg. Die Luft tat gut. Hier konnte sie den Kopf wieder freibekommen – mehr oder weniger zumindest. Zu ihrem Glück fing es auch noch an zu regnen und sie hatte nur ihren dünnen Pulli an. Klasse, dachte sie, vermutlich werde ich jetzt auch noch krank.

Sandra war traurig, dass sie und Marvin nicht mehr über alles reden konnten, wie sie es von früher gewohnt war. Irgendwie hatte sich ihre Beziehung verändert und sie bekam Angst, dass sie es nicht mehr hinkriegen konnten.

Es war schon dunkel und nur leicht bekleidet schlenderte sie im Regen durch Seesby. Die Leute mussten denken, dass sie jetzt vollkommen verrückt war. Aber der Zug mit ihrem guten Ruf war eh schon abgefahren. Eigentlich störte es sie nicht besonders.

Nach einer Weile, sie wusste nicht, wie lange sie gegangen war, kam sie schließlich wieder bei der Birkenallee an. Direkt unten an der Straße blieb sie stehen und betrachtete das Haus.

Als sie das erste Mal hier gewesen war, hatte sie sich sofort in das Gebäude verliebt und geglaubt, dass sie hier mit ihrer kleinen Familie glücklich werden würde. Bis jetzt hatte das Haus ihr allerdings nur Unheil beschert und ihre Ehe stand auch auf der Kippe.

Die Fenster waren dunkel. Marvin war vermutlich schon im Bett. Wie spät mochte es wohl sein?

Beim Näherkommen erkannte sie, dass sein Auto nicht mehr auf dem Hof stand. War er etwa schon wieder weggefahren? Wohin? In die Firma?

Sie rannte die Eingangstreppe hoch und sah sich im Haus um. Marvin war nicht da. In der Küche zeugten lediglich die blutigen Spuren des Tomatenmassakers davon, dass es einen Streit gegeben hatte.

Kapitel 27

Marvin kam die ganze Nacht nicht mehr nach Hause.

Sandra wusste nicht, ob sie sich Sorgen machen sollte oder nicht. Sie schlief auf jeden Fall schlecht.

Es war noch sehr früh, als sie von Sophie geweckt wurde, aber die Kleine wollte einfach nicht mehr einschlafen. Also stand Sandra auf.

Gleich nach dem Anziehen überprüfte sie den Anrufbeantworter. Es gab aber keine Nachricht von Marvin. Ein Handy hatte sie nicht mehr, da es den Einbrechern zum Opfer gefallen war.

Marvin war noch nie einfach so weggefahren, ohne vorher Bescheid zu sagen. Allerdings hatten sie sich auch noch nie so heftig gestritten.

Gedankenversunken schlenderte sie zum Briefkasten. Hoffentlich ist nicht wieder so ein aufdringlicher Katalog drin, dachte sie, aber sie hatte Glück. Es waren lediglich zwei Briefe für Marvin und ein einfaches weißes Kuvert, das nur mit *Sandra Losberg* beschriftet war. Es gab weder Adresse noch Absender.

Sandra öffnete den Umschlag. Er konnte nur vom Verfasser persönlich eingeworfen worden sein. Im Inneren war ein einmal zusammengefaltetes Din-A5-Blatt mit zittriger Handschrift.

Es gibt keine Tina Fistel. Sie ist eine Erfindung des Dorfes. Bitte geben Sie nicht auf. Sie waren so nah dran.

Sandra musste sich setzen. Sie hatte gerade versucht, die Sache hinter sich zu lassen. Hatte sie nicht genug eigene Sorgen?

Wer hatte dieses Schreiben geschickt? Verkehrte Frau Hauser jetzt etwa schriftlich mit ihr? Aber die war doch im Krankenhaus. Hatte jemand anders den Brief für sie eingeworfen? Warum schickte sie einen Brief, wenn sie doch zwei Tage zuvor hier gewesen war? Wollte sie ihrem Besuch Nachdruck verleihen? Oder gab es noch eine weitere Person mit der Überzeugung, dass Tina Fistel nur ein Phantom war? Heinrich vielleicht? Wem konnte sie denn überhaupt noch glauben?

Sandra drehte das Papier und den Umschlag hin und her, in der Hoffnung, irgendwo einen Hinweis auf den Absender zu finden, es gab aber nichts.

Überleg noch einmal ganz von vorne, dachte sie und fing an, im Flur auf und ab zu laufen. Wer will, dass du die Sache ruhen lässt? Das ganze Dorf hat dir dazu geraten. Selbst Madeleine. Das bedeutet eigentlich, dass alle etwas zu verbergen haben. Aber was? Wollen alle Heinrich schützen? Oder ist es nur der gute Ruf von Seesby, der bewahrt werden soll?

Das kam Sandra am wahrscheinlichsten vor.

Dennoch gab es offenbar eine Person, die darauf beharrte, dass die Wahrheit ans Licht kam. Sandra starrte auf den Brief. Wer bist du? Warum konnte diese Person sich nicht einfach mal zeigen? Das würde die Sache sofort erleichtern.

Sandra wusste nicht weiter. Nur in einer Sache war sie sich hundertprozentig sicher: Der heimlich in den Kasten geworfene Zimmerschlüssel und der Brief hatten denselben Absender.

Was sollte sie jetzt machen? Wen sollte sie fragen? Sie kam sofort auf Madeleine, aber dann überlegte sie wieder, wem sie denn eigentlich noch trauen konnte und wem nicht.

Egal, dachte sie und wählte Madeleines Nummer. Es läutete lange, aber schließlich legte sie doch auf. Vermutlich war Madeleine im Laden. Sandra erwog, hinüberzugehen, aber dann dachte sie gleich wieder an die vielen offenen Ohren im Dorf. Sie beschloss zu warten, bis Madeleine sie zum Zwergen-Treff abholte.

Da sie das Telefon aber schon in der Hand hielt, rief sie Marvin in der Firma an. Der Streit musste bereinigt werden. Es war ein blödes Gefühl, nicht mehr mit der Person reden zu können, der man sich sonst immer anvertrauen konnte. Sie vermisste ihn. Es war, als würde ein Körperteil von ihr fehlen – sie war einfach nicht mehr ganz. So konnte es nicht weitergehen.

Nach kurzer Zeit meldete sich einer von Marvins Kollegen, den Sandra nur flüchtig kannte. Er teilte ihr mit, dass Marvin außer Haus war, er aber eine Nachricht für ihn hinlegen wollte.

Sandra bedankte sich und legte auf.

*

Die Zeit bis zum Zwergen-Treff zog sich endlos hin, aber dann kam endlich Madeleine auf den Hof gefahren. Sandra hatte sie schon von Weitem gesehen und lief ihr entgegen.

Madeleine stieg aus und strahlte Sandra an. »Na, seid ihr bereit?«

»Ich muss dir unbedingt etwas zeigen. Du glaubst nicht, was heute bei uns im Briefkasten war.«

»Mensch, Sandra, nun ist aber mal Schluss mit diesen Aufregungen. War der Schlüssel diesmal wenigstens aus Gold?« Madeleine lachte. Sie ging nur bis zur Höhe der Eingangstreppe, weil Sandra ihr entgegengekommen war und ihr den gefalteten Zettel hinhielt. Madeleine runzelte verwundert die Stirn.

»Lies es!«, befahl Sandra. »Das war heute bei uns im Briefkasten. An mich adressiert.«

Madeleine gehorchte. Ihre Miene verfinsterte sich. Genau wie Sandra vorher, musste sie den Zettel ein paarmal lesen. »Schickt Frau Hauser dir jetzt etwa auch schon Briefe?«

»Frau Hauser kann es nicht sein. Du hast selbst gesagt, sie sei im Krankenhaus.«

»Das stimmt, aber vielleicht hat sie den Brief vorher reingeworfen und er lag schon länger im Kasten.«

»Das kann nicht sein. Ich habe ihn gestern geleert.« Und dabei diesen furchtbaren Katalog gefunden, dachte sie. Marvin hatte sich bis jetzt noch nicht gemeldet.

»Das ist ja echt heftig, Sandra.«

»Ja, nicht wahr? Glaubst du mir jetzt auch? Irgendwen scheint das ganze Dorf decken zu wollen.«

»Aber ich verstehe nicht, warum. Wieso sollten Wolfgang, Renate und all die anderen lügen? Egal, wen du fragst, jeder hat Tina mindestens einmal gesehen. So was bildet man sich doch nicht ein. Ich glaube, hier will dich nur jemand auf den Arm nehmen, Sandra.«

Sandra schüttelte den Kopf. »Dafür ist die Sache zu ernst. Das kann man nicht machen. Hier geht es um eine Vergewaltigung.«

Madeleine dachte nach und auch Sandra schwieg für eine Weile. Dann ging sie alles noch mal durch. »Das ganze Dorf sagt, ich solle mich nicht darum kümmern. Und was hat Jutta noch gemeint? Ich würde ernste Schwierigkeiten kriegen. Aber was genau, hat sie nicht gesagt. Wolfgang hat Tinas Vater versprechen müssen, dass er nie wieder etwas von Seesby hören wird.«

Madeleine nahm die Informationen ruhig auf, aber dann zuckte sie plötzlich zusammen und ihre Augen leuchteten. »Ich hab es, Sandra! Tinas Vater! Wenn er nicht möchte, dass jemand weiter nach der Wahrheit forscht, dann ist da doch etwas faul an der Sache. Wahrscheinlich hat er damit sogar zu tun und es würde ihn nur belasten.«

Sandra fiel es wie Schuppen von den Augen. »Madeleine, du hast recht. Normalerweise würde ein Vater doch alles dafür tun, damit derjenige bestraft wird, der seiner Tochter so etwas angetan hat.«

»Aber er kann es nicht, weil er genauso schuldig ist wie Heinrich.«

»Wolfgang sagte, seine Frau habe sich kurz nach der Geschichte von ihm getrennt.«

»Auch das ist ganz eindeutig, Sandra. Würdest du noch mit deinem Mann zusammenleben wollen, wenn er eure Tochter vergewaltigt hat? Nein!« Madeleine sprach aus, was Sandra gedacht hatte.

»Deshalb gab es nie eine Anzeige gegen Heinrich. Das ganze Dorf schweigt, weil es Familie Fistel vor den schlimmen Erinnerungen bewahren möchte. Dabei weiß keiner, dass dadurch ein Verbrechen vertuscht wird.«

»Die Gutgläubigkeit des Dorfes wird ausgenutzt und der Täter, oder besser die Täter, kommen einfach so davon. Wir müssen etwas dagegen tun, Sandra!«

»Aber was denn? Es hält einen ja jeder zurück.«

»Weil sie alle falsch an die ganze Geschichte herangeführt wurden. Allen wurde erzählt, Heinrich hätte das Mädchen vergewaltigt und gut, die Familie will in Frieden gelassen werden. Aber keiner wusste, dass der Vater hinter all dem steckt.«

»Mann, ist das ekelhaft.« Sandra lief ein kalter Schauer über den Rücken.

»Das kannst du laut sagen. Ich werde gleich heute Abend mit Renate und Wolfgang sprechen. Die müssen doch erfahren, wie sehr sie getäuscht wurden.« Madeleine kam richtig in Fahrt. Ihre Augen glühten und ihre Wangen waren gerötet.

Endlich habe ich etwas mehr Unterstützung, dachte Sandra erleichtert.

Wild diskutierend stiegen sie ins Auto und fuhren nach Rugstedt zum Zwergen-Treff. Während der ganzen Fahrt hörten sie nicht mehr auf zu reden und hätten Tinas Vater in der Luft zerrissen, wenn er in der Nähe gewesen wäre.

*

Die Fernsehpause im Zwergen-Treff war kürzer als sonst. Aber sie war da und das genügte.

Sandra verzog sich mit Sophie in eine Ecke und spielte ein Puzzle. Sie spürte deutlich, dass die anderen Mütter sie mit noch mehr Distanz betrachteten als vorher. Die Geschichte mit Frau Kelter hatte sich offenbar auch hier herumgesprochen.

Jutta war freundlich und nett. Sandra konnte aber nicht sagen, ob es wieder nur gespielt oder echt war.

Auf dem Heimweg ging die Diskussion über Tinas Vater weiter und Madeleine beschloss, jetzt gleich mit irgendjemandem aus ihrer Familie darüber zu reden und Sandra danach sofort anzurufen. Sandra war aufgeregt, als sie aus dem Auto stieg, und konnte es kaum abwarten, dass Madeleine sich meldete.

Sie ging mit Sophie die Treppen hinauf und öffnete die Tür.

Da Marvins Auto nicht auf dem Hof stand, erwartete sie auch nicht, dass er da war. Sie hoffte allerdings, dass er sich vielleicht doch noch gemeldet hatte, aber auf dem Anrufbeantworter war keine Nachricht.

Enttäuscht ging sie unter die Dusche und bereitete dann für sich und Sophie das Abendbrot zu. Wenn Marvin noch kommen sollte, falls er es überhaupt tat, musste er sich halt selbst noch etwas zu essen machen.

»Nudel essen?«, fragte Sophie, als Sandra den Küchentisch deckte.

»Nein, mein Schatz, heute essen wir Brot.« Nudeln konnte sie ihrer Tochter ja leider nicht mehr anbieten, da die Sauce im gestrigen Streit als Wurfgeschoss missbraucht worden war.

Wieder dachte sie an Marvin und es tat weh. War es vielleicht wirklich aus zwischen ihnen? Warum konnten sie nicht mehr miteinander reden?

Instinktiv schaute sie aus dem Fenster und hielt nach

ihm Ausschau. Es war aber weit und breit niemand zu sehen.

*

Der Mann duckte sich schnell und versteckte sich eine Weile hinter einem Strauch. Fast hätte sie ihn gesehen. Vorsichtig kam er erneut zum Vorschein und beobachtete sie in der Küche. Sie war wieder mit ihrer Tochter beschäftigt.

Ein süßes Ding. Eines Tages wird sie bestimmt genauso hübsch werden wie ihre Mutter, dachte er und spürte die Spannung in seiner Hose.

Langsam stand er auf und trat seine Zigarette aus.

So unauffällig, wie er gekommen war, machte er sich wieder auf den Weg nach Hause. Es war ja nicht weit.

Kapitel 28

Während des Abendessens wartete Sandra auf den Anruf von Madeleine. Es kam aber nichts.

Selbst beim Kampf, Sophie die Zähne zu putzen, und beim Vorlesen im Bett hatte Sandra das Telefon ständig an ihrer Seite. Sie kontrollierte sogar den Akku, aber das Telefon klingelte trotzdem nicht.

Als Sophie im Bett war, wählte sie Madeleines Nummer, weil sie die Spannung einfach nicht mehr ertragen konnte. Sie ließ es lange klingeln, aber niemand meldete sich. Enttäuscht legte sie das Telefon wieder zur Seite und setzte sich vor den Fernseher. Der war ja zum Glück noch da.

Was sie sich ansah, nahm sie kaum wahr. Sandra war unruhig, weil Madeleine sich nicht meldete. Aber auch, weil sie von Marvin nichts hörte. Er war jetzt bald vierundzwanzig Stunden weg.

Mit der Zeit wandelten sich ihre Sorgen in Wut um. Wie konnte er sie nur so alleine lassen, ohne etwas zu sagen? Was wäre denn, wenn sie jetzt einfach mal gehen würde? Wer würde sich um Sophie kümmern? Für ihn war es immer selbstverständlich, dass Sandra zu Hause war und sich um alles sorgte. »Verdammter Mistkerl!« Mittlerweile wollte sie schon gar nicht mehr, dass er wiederkam. »Soll er doch wegbleiben. Wir kommen auch ohne ihn klar!«

Sie schaltete noch ein bisschen zwischen den Fernsehkanälen hin und her und ging irgendwann ins Bett, weil doch nichts kam, was sie interessierte.

Es dauerte lange, bis sie einschlief. Unruhig wälzte sie sich herum und wurde dadurch immer nervöser. Warum hatte Madeleine nicht angerufen? Sandra wusste dafür absolut keine Erklärung.

*

Am nächsten Morgen prasselte der Regen nur so auf das Fenster. Ohne hinauszusehen, wusste Sandra, dass man den Tag am besten drinnen verbringen würde.

Im Briefkasten war heute ausnahmsweise mal gar nichts. Sie war erleichtert.

Marvin war immer noch nicht wieder aufgetaucht und gemeldet hatte er sich auch nicht. Sandra nahm es einfach so hin.

Was sie allerdings nicht länger abwarten wollte, war Madeleines Bericht. Aufgeregt wählte Sandra ihre Nummer. Sie ließ es wieder lange klingeln, aber niemand meldete sich.

Wieso spannt sie mich so auf die Folter, dachte Sandra. Wenn der Regen nachlassen sollte, würde sie mal hinübergehen und Madeleine fragen, aber momentan herrschte draußen die reinste Sintflut.

Sandra und Sophie spielten im Wohnzimmer. Sophie legte immer wieder ihre alte Puppe mit dem Porzellankopf auf eine Decke und tat so, als würde sie sie wickeln.

Sandra war vollkommen in das Spiel ihrer Tochter vertieft, als das Schellen der Türklingel sie aufschreckte.

Es war Madeleine. Sie triefte vor Nässe. Ihr Regenschirm hatte nicht viel Wirkung gehabt. Obwohl es draußen nicht besonders hell war, trug sie eine große Sonnenbrille.

»Mensch, Madeleine, wieso schleppst du dich bei diesem Wetter herüber?«, fragte Sandra besorgt und wollte ihrer Freundin helfen, die nasse Jacke auszuziehen.

Madeleine wehrte ab. »Lass mal, ich bleib nicht lange«, sagte sie leise und zaghaft.

Sandra merkte sofort, dass etwas nicht stimmte. »Ist alles in Ordnung?«

Madeleine nickte und starrte auf den Fußboden. Dann nahm sie langsam ihre Sonnenbrille ab und blickte Sandra scheu an.

Das linke Auge war blau angelaufen und dick geschwollen. Madeleines sonst so strahlendes Lächeln war weg, die seidige, glänzende Haut war matt und grau, und ihr Haar war strähnig und stumpf.

Sandra griff nach Madeleines Arm. »Oh, mein Gott, Madeleine, was ist passiert?«

»Ich bin gestern Abend die Treppe runtergefallen. Blöd, nicht?« Sie setzte ein gequältes Lächeln auf.

Sandra zog eine Augenbraue hoch. Holte man sich beim Fallen ein blaues Auge, das aussah, als wäre eine Faust drin gelandet? Aber sie spielte erst mal mit. »Wie konnte das denn passieren?«

»Ich bin über so ein kleines Holzauto von Torge gestolpert. Das war ziemlich dumm von mir.« Madeleine sah wieder auf den Fußboden und machte ein Gesicht, als wollte sie sich selbst bestrafen.

»Tut es noch sehr weh?«

Madeleine schüttelte den Kopf, ohne ihre Freundin anzusehen.

»Willst du dich nicht setzen? Ich mach dir einen Tee, damit du wieder warm wirst.« Sandra machte sich auf den Weg in die Küche.

»Nein, nein. Lass mal, danke. Ich muss gleich wieder los.« Ihre Augen suchten nervös die Küche ab, als bräuchte sie einen Punkt, an dem sie sich festhalten konnte. »Ich bin nur kurz vorbeigekommen, weil ich dir etwas sagen muss.«

Zitterte sie etwa? Vermutlich kam das vom Regen, aber trotzdem wirkte Madeleine verstört. Sandra hatte sie noch nie so gesehen. Die taffe Madeleine sah anders aus. »Was ist denn los?« Sandra war ernsthaft besorgt.

»Ich … ich weiß nicht genau, wie ich es sagen soll.« Dann gab sie sich einen Ruck und fuhr fort: »Die … ähm … die Geschichte mit Tinas Vater ist wohl doch nicht ganz so ernst, wie wir gedacht hatten. Ich habe mit

Tom darüber gesprochen und er sagt, dass das früher wohl auch schon vermutet wurde – es hat sich allerdings als Irrtum herausgestellt.«

Sofort wirbelten hundert neue Fragen in Sandras Kopf herum. Wer war dieser Sache bereits auf den Grund gegangen? Was hatte er erfahren? Was hatte ihn von der Unschuld des Vaters überzeugt? War alles mit rechten Dingen zugegangen?

Madeleine sah die Skepsis in Sandras Gesicht. »Tom sagt, er selbst habe damals versucht, die ganze Geschichte aufzuklären. Für ihn waren die Geschehnisse einfach ein bisschen zu merkwürdig gewesen. Ich weiß nicht genau, wie sich das Ganze als Irrtum herausgestellt hat, aber ich glaube ihm.«

Sandra war nicht ganz überzeugt. Wenn jetzt Tinas Vater doch unschuldig war, warum war dann Heinrich nicht angezeigt worden? Es ergab einfach alles keinen Sinn.

»Erst war ich auch nicht ganz davon überzeugt«, fuhr Madeleine fort, »aber Tom hat mir erzählt, dass er damals richtig Detektiv gespielt hat, so mit Alibi überprüfen und so. Einzelheiten weiß ich nicht, aber es ist wohl alles nur ein Hirngespinst gewesen.«

Alles nur ein Hirngespinst? Und was war das dann für eine Unterhose gewesen? Sandra gab einen brummigen Laut von sich. Sie konnte das alles nicht so leichtgläubig hinnehmen wie Madeleine.

»Tom sagt, er mochte das Mädchen und es war absolut furchtbar für ihn, als er damals von der Geschichte gehört hatte. Deshalb wollte er die Sache unbedingt aufklären. Aber es gab nichts zu klären, Sandra. Wir müssen die Sache so hinnehmen, wie sie ist. Wir dürfen uns da nicht einmischen.«

Jetzt fängt die auch schon so an, dachte Sandra. Warum ziehen hier bloß alle den Schwanz ein? Was ist los mit Madeleine? Gestern war sie kaum zu bremsen.

»Verstehst du das nicht?« Madeleine sah Sandra flehend und bittend an. »Familie Fistel hat mit der Geschichte abgeschlossen. Wir dürfen das jetzt nicht wieder aufrühren.«

Sandra musterte ihre Freundin. Es war nicht Madeleine, die da sprach. Madeleine platzte stets vor Energie und Tatendrang, aber die Frau, die jetzt vor Sandra stand, war nur noch ein Häufchen Elend. Irgendetwas war vorgefallen, dass Madeleine ihre Meinung und ihre Haltung so drastisch geändert hatte. Sie sprach nicht aus freiem Willen – sie war eine Marionette des Dorfes.

Obwohl sie nicht im Geringsten von dem überzeugt war, was Madeleine erzählte, nickte Sandra brav.

»Da ... da ist noch etwas«, stammelte Madeleine. Sie bebte inzwischen am ganzen Körper und biss sich auf die Lippe, damit ihr Unterkiefer nicht zu stark zitterte. »Das Dorf redet über dich, Sandra. Und das nicht zu positiv. Sie sagen, du seist eine Verrückte. Man nimmt dich nicht mehr für voll. Ich hab sogar gehört, dass euch jemand asozialen Abschaum nannte.«

»Das stört mich nicht, Madeleine. Menschen haben immer Angst vor dem, was anders ist. Nur weil ich neu bin und aus der Stadt komme, denken diese Hinterwäldler, ich würde ihre idyllische Ruhe zerstören und hätte keine Ahnung vom Leben.«

»Das ist es nicht allein. Einige wollen nichts mehr mit euch zu tun haben.«

»Dann sollen Sie. Ich brauche diese Greise aus dem Dorf nicht.«

Madeleine kam einen Schritt auf Sandra zu und hatte Mühe, die Tränen zurückzuhalten. »Nicht nur Greise, Sandra.« Sie holte tief Luft. »Auch Tom will nichts mehr von euch wissen.« Sie schluckte, aber ihre Augen wurden dennoch feucht. »Ich darf dich nicht mehr sehen, Sandra.« Ihre Stimme zitterte und schließlich brach sie doch in Tränen aus. »Es tut mir so leid«, schluchzte Madeleine. »Bitte nimm es nicht persönlich. Ich mag dich wirklich gerne, Sandra.« Schnell drehte sie sich um und ging zur Tür.

»Madeleine, warte! Was hat das alles zu bedeuten?« Sandra hielt Madeleine am Arm und sah ihr fest in die Augen.

Madeleine hatte die Tränen verdrängt und erwiderte Sandras Blick. Ihre Augen wirkten kalt und leblos. »Ich muss gehen. Bitte melde dich nicht mehr!« Dann befreite sie sich aus Sandras Griff und ging nach draußen in den Regen.

»Madeleine! Bitte warte!«, schrie Sandra ihr hinterher, aber Madeleine ging einfach weiter, als hätte sie nichts gehört. »Madeleine!«

Im dichten Regen wurde die Gestalt immer kleiner und kleiner und war bald kaum noch zu erkennen.

Sandra hatte gar nicht gemerkt, wie weit sie hinausgegangen war, und innerhalb von ein paar Minuten war sie nass bis auf die Haut. Schnell lief sie wieder ins Haus. Bevor sie die Tür schloss, sah sie noch einmal Madeleine hinterher, aber ihre Freundin war bereits nicht mehr zu sehen.

Kapitel 29

Sandra musste sich komplett umziehen, weil sie so nass geworden war. Sophie war zum Glück schlauer gewesen und ihrer Mutter nicht allzu weit gefolgt.

In ihrem Kopf brummte es, als wäre ein D-Zug durchgefahren. Die Gedanken flogen wirr durcheinander. Madeleine durfte nicht mehr kommen. Sie durfte sie nicht mehr sehen. Tom hatte es verboten. Sie war die Treppe runtergefallen. Wer sollte das denn glauben?

War Sandra denn wirklich zu weit gegangen? Hatten alle recht und sie war nur noch eine kranke Irre? Selbst Marvin hatte gesagt, sie würde spinnen, obwohl er doch sonst immer zu ihr hielt. Da musste dann doch was dran sein, oder?

Sie musste eine Kopfschmerztablette nehmen. Mit einer Decke setzte sie sich auf das Sofa und zog Sophie fest an sich. Dabei merkte sie, wie heiß die Kleine war. Voller Sorge fasste sie ihr an die Stirn. »Hast du Fieber, mein Schatz?«

Sie ging mit ihr nach oben, um die Temperatur zu messen. 39,3 °C. Auch das noch, dachte sie. Als wenn der Tag nicht schon stressig genug wäre. Sie gab ihrer Tochter ein Fieberzäpfchen und legte sich wieder mit ihr auf das Sofa. Die Kleine war schlapp und müde, wollte aber trotzdem ein Buch nach dem anderen vorgelesen bekommen. Sandra las, war aber mit den Gedanken überhaupt nicht in den Geschichten.

Das ganze Dorf versuchte etwas zu vertuschen und mittlerweile – genauer genommen ein aufklärendes Gespräch mit ihrem Mann und ein blaues Auge später – war sogar Madeleine mit dem Virus infiziert …

*

Er hatte eigentlich gehofft, er müsste diese Telefonnummer nur noch einmal wählen, um Auf Wiedersehen zu sagen, aber jetzt hatte sich die ganze Sache schlagartig gedreht.

Sein Koffer lag fertig gepackt auf dem Bett. Den müsste er wohl wieder aufmachen.

»Hallo?« Es war die vertraute Männerstimme.

»Ich bin's. Ich hab da etwas ganz Furchtbares gehört. Ist das wahr?«

»Leider, ja. Ich dachte auch, sie wäre mit der ganzen Nachforschung fertig und hätte abgeschlossen, aber dann ist sie auf ihren neuen Verdächtigen gekommen. Sie soll einen anonymen Brief bekommen haben – irgendjemand hält nicht dicht und will uns Schwierigkeiten machen.«

»Das wird mir langsam ein bisschen zu heiß.«

»Das sehe ich genauso. Sie muss jetzt gestoppt werden, egal wie.«

»Mensch, mir wird echt schlecht bei der ganzen Sache. Was glaubst du, wie gefährlich kann sie uns werden?«

»Mittlerweile denke ich, dass sie uns richtig bloßstellen kann. Sie ist verdammt hartnäckig, das hat sie jetzt gezeigt.«

»Scheiße, Mann, wir müssen etwas tun. Mir geht der Arsch auf Grundeis.«

»Wir müssen zunächst erst mal ruhig bleiben. Das ganze Dorf fängt an, sich von ihr zu distanzieren, und das ist gut. Alle Menschen, die ich auf sie angesprochen habe, waren eher skeptisch und halten sie für durchgeknallt. Das kann uns helfen. Wir müssen allen Kontakt zu ihr vermeiden und sie komplett vom Dorf abschotten. Dann ist sie irgendwann ganz allein und das wird ihr stinken.«

»Ja, aber kriegen wir das Dorf dazu?«

»Das geht schon ganz von alleine und ist bereits passiert. Selbst Madeleine hat sich aus freien Stücken dazu entschlossen, weil Sandra ihr etwas merkwürdig vorkommt. Sie sagte, sie hätte Angst vor ihrer provokativen Art.«

»Das ist natürlich super. Dann wird die hoffentlich bald einsehen, dass sie ganz alleine dasteht und sie keiner unterstützt.«

»Lass uns das Beste hoffen.«

»Aber die Alte darf uns nicht in den Kragen pissen. Wir müssen richtig scharf aufpassen.«

»Du kontrollierst sie einfach weiterhin. Dann merken wir schon, wenn sie mehr herausfindet.«

»Aber dafür muss sie telefonieren und wenn sie keinen Kontakt mehr zu Madeleine hat, erfahre ich nicht, wie weit sie mit ihren Ermittlungen ist.«

»Das stimmt. Aber wie gesagt, ich denke, die Einsamkeit wird sie zur Vernunft bringen.«

»Dein Wort in Gottes Ohr.«

»Halt mich auf dem Laufenden.«

»Selbstverständlich.«

*

Sandra und Sophie waren auf dem Sofa eingeschlafen. Als Sandra erwachte, war sie schlapper als vorher. Hoffentlich kriege ich nicht auch noch eine Erkältung, dachte sie. Ihr Nacken tat weh, weil sie so schief gelegen hatte.

Sophie schlief noch und so vorsichtig wie möglich nahm Sandra sie hoch und trug sie nach oben in ihr Bett.

Auf dem Weg nach unten musste Sandra ein paarmal niesen. Super, dachte sie und ging in die Küche, um sich eine heiße Zitrone zu machen. Ihre Gedanken ratterten dabei unaufhaltsam weiter.

Es war Madeleine verboten worden, Sandra zu sehen. Sie war die Treppe runtergefallen. Klar, so etwas konnte schon mal passieren, aber bekam man davon ein blaues Auge? Nein, das Ganze stinkt, dachte sie. Aber war Tom ein Schlägertyp? Hatte er sie geschlagen, weil er nicht wollte, dass sie Sandra sah?

Die Kopfschmerzen waren wieder da. Sandra rieb sich die Schläfen. Sollte sie noch eine Tablette nehmen? Wann hatte sie überhaupt das letzte Mal etwas gegessen? Heute Vormittag irgendwann. Sie hatte aber keinen Appetit.

Verkrampft hielt sie sich an ihrer Tasse fest, als die Haustür geöffnet wurde. Verwundert horchte sie auf. Dann sah sie Marvin.

Im ersten Moment war Sandra erleichtert, aber dann war da wieder dieser versteinerte Kloß im Magen, den sie schon seit Tagen mit sich herumschleppte.

Ihr Mann stellte seine Tasche ab und hängte seine Jacke an die Garderobe. Draußen hatte es aufgehört zu regnen, aber es war immer noch nass und ungemütlich. »Hallo!«, sagte er knapp, als er kurz in die Küche schaute. Sie hatte gerade mal Zeit, ihm zu zunicken, dann war er auch schon wieder verschwunden.

Sie wusste nicht, was sie sagen sollte. Sandra hatte ihn jetzt seit fast achtundvierzig Stunden nicht gesehen und wusste nicht, wo er gewesen war. Wie sollte sie ihn darauf ansprechen? Sollte sie es überhaupt?

Langsam ging sie in den Flur. Die Luft war mit seinem Duft erfüllt. Es roch gut und gleichzeitig schmerzte es, weil dieser Geruch verloren zu sein schien.

Marvin kam die Treppe herunter und ging ins Wohnzimmer. Er setzte sich auf das Sofa und blätterte in der Fernsehzeitung.

Sandra folgte ihm leise. »Wo bist du gewesen?« Diese Frage kostete sie viel Mut.

»Arbeiten«, sagte er, ohne von der Zeitung aufzuschauen.

»Auch in der Nacht?«

»Ich hab im Büro geschlafen.«

Sandra wusste, dass es da eine Schlafcouch gab und

dass einer seiner Kollegen regelmäßig dort blieb, wenn er zu viel zu tun oder Stress mit der Freundin hatte. Jetzt war es bei ihnen auch schon so weit.

»Du bist heute früh zurück. Wie kommt das?«

Marvin atmete einmal tief durch, als wäre er bereits jetzt von ihren Fragen genervt. »Ich bin gleich wieder weg. Ich will nur ein paar Sachen holen.«

Er holte nur ein paar Sachen? Was zum Teufel sollte das heißen? Zog er etwa aus? Ins Büro?

Sandras Kloß im Magen wurde härter. Es fühlte sich an, als hätte sie einen Zentner Steine im Bauch. Sie biss die Zähne zusammen, damit ihr Unterkiefer nicht zu zittern anfing. Sind wir ihm egal?

»Sophie ist krank«, sagte sie und merkte, wie unsicher ihre Stimme klang.

Marvin schaute besorgt hoch. »Was hat sie?«

»Fieber und Schnupfen. Sie ist oben im Bett und schläft.«

Er legte die Zeitung weg und stand auf. Als er an Sandra vorbeiging, berührte er sie kurz. Es war keine liebevolle Berührung, eher ein zufälliges Streifen, dann ging er die Treppe nach oben.

Sandra musste die Tränen zurückhalten. Er war zum Greifen nah, aber trotzdem fern und sie konnte ihn nicht halten. Nach und nach entglitt er ihr. Sie hatte den Bezug zu ihm verloren.

Traurig und verstört folgte sie ihm die Treppe nach oben ins Kinderzimmer.

Sophie war aufgewacht und er hatte sie auf dem Arm und wiegte sie hin und her. Dabei summte er ein Lied. Sandra beobachtete die beiden für eine kurze Weile.

»Sie ist immer noch heiß«, sagte Marvin, ohne sich zu seiner Frau umzudrehen.

Sandra legte ihrer Tochter die Hand auf die Stirn. »Ich werde noch mal Fieber messen.«

»Wenn es schlimmer wird, gehst du mit ihr zum Arzt.« In seiner Stimme schwang ein leiser Befehlston mit.

»Ja, ja«, sagte Sandra etwas beiläufig, weil sie gerade Sophie auf den Wickeltisch legte und ihr die Hose auszog.

»Nicht einfach nur: Ja, ja«, maulte Marvin, »ich will, dass du es auch wirklich machst.«

»Aber natürlich mache ich das. Was denkst du denn, was ich die ganze Zeit über tue? Ich bin den ganzen Tag mit Sophie zusammen und kümmere mich um sie. Der, der nicht da ist, bist doch du!« Eigentlich wollte sie vernünftig mit ihm reden und sich aussprechen, aber wenn er immer noch auf Streit gepolt war, ging es nicht.

»Ich arbeite. Hast du das vergessen?«

»Wie könnte ich denn? Du bist ja immer weg. Ich wunder mich, dass du überhaupt noch weißt, wo wir wohnen!« Sandra verzog das Gesicht und machte sich daran, Sophie und das Fieberthermometer wieder miteinander vertraut zu machen.

»Ich frage mich, weshalb ich überhaupt noch nach Hause komme«, brummte Marvin und ging aus dem Raum.

»Marvin, geh jetzt nicht weg! Ich brauche dich hier!« Sandra konnte die Tränen nicht mehr zurückhalten und rannte mit der halbnackten Sophie auf dem Arm hinter ihm her. Als sie ihn erreichte, stand er unten im Flur und wühlte in seiner Tasche. »Wir müssen miteinander reden, Marvin. Ich kann nicht mehr.« Sandra fiel fast vor ihm auf die Knie. »Jetzt ist Sophie auch noch krank. Ich brauche eine Pause, Marvin. Ich bin immer alleine. Ich schaffe das nicht mehr.«

Er drehte sich zur Seite, um in den Spiegel zu sehen. Etwas eitel strich er sein Haar glatt. »Was ist mit Madeleine? Ruf doch Madeleine an und dann macht ihr euch einen schönen Abend.«

Madeleine. Sandra schluckte und starrte auf den Fußboden. »Das geht nicht. Madeleine kommt nicht mehr.«

»Habt ihr euch gestritten?« Er sah sie wieder an.

»Nicht direkt. Tom möchte nicht, dass wir uns weiter treffen.«

Marvin zog fragend die Augenbraue hoch.

»Er hält mich für verrückt. Das ganze Dorf denkt, wir sind nicht ganz dicht. Asozialer Abschaum.«

Marvins Gesicht hatte tiefe Falten gezogen. »Was ist das denn für ein Quatsch?«

In groben Zügen erzählte Sandra ihm vom Einwohnermeldeamt, Elke Kelter und dem Gerücht, Sandra hätte sie niedergeschlagen.

Marvin schüttelte den Kopf und ging in sein Arbeitszimmer, um noch ein paar Sachen zu holen. »Vielleicht bist du wirklich etwas verrückt?«

»Nein!« Wieso war er immer noch der Meinung? Sie hatten sich doch bereits deswegen gestritten. Was bedeutete sie ihm denn noch, wenn er sie nur noch als Verrückte sah?

Marvin machte einen Schritt auf sie zu und sah ihr tief in die Augen. »Das ganze Dorf sagt dir, du sollst dich da nicht einmischen, weil es dich nichts angeht, und ich denke, sie haben recht. Sieh dich doch mal an! Du bist total fertig deswegen und jetzt möchte dich nicht mal deine Freundin mehr besuchen.«

»Das hat sie doch nicht selbst so entschieden, Marvin. Sie kam hier mit einem blauen Auge an und hat es mir unter Tränen erzählt. Tom hat sie geschlagen.«

»Aber auch das sind nicht unsere Angelegenheiten.« Er hatte seine Sachen zusammen und kam wieder aus dem Zimmer.

»Du kannst doch nicht von mir verlangen, dass ich einfach nur dasitze und zusehe, wie das ganze Dorf manipuliert wird, Marvin.« Sandra war außer sich.

Sophie bekam Angst durch die Streiterei und fing an zu weinen.

»Das hier ist nur ein friedliches kleines Dörfchen auf dem Land mit ein paar alten Tratschtanten. Der Rest bist du!« Seine Stimme wurde lauter, weil Sophie immer heftiger weinte. Dann nahm er seine Sachen und ging zur Tür. »Mach's gut, Sandra.«

Sie rannte ihm hinterher. »Marvin, wenn du jetzt gehst, dann …« Sie wusste nicht, wie dieser Satz hätte weitergehen sollen. Sie konnte aber ohnehin nichts sagen. Tränen liefen ihr über die Wangen und sie zitterte am ganzen Körper.

»Was ist dann?«, fragte er und blieb kurz in der Tür stehen.

»Ich … ich weiß es nicht, Marvin.« Sandra konnte kaum sprechen. Er soll hierbleiben, dachte sie. Wieso muss er schon wieder gehen?

Marvin kam einen Schritt auf sie zu und gab Sophie einen Kuss auf die Stirn. »Mach es gut, mein kleiner Schatz. Werd ganz schnell wieder gesund.« Dann ging er.

Sandra sackte an der Tür zusammen und weinte bitterlich. Sophie weinte mit. Wie konnte sie ihn bloß aufhalten? War das vielleicht wirklich das Ende?

Er hatte sie nicht mal mehr angesehen, als er Sophie geküsst hatte. Früher hatte sie alles mit ihm zusammen machen und ihm alles erzählen können, jetzt hatte sich eine Mauer zwischen ihnen aufgebaut, die sie nicht überwinden konnte.

Ohne sich noch einmal umzudrehen, setzte er sich ins Auto und fuhr los. Sandra glaubte vor Schmerz zu platzen.

Ein Augenpaar aus der Nachbarschaft hatte sie fest im Blick und verfolgte dann den Wagen, als er vom Hof fuhr.

Kapitel 30

Sandra hatte schlimm geschlafen. Es hatte lange gedauert, bis sie Ruhe finden konnte, und dann war sie immer wieder von schockierenden Träumen geweckt worden.

Sophies Fieber war glücklicherweise wieder runtergegangen. Sie hatte mit bei ihrer Mutter im Ehebett schlafen dürfen, damit Sandra nicht so alleine war. Für die Kleine war es natürlich das Größte.

Sandra zog sie an und nahm sie mit nach unten. In ihrem Kopf pochte es. Was war nur los mit ihr? War sie vielleicht wirklich so verrückt, wie das ganze Dorf sagte? Woran merkte man selbst, dass es so weit war?

Sie setzte sich mit Sophie an den Küchentisch und quälte sich ein Toastbrot rein. Sie hatte absolut keinen Hunger, aber eine Stimme in ihrem Inneren sagte ihr, dass sie etwas essen musste, wenn sie nicht vollkommen durchdrehen wollte.

Sophie aß auch so gut wie nichts. Aber bei ihr war es wegen der Krankheit nur zu verständlich, dass sie höchstens ein bisschen Joghurt wollte.

Nach dem Frühstück setzte sich Sandra mit Sophie auf das Sofa im Wohnzimmer und versuchte, den gestrigen Abend Revue passieren zu lassen. Sie hatte Angst, Marvin wiederzusehen, weil sie befürchtete, er würde ihr dann sagen, dass es aus war. Ihr wurde schlecht bei dem Gedanken.

Apathisch schaute sie aus dem Fenster und sah das Postauto auf den Hof rollen. Eine junge Frau stieg aus und kam mit einem Stapel Briefe und Zeitschriften zur Tür. Sandra konnte sie nicht mehr sehen, aber sie hörte das Klappern des Briefkastens. Dann ging die Frau wieder über den Hof und fuhr mit ihrem Auto davon.

Ob die wohl auch solche Probleme hat wie ich?, dachte

Sandra. War deren Ehe auch kurz vor dem Ende? Sie wusste es nicht und sie würde es wahrscheinlich auch nie erfahren.

Langsam stand sie auf und ging zum Briefkasten. Vielleicht ist ja ein Brief von Marvin drin, in dem er schreibt, wie lieb er mich hat und dass ihm alles leid tut, dachte Sandra. Oder wir haben im Lotto gewonnen.

Es war keins von beiden. Der größte Teil bestand aus Werbung und Prospekten, aber eine andere Sache erregte dann doch Sandras Aufmerksamkeit. Sie fand eine Videokassette im Briefkasten.

Verwundert drehte sie die Papphülle hin und her, es war aber kein Absender zu erkennen. Sie konnte sich nicht daran erinnern, sie in der Hand der Postbotin gesehen zu haben. Demnach musste sie schon vorher im Briefkasten gelegen haben.

Es war eine einfache Videokassette zum Selbstbespielen. Sie nahm die Kassette aus der Hülle und sah einen kleinen weißen Zettel sachte auf den Boden schweben. Zögernd hob sie ihn auf und las: *Das ist die Wahrheit über Seesby. Sie müssen etwas tun.* Sandra meinte, die Schrift von dem geheimnisvollen Brief wiederzuerkennen.

Nervös drehte sie die Kassette hin und her. In den Händen hielt sie wahrscheinlich die Antwort auf alle Fragen, die sie sich in letzter Zeit gestellt hatte. Sie musste das Band unbedingt sehen, aber dafür brauchte sie ein Videogerät. Hatte sie noch ihren alten Rekorder? Sie hatte ihn schon in Hamburg lange nicht mehr benutzt und deshalb wusste sie nicht, ob Marvin ihn beim Umzug möglicherweise entsorgt oder auf den Dachboden gestellt hatte. Wahrscheinlich funktionierte der nicht mal mehr. Einen Versuch ist es aber auf jeden Fall wert, dachte sie und nahm Sophie mit nach oben.

Der Dachboden war komplett mit Kartons vollgestellt.

Viele Sachen hatten Sandra und Marvin noch nicht aussortiert, obwohl es bitter nötig war.

Bitte, lass mich diesen Rekorder finden, bitte, dachte sie und machte sich auf die Suche zwischen Kartons, staubigen Plastiksäcken und einzelnen Möbelteilen. Sie kam nicht richtig vorwärts. Es war so voll, dass sie die Kartons ständig hin und her stellen musste.

Sophie wühlte auch herum und war bald über und über mit Staub bedeckt. Sandra war überrascht, dass alle ihre Sachen schon so dreckig waren, obwohl der Umzug doch gar nicht lange her war. Man hätte hier wohl doch saubermachen sollen, bevor man alles vollstellt, dachte sie.

Als sie schon fast aufgeben wollte, fand sie den Rekorder schließlich doch noch. Erleichtert schloss sie ihn in ihre Arme. Sie war mittlerweile selbst auch ziemlich schmutzig geworden.

Jetzt muss er nur noch funktionieren, dachte sie, als sie mit Sophie und dem Rekorder auf dem Arm nach unten ging.

Sie schloss ihn am Fernseher an und legte die Kassette ein. Bitte lass es funktionieren, dachte sie und kauerte sich mit Sophie vor den Apparat.

Es waren nur schwarze und weiße Punkte zu sehen, die wild hin und her wirbelten und ein hektisches Flimmern verursachten. Ist da vielleicht gar nichts drauf?, dachte Sandra enttäuscht.

Doch dann hatte sie auf einmal ein scharfes Bild.

*

Nicht weit entfernt wurde telefoniert.

»Sie ist total fertig«, sagte der Anrufer, »ich habe sie gestern beobachtet. Ihr Mann ist weggefahren. Ich glaube, die haben sich gestritten.«

»Ich habe dir doch gesagt, dass die ganze Abschottung hilft«, antwortete der Mann am anderen Ende. Er war froh, dass er heute mal wegen einer etwas positiveren Sache angerufen wurde. Sandra Losberg wurde langsam wirklich verrückt und wenn jemand verrückt ist, glaubt ihm niemand mehr. Genau das wollte er erreichen. »Hast du mitbekommen, was zwischen ihr und ihrem Mann vorgefallen ist?«

»Nein, ich war zu weit weg. Ich konnte nur an den Gesten erkennen, dass sie streiten.«

»Es wäre natürlich interessant zu wissen, um was es geht. Hat keiner von beiden telefoniert?«

»Nein, das auch nicht. Er ist selten zu Hause und gestern war er auch nur kurz da. Sie hat seit der Sache mit Madeleine nicht mehr telefoniert.«

»Du musst sie halt weiter beobachten. Was macht sie jetzt gerade? Kannst du sie sehen?«

»Ich glaube, sie ist im Wohnzimmer. Sie ist vorhin ein paarmal hektisch durch das Haus gerannt. Sie sieht total schlecht aus. Jetzt sehe ich sie allerdings nicht mehr.«

»Bleibt nur die Frage, ob sie wegen uns und der ganzen Abschottung am Ende ist oder weil sie sich mit ihrem Mann gestritten hat.«

»Schwer zu sagen.«

»Kannst du nicht über den Mann noch ein bisschen mehr rausfinden? Vielleicht hat er ja irgendwo eine Leiche im Keller, die wir ausgraben und gegen ihn ausspielen können.«

»Du meinst, irgendetwas, das seine Frau richtig auf die Palme bringen kann? Eine andere Frau vielleicht?«

»Das wäre natürlich das Beste. Dann hätten wir nicht mehr viel zu tun. Sie würden sich gegenseitig niedermachen und Sandra hätte keine Zeit mehr, sich um unsere Angelegenheiten zu kümmern.«

»Aber da werde ich sicherlich etwas finden. Er ist doch bestimmt nicht umsonst immer so lange ›auf Arbeit‹, wie es so schön heißt. Gut möglich, dass er da noch irgendwo ein Häschen laufen hat, das er abends in den Stall bringen muss.«

Der Mann am anderen Ende lachte. »Das ist gut. Versuch mal dein Glück. Und sag mir dann sofort Bescheid.«

»Natürlich. Bis dann!«

*

Das Bild war gut.

Sandra sah ein Mädchen auf einem Bett sitzen. Es mochte ungefähr dreizehn bis sechzehn Jahre alt sein und trug ein bunt gebatiktes T-Shirt und einen verwaschenen Jeans-Rock. Ihr Haar war strähnig und zerzaust, aber sehr lang. Es ging bestimmt fast bis zum Steißbein. Sie war schlank, wenn nicht sogar eher dünn, und rieb nervös ihre knochigen Hände aneinander. Ihr Blick war traurig und angespannt.

Das Mädchen saß einfach nur schweigend da. Ab und zu schaute sie in die Kamera, aber die meiste Zeit blickte sie teilnahmslos im Raum hin und her.

Wie alt mochte das Video sein? Ihrer Kleidung nach würde es gut in die 1990er Jahre passen. Konnte das Tina Fistel sein? Sandra hatte nie eine richtige Beschreibung von ihr gehört. Aber das Alter würde hinkommen, dachte sie. Tina soll vierzehn gewesen sein, als die Sache mit Heinrich passiert ist.

Ein Mann kam ins Bild. Man konnte sein Gesicht nicht erkennen, da sein Kopf nicht zu sehen war. Er war groß, trug eine schwarze Stoffhose und ein blau-weiß kariertes Hemd.

Sofort fiel Sandra Heinrich ein, obwohl sie gar nicht wusste, ob sie diesen Gedanken überhaupt haben wollte.

Der Mann ging auf Tina zu und stellte sich neben sie. Mit der einen Hand streichelte er ihr zärtlich über das Haar. Tina rührte sich nicht.

Auch als er ihr sanft über das Gesicht fuhr und dann

mit seiner Hand weiter nach unten ging, ihre Brust berührte und schließlich seine Hand unter ihren Rock schob, zeigte sie keine Reaktion. Sie saß einfach nur da.

Schockiert machte Sandra den Rekorder aus. Ihr war schlecht. Sie konnte sich denken, wie das Video weiterging. Das war also jetzt der eindeutige Beweis.

Was sollte sie machen? Weitergucken? Allein bei dem Gedanken drehte sich ihr Magen um. Sie wollte nicht sehen, wie Tina von Heinrich vergewaltigt wurde. Aber sie musste wissen, was passiert war, vielleicht würde sie dann verstehen, warum alle die Augen verschlossen und sich gegen die Wahrheit sträubten.

Sophies Kopf fiel schlaff nach unten. Sie war eingeschlafen. Vorsichtig nahm Sandra sie hoch und trug sie in ihr Bett. Dann ging sie widerwillig wieder nach unten. Die Antworten auf alle möglichen Lügen und Erfindungen waren nur noch ein paar Minuten entfernt.

Bevor sie den Rekorder anschaltete, atmete sie einmal tief durch. War sie bereit für das, was sie jetzt vermutete? Es war zu spät – das Band lief wieder.

Tina saß alleine auf dem Bett, der Mann war nicht zu sehen. Widerwillig zog sie ihr T-Shirt aus und Sandra sah erschrocken, dass ihr Körper überall mit blauen Flecken und Blutergüssen übersät war. Beschämt verschränkte Tina die Arme vor ihrer Brust und kauerte sich ängstlich auf dem Bett zusammen.

Dann kam der Mann wieder ins Bild. Er war nackt. Energisch schob er Tina zurück.

Sandra hatte Tränen in den Augen. Wer war der Mann? Sie versuchte verzweifelt, ihn zu erkennen. Kam er aus dem Dorf? Etwa aus der Nachbarschaft? Kannte sie ihn? War es wirklich Heinrich? Ihr Nachbar? Sophies Nachbar?

Als er fertig war, rollte er sich geschickt zur Seite, so dass man sein Gesicht nicht sehen konnte, und verschwand aus dem Bild.

»Verfluchter Mistkerl«, schrie Sandra, »du kannst dich ruhig zeigen, du feiges Schwein!«

Tina bewegte sich nicht. Ihr Rock war hochgeschoben.

»Steh doch auf, du armes Ding«, flüsterte Sandra, »du hast es hinter dir. Hau ihm irgendetwas über den Kopf!« Doch dann sah Sandra, weshalb sie nicht aufstand: Der nächste Mann war da. »Nein! Nein!«, brüllte Sandra.

Sandra drückte den Vorspulknopf. Er muss sich doch mal zeigen, dachte sie angespannt. Aber auch ihn konnte man nicht erkennen. Ich muss wissen, wer das ist, dachte sie aufgeregt. Das ganze Dorf weiß, was passiert ist und schaut einfach weg. Wer waren die Männer, an die sich keiner herantraute? Warum war das Video nicht schon längst bei der Polizei gelandet? Hing die möglicherweise da mit drin? Tina brauchte Hilfe, aber niemand half ihr.

Es war also nicht nur Heinrich. Sandra fiel sofort wieder die Theorie mit Tinas Vater ein. Konnte er seiner Tochter so etwas antun?

Auch als der zweite Mann fertig war, stand Tina nicht auf, sondern blieb regungslos liegen.

Sandra ahnte Fürchterliches. Und so geschah es auch. Es kam der nächste. Sie drückte weiter auf Vorlauf. Irgendwann musste einem doch mal ein Patzer unterlaufen. Irgendwann musste sie doch mal ein Gesicht sehen, das Aufschluss über diese ganze Geheimniskrämerei brachte.

Aber alle Männer ließen geschickt den Kopf aus dem Bild. Sandra konnte keinen erkennen.

Es waren insgesamt fünf.

Als es vorbei war, bewegte sich Tina, wenn auch nur sehr langsam. Man konnte ihr deutlich die Schmerzen ansehen. Sie setzte sich halb auf und lehnte sich an die Wand. Ihr T-Shirt lag neben ihr. Sie hatte keine Kraft, es überzuziehen.

Sie vergrub ihren Kopf in den Knien und ließ ihre

langen Haare den nackten und zerschundenen Körper bedeckten. Es hatte fast etwas Friedliches, wie sie da zusammengekuschelt vor der gemusterten Blumentapete saß.

Plötzlich durchzog es Sandra von Kopf bis Fuß. Sie hatte die ganze Zeit das Gefühl gehabt, dass ihr etwas bekannt vorkam, und jetzt wusste sie endlich, was es war: die hässliche, altmodische Blumentapete aus dem oberen Eckzimmer.

Kapitel 31

Sandra wurde von Sophies Geschrei aus ihrer Trance gerissen. Sie ging nach oben und nahm sie auf den Arm. Das kurze Schläfchen war vermutlich noch auf ihre Krankheit zurückzuführen, normalerweise schlief Sophie länger. Sandra nahm sie mit nach unten und setzte sie in der Spielzeugecke ab.

Dann ließ sie sich kraftlos auf dem Sofa nieder und massierte ihre Schläfen. Sie musste erst mal verarbeiten, was sie gerade gesehen hatte. Tina Fistel war hier, in ihrem Haus, von fünf Männern vergewaltigt worden, und das bestimmt nicht nur einmal.

Wie hatte das alles angefangen und wie hatte Tina das Ganze stoppen können, so dass sie wegziehen konnten? Irgendetwas musste vorgefallen sein, das diesen Grausamkeiten ein Ende gemacht hatte. Gab es vielleicht einen Retter im Dorf? Hatte sich irgendjemand gegen die Männer gestellt? War diese Person vielleicht diejenige, die auch den Brief und das Video geschickt hatte?

Wenn sich der- oder diejenige doch endlich mal zeigen würde, dann würde sich bestimmt auch klären, wer die fünf Männer waren. Waren es auch welche aus dem Dorf? Hatte Sandra sie schon mal gesehen oder kannte sie sie vielleicht sogar? Das Video war schon etwas älter, es konnte also gut sein, dass sie nicht mehr in Seesby lebten.

Vielleicht gab es aber auch nicht nur dieses Video. Tina hatte nur einen Monat hier gelebt und war dann mit ihrer Familie weggezogen, was bedeutete, dass vier der Männer ihr vielleicht nichts mehr antun würden, ihr Vater allerdings womöglich immer noch.

War Tina vielleicht auch in Braunschweig nicht sicher und ihr Vater vollzog regelmäßig seine Rituale mit Freunden und Bekannten an seiner Tochter?

Sandra musste fast spucken. Vielleicht zog Tina von einem Ort zum anderen, wurde von ihrem Vater und einigen Einwohnern als Sexpuppe missbraucht, um dann weiterzuziehen, wenn ihrem Vater der Boden zu heiß wurde.

»Ich muss etwas tun«, sagte Sandra. Aber was? In ihrem Kopf rauschte und brummte es und sie konnte keinen klaren Gedanken fassen. Sie musste die ganze Geschichte auf jeden Fall melden, aber wem konnte sie noch trauen?

Sie hätte die Kassette einfach zur Polizei bringen können, aber warum war es nicht bereits geschehen? Warum hatte der Unbekannte das Video in ihren Briefkasten und nicht in den der Polizei geworfen? Und das nicht erst heute, sondern schon vor ein paar Jahren. Es musste einen Grund dafür geben, und sie glaubte ihn zu kennen: Sie war neutral. Sie war die neue Fremde, die sich nicht anpassen wollte und die Geschichten des Dorfes nicht kannte, aber auch nicht abkaufte. Das ganze Dorf hielt streng zusammen. Sie wusste nicht, wer alles daran beteiligt gewesen war oder zumindest bereits davon wusste. Sie hatte keine Gesichter erkennen können und deshalb konnte sie auch niemandem trauen. Das ganze Dorf vertuschte etwas – sie waren alle verdächtig.

Sandra war allein. Wenn doch wenigstens der Absender des Videos sich noch mal melden würde! Vielleicht könnte sie dann herausfinden, wer es war. Gemeinsam würden sie bestimmt irgendetwas tun können.

Ihr war heiß. Sie musste diesen Raum verlassen. Vor allem aber musste sie dieses Haus verlassen. Sie wusste nicht, ob sie sich jemals wieder hier wohlfühlen könnte.

Immerhin wusste sie jetzt, wie die Unterhose oben gelandet war. Tina musste sie dort vergessen oder versteckt haben. Vielleicht hatte sie keine Möglichkeit bekommen, sie wieder anzuziehen. Sandra würde es vermutlich nie erfahren.

Kopfschmerzen kündigten sich wieder an. Hastig ging

sie nach draußen und stellte sich auf die Treppe vor der Haustür, um tief ein- und auszuatmen. Gedankenverloren starrte sie auf die Löwenköpfe, die die Treppe bewachten. »Ihr könntet mir erzählen, was hier los war und wer hier ein und aus gegangen ist.«

Die Birkenallee wirkte so idyllisch und friedlich. Die Blätter färbten sich langsam und leuchteten malerisch in der Sonne, die ab und zu durch die Wolken blinzelte. Wie hatte sie sich doch von dieser träumerischen Schönheit täuschen lassen!

»Und alle wissen Bescheid«, murmelte sie, denn darüber war sie sich absolut sicher. Jeder im Dorf war vermutlich mit einem der Männer verwandt oder bekannt, so dass keiner den Mund aufmachte, damit niemand als Verräter dastand und der Ruf des schönen Seesby nicht beschmutzt wurde.

»Verdammte Feiglinge.« Sandra dachte an jede einzelne Person, die ihr im Moment einfiel. »Und die arme Tina geht unter der verdammten Heuchlerei zu Grunde.« Ekel ließ ihren Körper erschauern.

Hier kann ich nicht mehr glücklich werden, dachte sie und sah sich auf dem Grundstück um. Der traurige Gedanke, dass sie es vielleicht nicht einmal mehr versuchen musste, da es mit Marvin aus war, folgte sofort.

*

Nicht weit entfernt in der Nachbarschaft beobachtete Sandra ein neugieriges Augenpaar.

Der Mann sah sie auf der Treppe stehen. Es war kälter geworden und sie hatte ihre Strickjacke fest um den Körper gewickelt.

Warum ging sie nicht wieder rein, wenn ihr kalt war? Sie sah gestresst und angespannt aus.

Jetzt erschien das kleine Mädchen neben ihr. Es war wirklich ein süßes Ding.

Der Mann beobachtete, wie sie die Kleine auf den Arm nahm und ihr verschiedene Stellen auf dem Grundstück zeigte. Sie sah traurig aus. Für einen Moment wirkte es auf ihn wie eine Art Verabschiedung; wie ein letztes Mal den Urlaubsort angucken, weil man weiß, dass es am nächsten Tag nach Hause geht und man so schnell nicht wiederkommt.

Neben ihm rauschte und piepte der Computer. Er hatte Marvin Losberg in eine Suchmaschine eingegeben und wartete jetzt auf die Ergebnisse. Er war sich ziemlich sicher, dass er irgendetwas finden würde.

Und dann zerstöre ich dein süßes ruhiges Leben, du kleine Schlampe, dachte er und ließ Sandra nicht aus den Augen.

Für eine Weile stand Sandra regungslos auf der Treppe, aber dann drehte sie sich schnell um und verschwand im Haus, als hätte sie einen plötzlichen Einfall gehabt, der nicht aufgeschoben werden konnte.

Die Tür war zu. Angespannt suchte er die Fenster ab, in der Hoffnung, sie könnte irgendwo auftauchen. Es war niemand zu sehen.

Dann blinkte ein rotes Lämpchen auf seinem Abhörgerät. Sandra rief jemanden an.

*

Sie hatte die ganze Zeit hin und her überlegt, aber schließlich tat sie es doch: Sie rief Madeleine an.

Es war ihr jetzt egal, dass Madeleine, oder wer auch immer, keinen Kontakt mehr haben wollte. Madeleine war in die Sache eingeweiht und sie war sichtlich davon überzeugt gewesen, dass Tinas Vater an der Geschichte beteiligt sein musste.

Auch wenn Tom oder jemand anderes brutal versucht hatte, ihr den Gedanken auszutreiben, so war gewiss noch ein Fünkchen davon übrig und genau dieses würde

Sandra jetzt entzünden. Madeleine musste einfach erfahren, was hier wirklich vorgefallen war.

Außerdem war sich Sandra sicher, dass Madeleine nichts von der Fünffachvergewaltigung wissen konnte, da sie damals noch nicht hier gelebt und es ihr bestimmt auch niemand erzählt hatte.

Sie ließ das Telefon bei ihrem Anruf lange klingeln. Mit jedem Freizeichen wurde Sandra nervöser. Was wäre, wenn Tom abnahm? Sollte sie dann einfach auflegen? Oder die Stimme verstellen und so tun, als wäre sie jemand anderes?

*

Der Mann starrte unruhig auf das blinkende Lämpchen. Wen rief sie wohl an? Hatte sie vielleicht schon wieder etwas Neues erfahren? Es dauerte lange, bis sich jemand meldete.

»Stiezel.«

»Oh, Madeleine, du bist es. Gott sei Dank. Hier ist Sandra.«

Es kam eine kurze Pause.

»Hallo!«, antwortete Madeleine mit unsicherer Stimme.

»Es ist etwas passiert, Madeleine. Ich muss dir unbedingt etwas sagen.«

»Sandra, bitte zieh mich da nicht weiter mit hinein. Ich kriege Schwierigkeiten.« Sie war kaum zu verstehen, da sie so leise sprach.

»Es tut mir leid, aber es muss sein, Madeleine. Du glaubst nicht, was ich herausgefunden habe.«

Wieder eine kurze Pause.

»Ich möchte nicht, Sandra. Du hast da etwas ausgegraben, was sehr großen Ärger bringt. Das ganze Dorf ist in Aufruhr deswegen. Ich will da nicht weiter mit drinstecken.«

»Madeleine … Du musst mir helfen. Was ich herausgefunden habe, ist nicht einfach nur ein Hirngespinst. Ich habe jetzt den eindeutigen Beweis. Aber ich kann es nicht allein. Ich brauche deine Hilfe. Denk doch an die arme Tina, bitte!«

Eine erneute Pause.

»Okay, was hast du herausgefunden?«

»Ich kann es dir unmöglich am Telefon sagen. Kannst du vielleicht vorbeikommen? Du musst ja nicht sagen, zu wem du gehst.«

»Gegen halb acht ist Torge eingeschlafen. Ich werde Tom sagen, dass ich ein Stück spazieren gehe.«

»Oh, danke, Madeleine.« Die Stimme klang sichtlich erleichtert.

»Ich muss jetzt aufhören.« Madeleine legte auf.

Der Mann saß regungslos neben dem Abhörgerät. Sein Herz stockte und schlug nur unruhig weiter. Was hatte diese verdammte Frau bloß herausgefunden? Und vor allem wie? Sie hatte nicht das Haus verlassen und telefoniert hatte sie vor diesem Gespräch auch nicht.

War da etwa noch mehr im Haus gewesen, etwas, das er und sein Komplize übersehen hatten?

Ihm war schlecht. Mit zittrigen Fingern hackte er die Nummer seines Kontaktmannes ins Telefon und wartete, bis sich jemand meldete.

Kapitel 32

Den restlichen Tag wuselte Sandra ohne wirklich etwas zu machen durch das Haus. Was würde Madeleine bloß sagen, wenn sie ihr von der Videokassette erzählte?

Sophies Schnupfen war noch da, aber wenigstens hatte sie mittlerweile kein Fieber mehr. Sandra war erleichtert. Zum Abendbrot machte sie ihr einen Früchtebrei, den Sophie glücklicherweise auch fast ganz aufaß.

Es war halb acht, als Sandra die Kleine ins Bett brachte. Beim Vorlesen konnte sie sich überhaupt nicht auf die Geschichten konzentrieren, weil sie immerzu an Madeleine denken musste, die gleich kommen wollte.

Sobald Sophie zwar noch protestierend, aber trotzdem sehr müde in ihrem Bettchen lag, ging Sandra wieder nach unten und begann die Küche aufzuräumen. Die Küchenuhr zeigte inzwischen 20:04 Uhr an. Sie wird jeden Moment kommen, dachte Sandra. Vor lauter Nervosität tat ihr schon der Bauch weh.

Sie räumte hin und her und sah immer wieder auf die Küchenuhr. 20:23 Uhr, 20:31 Uhr, 20:42 Uhr – von Madeleine keine Spur.

Was sollte sie jetzt machen? Anzurufen traute sie sich nicht noch mal. Was wäre, wenn Tom plötzlich abnehmen würde?

Sie ging ins Wohnzimmer und machte den Fernseher an, ohne richtig hinzugucken. Nervös schielte sie ständig am Bildschirm vorbei und beobachtete die Birkenallee. Von Madeleine war nichts zu sehen.

Nach einer Weile hielt sie es aber nicht mehr aus und ging zwischen Wohnzimmer und Küche auf und ab.

21:15 Uhr.

Hatte Madeleine sich vielleicht bei Tom verplappert und ihm gesagt, wohin sie gehen wollte? Möglicherweise hatte Tom irgendwie Verdacht geschöpft. War ihr vielleicht etwas zugestoßen? Der Weg von ihr zu Sandra war zwar nicht weit, aber es kam doch immer wieder vor, dass seltsame Sachen passierten. Vor allem in Seesby. Sandra bekam eine Gänsehaut.

Sie wechselte ständig zwischen Küche und Wohnzimmer hin und her, bis sie schließlich um 21:48 Uhr den Fernseher ausmachte und nervös in den Garten starrte. Madeleine würde nicht mehr kommen und Sandra beschlich ein komisches Gefühl, wenn sie an den möglichen Grund dafür dachte.

*

Der Mann hatte Sandra den ganzen Abend nicht aus den Augen gelassen. Auch jetzt sah er sie am Fenster stehen und in den Garten schauen.

Du kannst ruhig ins Bett gehen, dachte er, deine Madeleine kommt heute nicht mehr. Dafür hatte er gesorgt.

Sein Computer hatte nicht viel über Marvin ausgespuckt. Und die meisten von Marvins Kollegen waren männlich. Er schien wirklich immer nur zu arbeiten, wenn er wegfuhr und erst so spät nach Hause kam.

Dennoch würde er jemanden auf Marvin ansetzen, der ihn rund um die Uhr bewachte. Irgendwann musste der schließlich mal einen wegstecken und wenn nicht bei seiner Frau, dann bei irgendeiner anderen. Und er würde Sandra die Nachricht überbringen.

Der Gedanke machte ihn nervös und erregte ihn zugleich. Er würde ihr Leben zerstören. Er würde jeden weiteren Schritt bestimmen. Egal, was sie machte, er würde immer über sie Bescheid wissen und sie rechtzeitig zerquetschen, bevor sie irgendeine Dummheit begehen konnte.

Auch wenn er nicht wusste, was Sandra für einen angeblich eindeutigen Beweis hatte, so war er sich sicher, dass es nichts Bedeutendes sein konnte.

Er hatte lange mit seinem Kontaktmann darüber gesprochen und sie waren sich einig, dass es vermutlich nur ein Hilferuf aus der Einsamkeit war und Sandra alleine nichts gegen sie ausrichten konnte. Ihnen war absolut nichts eingefallen, was sie hätte finden können.

Dennoch hatten sie vereinbart, sie noch strenger zu isolieren und den Hof von nun an Tag und Nacht zu überwachen.

Nach einer Weile war Sandra nicht mehr am Fenster zu sehen. Sie rannte allerdings auch nicht wild hin und her wie vorhin. Er hatte sich dabei köstlich amüsiert, weil er wusste, dass sie vergeblich wartete.

Die Zeit verging. Er schaute auf seine Uhr. 22:07 Uhr. In einer Stunde würde seine Ablösung kommen.

Im Haus tat sich nichts mehr. Er sah Sandra lediglich, als sie um 22:13 Uhr die Treppe nach oben ging und überall das Licht ausmachte.

Gutes Kind, dachte er, geh du mal schlafen und vergiss die ganze Sache. Er lehnte sich in seinem Stuhl zurück und stellte sich vor, wie sie sich nackt ins Bett legte und die Decke sanft ihre Schenkel und ihren Schritt berührte.

Diese ganze Beobachtung hat doch einen netten Nebeneffekt, dachte er lächelnd und steckte seine Hand in die Hose.

*

Um kurz vor Mitternacht kam seine Ablösung. Er weihte ihn kurz in die bisherigen Geschehnisse ein und legte sich dann schlafen. Morgen würde wieder ein wichtiger Tag sein.

Mann Nummer 2 machte es sich auf seinem Stuhl bequem und beobachtete das Haus. Es war absolut nichts zu sehen und nach einiger Zeit wurde ihm langweilig. Ein paarmal erwischte er sich dabei, wie ihm seine Augen zufielen. Das ist doch wirklich zu blöd, dachte er, was soll denn hier jetzt noch passieren?

Es war kurz vor eins und er hatte den ganzen Tag gearbeitet. Morgen musste er wieder früh aufstehen. Er machte es sich so bequem wie möglich und schloss die Augen. In der Nacht schläft Sandra doch eh, dachte er. Was also sollte er jetzt verpassen? Kurz darauf schlief er ein.

Etwa eine halbe Stunde später huschte eine komplett vermummte Gestalt über den Hof. Jeden Schatten ausnutzend, schlich sie sich langsam in Richtung Haus, wenn der Mond gerade hinter den Wolken versteckt war.

An der Tür angekommen, warf sie einen kleinen Zettel in den Briefkasten und verschwand dann so schnell und vorsichtig, wie sie gekommen war.

Mann Nummer 2 döste friedlich auf seinem Stuhl.

Kapitel 33

Es war nicht anders zu erwarten gewesen: Sandra schlief wieder schlecht. Sie lag lange wach, ehe sie überhaupt ein bisschen Ruhe finden konnte. Die Ungewissheit wegen Madeleine machte ihr zu schaffen.

Als sie ersten Lichtstrahlen in das Zimmer fielen, stand sie sofort auf. Auf dem Weg ins Bad hörte sie, dass Sophie auch bereits wach war und sich im Bett mit ihrer Puppe unterhielt.

Sie zog die Kleine an und ging mit ihr nach unten.

Neben dem Fernseher lag das Video. Für einen Moment flimmerten die furchtbaren Bilder wieder durch ihren Kopf. Sie musste unbedingt etwas tun, aber sie konnte es nicht alleine; zumindest wusste sie nicht wie.

Was war bloß mit Madeleine? Als sie vor ein paar Tagen abends anrufen sollte, hatte sie es nicht getan. Am nächsten Tag hatte sie mit einem blauen Auge und total eingeschüchtert vor ihrer Haustür gestanden. Sandra wollte sich gar nicht vorstellen, warum sie gestern nicht gekommen war und wie sie jetzt aussehen mochte.

Sie ging nach draußen und leerte den Briefkasten. Die Postbotin war zwar noch nicht da gewesen, aber vielleicht hatte die unbekannte Person wieder irgendeinen Hinweis und eventuell mal einen Namen hinterlassen.

Zu Sandras Überraschung war tatsächlich ein Zettel im Postkasten und diesmal stand sogar ein Name drauf:

Tut mir leid, dass ich nicht kommen konnte. Tom muss irgendwie davon gewusst haben. Komm um 14 Uhr mit Sophie zur Lichtung im Wald bei der Weeder. Sag niemandem davon. Telefonier nicht mehr! Ich habe Angst um dich!

Madeleine

Sandra musste sich setzen. Sie hockte sich neben die

Tür und las die Zeilen wieder und wieder. Was hatte das zu bedeuten? Wurde sie etwa abgehört? Aber so etwas gab es doch nur im Film.

Schnell schloss sie die Tür ab und nahm Sophie auf den Arm. Sie war aufgeregt und ihre Hände zitterten.

Sie ging ins Wohnzimmer und setzte sich auf das Sofa. Sie fühlte sich in ihrem Haus nicht mehr sicher. Wo war bloß Marvin? Sollte er nicht eigentlich hier sein und seine Familie beschützen? Was, wenn wirklich etwas passierte? Tränen stiegen ihr in die Augen. Sie hielt Sophie so fest sie konnte.

Nach einer Weile rannte sie zum Telefon, um Marvin anzurufen und ihn zu bitten, so schnell wie möglich nach Hause zu kommen. Sie hatte gerade die ersten Ziffern der Nummer eingegeben, als ihr Madeleines Aufforderung einfiel, nicht mehr zu telefonieren.

Weinend vor Wut warf sie das Telefon in die Ecke. Ihr Handy war auch gestohlen worden und um ein neues hatte sie sich noch nicht gekümmert. »Wir sind gefangen«, schrie sie verzweifelt.

Sophie saß verwundert auf dem Sofa und verfolgte mit ängstlichen Augen ihre Mutter, die wild in der Wohnung herumlief.

»Ich kann nicht mehr, Sophie«, sagte Sandra unter Tränen und sackte vor ihrer Tochter auf dem Boden zusammen. »Ich halte das nicht mehr aus.«

Was sollte sie bloß machen? Sie musste hier weg. Sie musste dieses Haus und diesen Ort verlassen.

Ohne weiter zu überlegen, nahm sie Sophie wieder auf den Arm und schnappte sich ihre Autoschlüssel. Sie würde einfach irgendwo hinfahren. Vor lauter Aufregung nahm sie nicht einmal eine Jacke mit.

Sie setzte Sophie in den Kindersitz und sprang hinter das Steuer. Mit zittrigen Fingern drehte sie den Schlüssel um und der Wagen sprang an.

»Detty holen?«, fragte Sophie.

»Nein, jetzt nicht, mein Schatz. Teddy ist noch müde und möchte zu Hause weiterschlafen.« Sie ließ die Kupplung kommen und wollte losfahren, als plötzlich der Wagen wieder ausging. Abgesoffen, dachte sie, auch das noch. Hastig startete sie den Motor erneut. Der Wagen sprang aber nicht wieder an. Der Anlasser jodelte lediglich vor sich hin, nichts passierte.

»Was soll das denn jetzt?«, schrie Sandra und versuchte es wieder und wieder.

Nach einer Weile sackte ihr Kopf auf das Lenkrad und blieb dort regungslos liegen. Das kann nur wieder so ein schlimmer Traum sein, dachte sie, bitte, lass mich aufwachen! Sie setzte sich aufrecht hin und atmete tief durch. Alles ist gut, ermahnte sie sich, es ist nichts passiert. Ich tue einfach so, als würde ich mich jetzt erst ins Auto setzen.

So ruhig und bedacht sie konnte, drehte sie den Schlüssel und trat einmal auf das Gaspedal, um dem Motor mehr Sprit zu geben.

Der Motor sprang nicht an. Der Anlasser jaulte, aber nichts passierte. Das ist ein Traum, dachte sie, das kann nur ein Traum sein. Was war nur mit dem Auto? Ihr Wagen war sonst immer total zuverlässig.

Sophie nieste und ein dicker Schnupffaden hing ihr aus der Nase.

Auch das noch, dachte Sandra und machte sich auf einmal schwere Vorwürfe, weil sie so kopflos das Haus verlassen hatte und ihre kranke Tochter jetzt ohne Jacke in dem kalten Auto saß.

»Komm, wir gehen schnell wieder rein«, sagte sie und nahm die Kleine hoch.

Vielleicht sollte sie erst mal abwarten, bis sie mit Madeleine gesprochen hatte und sich vorerst ruhig verhalten.

Sie ging wieder ins Haus.

Während sie die Treppe hinaufstieg, hingen die Blicke eines Augenpaars schmachtend an ihrem Hinterteil.

*

Was für ein geiler Arsch, dachte der Mann.

Noch nie hatte ihm die Beobachtung so viel Spaß gemacht wie jetzt gerade. Er hatte sich köstlich amüsiert, als Sandra verzweifelt versucht hatte, ihren Wagen zu starten.

Kurz bevor seine Schicht an diesem Morgen angefangen hatte, war er zu Sandras Wagen gegangen und hatte mit einer Feststellzange den Benzinschlauch abgeklemmt. Eine sehr einfache Maßnahme mit großer Wirkung.

Sandra war und blieb von der Außenwelt abgeschnitten. Es machte ihm Spaß, zu sehen, dass sie immer verzweifelter wurde. Bald ist sie vollkommen am Ende, dachte er. Als sie vorhin im Auto gesessen und vor Wut aufs Lenkrad geschlagen hatte, hatte man deutlich sehen können, dass sie mittlerweile ein nervliches Wrack war.

Wo hatte sie wohl hinfahren wollen? Sie hatte das Haus ziemlich überstürzt verlassen – so ganz ohne Jacke an diesem doch eher etwas frischeren Tag, noch dazu mit einem kranken Kind. Sie wurde langsam wirklich verrückt und wusste nicht mehr, was sie tat. Sie hatte nicht mal die Haustür abgeschlossen.

Jetzt war sie wieder drinnen und er konnte sie nicht sehen. Entspannt lehnte er sich auf seinem Stuhl zurück. Er genoss seine Arbeit.

Es war schön, zu sehen, wie ein anderer Mensch zerstört wurde.

*

Sandra hatte sich wieder etwas beruhigt. Die Zeit bis vierzehn Uhr überbrückte sie mit aufräumen und spielen, und konnte sich so sogar ein wenig ablenken.

Pünktlich um halb zwei waren Sandra und Sophie fertig angezogen auf dem Hof und machten sich auf den Weg zum geheimen Treffpunkt. Sophie saß in der Karre und hatte ihren Teddy auf dem Schoß.

Das Video lag in eine Decke eingewickelt, mit Windeln und Kekspackungen getarnt, unten im Kinderwagen. Sandra wollte nicht riskieren, dass es auf genauso mysteriöse Weise verschwand wie die Unterhose.

Die Luft tat gut und Sandra entspannte sich beim Laufen mehr und mehr. Sie versuchte sich ein wenig abzulenken und genoss die schöne Natur, so gut es ging.

Mit der Zeit legte sich auch ein bisschen ihre Aufregung und als sie den Wald erreichten, konnte sie sogar für einen Moment vergessen, weshalb sie eigentlich hier waren.

Es hatte letzte Nacht wieder geregnet und die Blätter waren noch nass. Es roch frisch und belebend. Der Himmel war zwar bedeckt, aber dennoch wirkten die schönen Farben.

Nach einer Weile kam sie zur Lichtung. Es war ein herrliches Plätzchen mit einer kleinen Bank mit Blick auf die Weeder, die durch den vielen Regen in der letzten Zeit wieder mehr Wasser führte.

Madeleine saß auf der Bank und beobachtete Torge, der mit Gummistiefeln und Regenhose durch die Pfützen stapfte. Sie schien Sandra nicht zu bemerken, sondern drehte erst den Kopf, als sie direkt neben ihr stand. Madeleines Lächeln war schwach und sie drückte lediglich ein leises »Hallo« heraus.

Sie saß zusammengekauert auf der Bank. Das sonst so vertraute Leuchten in ihrem Gesicht war verschwunden, ihre Augen matt und klein. Es schien, als hätte sie ein bisschen von ihrem Leben verloren. Ihr Veilchen hatte sie, so gut es ging, mit Make-up bearbeitet.

Sandra setzte sich neben sie und für einen Moment

sagten beide nichts. Sophie war zu Torge in die Pfütze gegangen und stapfte mit den Füßen.

»Wie geht es dir?«, fragte Sandra nach einer Weile.

»Nicht so gut«, murmelte Madeleine, ohne den Blick von den spielenden Kindern abzulenken. »Es ist irgendwie alles ganz komisch in letzter Zeit. Tom hat sich total verändert. Ich komme überhaupt nicht an ihn ran.«

Sandra schluckte, weil sie bei Marvin das gleiche Gefühl hatte. Sie konnte nicht mehr richtig mit ihm reden. Allerdings hatte er sie nicht geschlagen. »Aber was ist denn passiert?«

Jetzt sah Madeleine Sandra das erste Mal direkt in die Augen. Ihr Blick war traurig und schmerzverzerrt. »Du weißt, dass ich nicht die Treppe runtergefallen bin, oder?« Sie pfiff verächtlich durch die Zähne. »Natürlich. Jeder weiß das. Tom hat mich geschlagen. Er ist total ausgerastet, als ich ihm von der Theorie mit Tinas Vater erzählt habe. So habe ich ihn noch nie erlebt. Er ist sonst immer so lieb zu mir.« Sie schluckte und kämpfte sichtlich gegen Tränen. »Er hat mich übel beschimpft. Zum Glück war Torge zu der Zeit bei Renate im Laden. Ich hätte es nicht ertragen, wenn er dabei gewesen wäre. Auch wenn er noch klein ist, hätte er bestimmt erkannt, dass sein Vater seiner Mutter wehtut.«

Sandra wusste nicht, was sie darauf antworten sollte. Sie wusste überhaupt nicht mehr, was sie tun sollte.

»Ich bin seitdem Tom immer aus dem Weg gegangen. Nur gestern Abend kam er wieder zu mir und meinte, ich solle unbedingt die Buchhaltung für den Laden machen. Renate hätte das verlangt. Normalerweise hat das immer noch ein bisschen Zeit. Ich hätte es eigentlich auch heute Vormittag oder morgen am Sonntag machen können, aber als ich ihm das vorschlug, hat er mir in den Magen getreten.« Sie zitterte und jetzt hatten die ersten Tränen ihren Weg gefunden.

Sandra spürte förmlich den Tritt, und ihr Magen schien sich umzudrehen, als würde jemand einen Knoten hineinmachen. Sie lehnte sich zu Madeleine hinüber und drückte sie fest an sich.

»Ich konnte nicht mal mit ihm diskutieren. Ich sagte ihm, dass ich spazieren gehen wollte, weil ich einen anstrengenden Tag hatte, aber er meinte nur, es sei lächerlich und ich solle mich nicht so anstellen.« Sie schluchzte und vergrub ihr Gesicht in den Händen. »Wieso hat er das getan, Sandra?«

»Ich weiß es nicht, Madeleine.« Sandra war den Tränen nahe und hielt ihre Freundin, so fest sie konnte.

»Ich habe ihn noch nie gewalttätig gesehen, weder zu mir noch zu jemand anderem, egal ob nüchtern oder betrunken. Er hat Gewalt immer verabscheut. Ich weiß nicht, was auf einmal mit ihm los ist.« Sie wühlte in ihrer Tasche und holte ein Taschentuch raus.

»Und du meinst, es hat damit zu tun, dass du spazieren beziehungsweise zu mir gehen wolltest?«

»Das hat es auf jeden Fall ausgelöst. Der Laden und die Buchhaltung sind ihm eigentlich total egal. Deswegen hätte er nie solch einen Wind gemacht. Ich hatte das Gefühl, als wüsste er schon ganz genau, was ich vorhatte.«

»Du meinst, er hat das Telefongespräch mitgehört? War er in der Nähe?«

»Er war zwar auch zu Hause, als wir telefoniert haben, aber er hätte nicht verstehen können, was ich gesagt habe. Er war unten im Wohnzimmer und hat ferngesehen.«

»Aber wie soll er dann davon erfahren haben? Meinst du, ich werde abgehört?« Sandra fand die Frage beinahe lächerlich. So etwas passierte bei Kriminellen im Fernsehen, aber doch nicht bei ihr.

»Ich würde es zumindest nicht ausschließen. Auf jeden Fall solltest du nicht mehr telefonieren, oder wenigstens aufpassen, was du am Telefon sagst.«

Wo war sie hier bloß reingeraten? Hatte sie die Mafia aus Seesby als Gegner? »Und seit wann ist das so? Etwa schon seit wir hier wohnen?«

»Bei euch wurde doch eingebrochen«, erinnerte sie Madeleine, »vermutlich wurde es dann installiert.«

»Wenn das wirklich wahr wäre ... Das macht mir richtig Angst.«

»Und ich denke, deine Angst ist berechtigt. Ich glaube, durch deine ganze Nachforschung hast du Dinge ausgegraben, die im Verborgenen bleiben sollten. Tom deckt jemanden. Da bin ich mir mittlerweile hundertprozentig sicher. Und ich weiß nicht, wie weit er noch bereit ist zu gehen. Ehrlich gesagt will ich es auch nicht erfahren.«

Sandra musste sofort an das Video denken. Natürlich deckte Tom jemanden. Ihre Theorie, dass jeder im Dorf von dem Video wusste und jeder irgendeinen Beteiligten kannte, bestätigte sich mehr und mehr. »Es gibt da auch noch die Sache, von der ich dir am Telefon nicht erzählen wollte. Gut, dass ich es nicht getan habe. Wer weiß, was sonst passiert wäre. Ich hatte gestern eine Videokassette im Briefkasten. Ohne Absender, nur mit einem Zettel.«

»Was für ein Video?«

»Ich habe es mit.« Sandra holte die Kassette aus dem Kinderwagen. Sie nahm den kleinen Zettel aus der Hülle und gab ihn Madeleine.

Die las ihn mit gerunzelter Stirn. »Die Wahrheit über Seesby.« Ihre Stimme wurde zum Ende immer leiser und schwächer.

»Das ist ein Video von der Vergewaltigung.« Es ist tatsächlich geschehen und es gibt jetzt auch keine Gegenargumente mehr, dachte sie. Den Beweis hielt sie in ihren Händen.

»Was?!«

»Dieses Video zeigt die Vergewaltigung von Tina Fistel.«

»Du meinst…« Madeleine machte ein ungläubiges Gesicht. »Und kann man Heinrich erkennen?«

Sandra schluckte. »Leider nicht. Der Kopf ist immer abgeschnitten. Aber das ist es nicht allein.« Sandra machte eine Pause, weil sie die Bilder im Kopf verarbeiten musste. »Es waren fünf Männer. Einer nach dem anderen.«

Madeleine riss die Augen auf und starrte Sandra an. »Fünf?«

»Ich habe durch das ganze Video gespult, weil ich hoffte, jemanden zu erkennen. Tina wurde von fünf Männern vergewaltigt.«

»Kann man sehen, wer sie waren?«

»Leider nicht. Sie haben ihre Gesichter immer ganz geschickt aus der Kamera rausgehalten.«

Madeleine schwieg und Sandra sah deutlich, dass sie grübelte.

»Und das Ganze ist bei uns oben im Eckzimmer passiert«, fuhr Sandra fort, »ich habe die Blumentapete wiedererkannt.«

Madeleine rührte sich nicht. Sie schien mit ihren Gedanken ganz weit weg zu sein. »Das ist doch nicht zu glauben.«

»Es ist absolut furchtbar und ich weiß auch nicht, was ich damit machen soll. Es muss auf jeden Fall irgendwie veröffentlicht werden, aber ich traue mich nicht, zur Polizei zu gehen. Ich weiß nicht, ob die da vielleicht schon mit drinhängen. Warum haben sie es sonst nicht schon längst bekommen?«

»Ich möchte es mir ansehen«, sagte Madeleine ernst und ohne die Miene zu verziehen.

»Das würde ich dir nicht raten. Es ist wahnsinnig brutal.«

»Das ist mir egal. Ich muss es sehen.« Sie sah Sandra an und ihrem Blick war zu entnehmen, wie ernst es ihr war.

»Dann nimm es mit. Vielleicht ist es bei dir sowieso

sicherer, als wenn es bei uns im Haus liegt. Bei dir vermutet es keiner.« Außerdem will ich es los sein, dachte Sandra. Es war das Hauptbeweismittel und würde wahrscheinlich auch Marvin endlich überzeugen, aber es war schrecklich belastend, es zu haben. Vielleicht konnte Madeleine etwas entdecken, das Sandra entgangen war. Vielleicht erkannte sie jemanden.

Madeleine nahm das Video und wickelte es wieder in die Decke ein. »Ich werde jetzt nach Hause gehen. Tom kommt bald von der Arbeit und ich möchte vorher zu Hause sein.«

»Okay. Pass auf dich auf!«

»Das kann ich dir auch nur raten, Sandra. Du bist der Drahtzieher der ganzen Geschichte. Du hast ordentlich was bewegt im Dorf. Ich weiß nicht, was noch passieren wird. Du musst ganz vorsichtig sein.«

»Das werde ich.«

»Nimm du den anderen Weg zurück ins Dorf und warte noch ein bisschen. Es soll lieber nicht so aussehen, als wären wir zusammen spazieren gegangen.«

Sandra beobachtete Madeleine, die den direkten Weg ins Dorf nahm. Dann machte sie sich auch auf und ging wieder den langen Pfad durch den Wald. Sophie schlief ein. Es war so friedlich und ruhig hier. Am liebsten wäre Sandra im Wald geblieben.

Kapitel 34

Zu Hause angekommen, kontrollierte Sandra zuerst alle Fenster und verriegelte die Türen. Ihr war unheimlich so ganz alleine im Haus.

Sophie schlief immer noch, wachte allerdings auf, nachdem Sandra alles abgeschlossen hatte. Sie war verstört und weinte. Sandra nahm sie auf den Arm und setzte sich mit ihr ins Wohnzimmer. Lange Zeit saßen sie auf dem Sofa und kuschelten sich fest aneinander.

»Ich werde nicht zulassen, dass dir jemals etwas passiert«, murmelte Sandra und drückte ihre Tochter an sich.

Nach einer Weile stand sie auf und schaute auf die Uhr. Es war fast sechs, Zeit für das Abendessen.

Wenn doch nur Marvin heute käme, dachte sie. Er war noch nie so lange weg gewesen, noch dazu am Wochenende.

Nachdem sie Sophie ins Bett gebracht hatte, setzte sie sich vor den Fernseher, auch wenn sie nicht wirklich mitbekam, was eigentlich lief. Ihr ging zu viel durch den Kopf. Es waren so viele unheimliche Dinge passiert.

Schließlich hielt sie es nicht mehr aus und lief zum Telefon, um Marvin anzurufen. Er musste einfach wissen, was hier passiert war. Er musste ihr helfen. Sie würde schon irgendeinen Weg finden, nicht alles am Telefon sagen zu müssen.

Sie wählte seine Nummer. Bestimmt hatte er sich ein neues Handy besorgt, nachdem er sein altes in der Küche zerlegt hatte. Immerhin brauchte er eins für die Arbeit.

Ohne dass ein Freizeichen ertönte, ging sofort die Mailbox ran. Nachdem sie den Piep hörte, versuchte sie so normal wie möglich zu sprechen: »Marvin? Hier ist Sandra. Es … ähm … ich weiß nicht, ob du das jetzt hören kannst. Es ... ist noch Essen da, wenn du kommst. Sophie ist schon im Bett. Sie ist sehr verschnupft und vermisst dich. Ich ... auch. Mach nicht mehr so lange. Und ... äh ... ich hab dich lieb!« Dann legte sie auf.

Ihr Herz schlug wie verrückt. Hatte sie jetzt irgendetwas Falsches gesagt? Klang das alles glaubwürdig? Nach kurzer Zeit wusste sie nicht einmal mehr, was sie gesagt hatte. Sie betete zu Gott, dass Marvin kommen oder sich zumindest melden würde. Irgendwie würde sie ihm dann klarmachen, dass sie ihn brauchten.

Sie hatte sich gerade wieder auf das Sofa gesetzt und war bereit, sich auf den Film einzulassen, als sie ein seltsames Geräusch von der Hintertür hörte.

Sofort wurde ihr eiskalt und ihr Herz pochte so laut, dass es in den Ohren rauschte. Was konnte das sein? War da jemand an der Tür? Auf der Uhr las sie 22:34 Uhr.

Sie stellte den Fernsehton ab und lauschte. Es war still. Hatte sie sich vielleicht nur geirrt? Sie war ziemlich durcheinander im Moment, also konnte es gut sein, dass ihre Ohren ihr nur einen Streich gespielt hatten.

Stocksteif saß sie auf dem Sofa und traute sich nicht, sich zu bewegen.

Da war es wieder. Ein eindeutiges Pong, Pong an der Hintertür. Es war jemand da. Jetzt noch? Oh, mein Gott, wollte sie wissen, wer das war? Vermutlich hatten die Einbrecher von dem Video gehört und wollten es sich holen. Allerdings würden die nicht klopfen. Oder vielleicht gerade – um herauszufinden, ob jemand da war.

Leise schlich sie in den Flur und lauschte. Wie auf Kommando kam wieder ein Pong, Pong, Pong. Etwas lauter und energischer als vorher. Es half alles nichts, sie musste nachsehen, wer es war.

Sie öffnete die Tür zum Heizungsraum und ging auf die Hintertür zu, ohne Licht einzuschalten.

Dann machte es wieder Pong, Pong und Sandra zuckte zusammen. »Wer ist da?«

»Hier ist Madeleine«, antwortete eine Frauenstimme. »Sandra, mach bitte auf.«

Madeleine? Um die Zeit? Verdammt, da war was passiert.

Hastig drehte Sandra den Schlüssel herum und öffnete. Vor ihr stand eine dick eingepackte Madeleine mit zerzausten Haaren und einem kleinen, verstörten Torge auf dem Arm, der schlaftrunken auf seinem Schnuller kaute.

»Mensch, Madeleine! Was macht ihr hier?« Sandra trat einen Schritt zurück und ließ die beiden herein. Dann schloss sie die Tür wieder und drehte den Schlüssel um. »Was ist passiert?«

»Das willst du gar nicht wissen. Können wir kurz mit reinkommen?«

»Ja, natürlich. Kommt mit ins Wohnzimmer.« Sandra ging voraus und schaltete im Flur das Licht ein, damit sie den Weg finden konnten.

»Mach das Licht aus! Schnell!«, schrie Madeleine und schlug auch schon mit der freien Hand auf den Lichtschalter. »Ich will nicht, dass sie uns sehen.«

Sandra starrte sie mit großen Augen an und versuchte ihre Umrisse im Dunkeln auszumachen. »Aber wieso? Wer sollte uns denn sehen?«

Madeleine ging vor und setzte sich mit Torge im Wohnzimmer auf das Sofa. Hier war die kleine Stehlampe an, aber Sandra hatte bereits vor längerer Zeit die Gardinen zugezogen und so konnte es nicht auffallen, dass sie Besuch bekommen hatte.

Sie war den beiden gefolgt und setzte sich Madeleine gegenüber auf den Sessel. »Was ist los?«

Madeleine wiegte Torge wie ein kleines Baby und strich ihm die Haare aus der Stirn. »Ich habe das Video gesehen. Ich werde Seesby verlassen. Noch heute Abend.«

»So plötzlich? Und was ist mit Tom?«

Madeleines Miene wurde steinhart. »Erinnerst du dich an den vorletzten Mann, der Tina vergewaltigt hat? Er ist nicht so alt wie die anderen, dick und hat eine Narbe auf dem Bauch.«

Obwohl Sandra das Video nur im Vorlauf gesehen hatte, würde sie wahrscheinlich jeden Mann wiedererkennen, wenn er nackt vor ihr stünde. Sie nickte.

»Das ist Tom.« Madeleine sagte es ohne jeden Zweifel.

Sandras Herz stockte. »Das ist Tom?« Vor Schreck hielt sie die Hände vor das Gesicht und in ihrem Hals spürte sie ein Würgen. »Aber Tom ist doch nicht so dick. Er hat eher einen guten und trainierten Körper.«

»Tom war als Kind und Jugendlicher sehr dick. Er wurde überall gehänselt und hatte es nicht leicht. Noch dazu mit einem Vater, der immer absolut perfekt war und den alle bewundert haben. Als das Video entstand, muss er etwa zwanzig Jahre alt gewesen sein und da war er noch dick.«

Sandra wusste nicht, ob ihr das gerade wirklich erzählt wurde oder ob sie wieder nur träumte. Sie hoffte letzteres. Sie spürte eine Mischung aus Ekel, Hass, Wut, dem Willen zum Nicht-glauben-Wollen und Brechreiz.

»Ich habe gleich, nachdem ich das Video gesehen habe, meine und Torges Sachen gepackt. Mein Auto steht hinter der Bushaltestelle im Gebüsch. Deswegen bin ich auch von hinten gekommen. Ich möchte nicht, dass mich irgendjemand sieht. Ich habe Tom keine Nachricht hinterlassen. Ich will den Kerl nie wiedersehen. Tut mir leid, dass ich dich so erschreckt habe, aber vorne zu klingeln, hielt ich für zu gefährlich.«

»Wo willst du denn jetzt hin?«

»Ich fahre zu meinen Eltern nach Hannover und am Montag werde ich die Scheidung einreichen.«

Sandra musste diese ganzen neuen Informationen erst mal verdauen.

»Ich habe da noch etwas für dich«, murmelte Madeleine. In ihren Händen hielt sie ein kleines Büchlein mit selbstgemalten Blümchen und Herzen auf dem Deckblatt. Es erinnerte ein wenig an das Tagebuch eines jungen Schulmädchens.

»Was ist das?«, fragte Sandra skeptisch.

»Wir haben zu Hause einen Safe, in dem wir einige Wertpapiere eingeschlossen haben. Als ich vorhin meine Sachen herausgeholt habe, lag das hier gut versteckt unter einem Stapel von Toms Papieren.«

»Ist das ein Tagebuch?« Sandra streckte die Hand danach aus.

Madeleine gab es ihr. »Ja.«

»Von wem?« Sandra hatte das Buch aufgeschlagen und erkannte gleich die fremden Schriftzeichen. Sie konnte es nicht lesen.

»Ich vermute, dass es einem der Kinder gehört hat, die damals aus Tschernobyl hier gewesen sind.«

Sandra wusste nicht, was für einen Nutzen sie von dem Buch haben sollten. Madeleine sah ihre Zweifel. »Guck doch mal auf die Jahreszahl! Die Kinder waren 1993 hier. Genau in dem Sommer, als die Sache mit Tina Fistel passiert ist. Ich bin mir sicher, dass wir in diesem Buch etwas über Tina erfahren können. Hätte Tom es sonst im Safe eingeschlossen?«

Sandra überlegte. War es möglich, dass die russischen Kinder etwas von der Vergewaltigungsorgie mitbekommen hatten? Sie waren neu in diesem Dorf gewesen und vermutlich mit ihrer Aufmerksamkeit überall. Eventuell hatten die Kinder wirklich etwas gesehen und in diesem Tagebuch einen oder zwei Täter beschrieben.

Es gab nur ein Problem: »Kannst du Russisch?«

Madeleine schüttelte den Kopf. »Leider nein.«

»Ich auch nicht.« Sandra betrachtete die Eintragungen genauer. Es war nicht viel geschrieben worden. Nur die ersten acht bis zehn Seiten waren benutzt, der Rest war leer. »Wir müssen irgendjemanden finden, der uns das übersetzen kann.«

»Und ich glaube, das muss schnell passieren. Wenn Tom herausfindet, dass ich weg bin, ist hier bestimmt so einiges los im Dorf. Ich habe Angst um dich, Sandra.«

»Wieso um mich?«

»Weil du für Tom der Hauptgrund bist, weshalb unsere Ehe kaputtgegangen ist. Er hasst dich. Ich allerdings kann dir nur dankbar sein, dass du so hartnäckig an der ganzen Sache drangeblieben bist. Sonst hätte ich nie erfahren, mit was für einem perversen Schwein ich verheiratet bin. Ich hätte mein Leben nichtsahnend an seiner Seite weitergelebt und ihn immer geliebt und bewundert, wie ich es einst getan habe.« Sie drehte sich um und verzog angewidert das Gesicht.

Sandra schwieg und sah sie mitleidig an. Was sollte sie jetzt nur machen? Alles, was sie wollte, war, die Wahrheit ans Licht bringen. Das bedeutete jedoch, dass sie sich und ihre Familie in große Gefahr brachte. Aber konnte sie jetzt noch aufhören, wo sie doch schon so weit gekommen war?

»Kennst du irgendjemanden, der Russisch spricht?«, fragte Madeleine nach einer Weile. »Es muss ja nicht perfekt sein. Hauptsache, wir wissen im Gröbsten, um was es in dem Buch geht. Vielleicht steht ja auch wirklich überhaupt nichts Brauchbares drin. Aber versuchen sollten wir es zumindest.«

Sandra überlegte. »Ich hatte in meiner Klasse mal ein Mädchen, dessen Mutter aus Russland kam. Mirja hieß sie.«

Madeleines Gesicht hellte sich auf. »Das wäre doch großartig. Kannst du die irgendwie erreichen?«

»Ich hatte ihre Nummer in meinem Handy gespeichert, aber das ist ja leider weg.«

»Vielleicht steht sie im Telefonbuch?«

Sandra stand auf und holte das Telefonbuch. Nach einigem Blättern fand sie tatsächlich die Nummer. »Hier ist sie. Mirja Bergmann. Ihr Vater ist Deutscher.«

»Dann ruf da an. Schnell!« Madeleine war Feuer und Flamme.

Sandra warf einen Blick auf die Uhr. Es war kurz vor zwölf.

»Vergiss die Zeit!«, warf Madeleine ein, die Sandras fragenden Blick gesehen hatte. »Es ist Samstagnacht. Weißt du nicht mehr, was man jetzt macht, wenn man keine Kinder hat? Man ist unterwegs und feiert.«

Sandra lachte. »Ich weiß ja nicht mal, ob sie Kinder hat. Ich habe länger nicht mehr mit ihr gesprochen.«

»Tu es trotzdem. Es geht um Tina. Wir können jetzt nicht mehr abwarten.«

Sandra nahm Madeleines Handy und wählte die Nummer. Nach ein paar Sekunden wurde tatsächlich abgenommen. »Mirja? Bist du es? Hier ist Sandra. Sandra Aurich.« Sie nannte ihren Geburtsnamen, da Mirja sicherlich nicht wusste, dass sie geheiratet hatte.

»Was? Wer ist da?« Es war sehr laut bei ihr im Hintergrund. Vermutlich hatte Madeleine recht und sie war wirklich auf einer Party.

»Sandra. Wir sind zusammen zur Schule gegangen.« Sandra schrie förmlich ins Telefon.

Es polterte am anderen Ende und Sandra konnte überhaupt nichts verstehen. Mit einem Mal war es ruhig. »Wer ist da?«

»Hier ist Sandra Aurich. Wir saßen in der Schule eine lange Zeit nebeneinander, weißt du noch?«

»Ach, Sandra, ja, natürlich. Ich bin gerade auf der Geburtstagsfeier eines Freundes und konnte dich nicht verstehen. Ich glaube, jetzt bin ich im Schlafzimmer. Da hör ich dich besser. Wie geht es dir?«

»So weit ganz gut, danke. Du, ich möchte dich um einen Gefallen bitten. Es ist sehr wichtig und sehr dringend.«

»Schieß los, hieks, oh, entschuldige.« Am anderen Ende hörte Sandra Gelächter. Mirja war wohl nicht mehr ganz nüchtern, aber die Sache mit dem Tagebuch konnte trotzdem nicht warten. In groben Zügen erklärte Sandra, dass sie ein Tagebuch gefunden hatte, das wahrscheinlich auf Russisch geschrieben war, und dass sie dringend eine Übersetzung davon brauchte.

»Kein Problem, mach ich doch mit links«, lallte Mirja und Sandra hörte noch weitere Stimmen und Gekicher im Hintergrund. Anscheinend war Mirja in dem Schlafzimmer nicht mehr alleine.

»Es ist wirklich sehr wichtig und ich bräuchte es schnell zurück.« Wenn du überhaupt kannst, dachte Sandra, da Mirja bestimmt erst ihren Rausch ausschlafen musste.

»Ich habe Zeit. Mein Freund hat sich gerade von mir getrennt, der dumme Arsch.« Mirja lachte. »Ich habe so viel Zeit, ich habe so viel Zeit.«

Sie war wirklich betrunken. Vielleicht war es doch zu riskant, ihr das Tagebuch anzuvertrauen. »Okay!«, sagte Sandra dann aber doch und nickte Madeleine zu.

»Frag sie, ob wir es ihr faxen können«, warf Madeleine ein. »Wir haben ein Faxgerät zu Hause.«

»Ähm, Mirja, bist du noch dran?« Sandra war sich nicht sicher, weil es so verdammt ruhig geworden war am anderen Ende.

»Aber ja. Ich leg nicht auf.« Ihre Stimme klang so, als müsste sie sich entweder gleich übergeben oder als würde sie jeden Moment einschlafen.

Sandra atmete tief durch. »Kann ich dir das Buch irgendwohin faxen?«

»Faxen, fixen, fuxen! Aber klar!«

Sandra war nun wirklich kurz davor, gleich aufzulegen. »Kannst du mir die Nummer geben?«

»Nummer? Wovon?«

Ganz ruhig bleiben, Sandra, dachte sie. »Die Nummer von deinem Fax. Damit du mir das Tagebuch übersetzen kannst.«

»Ach ja, das hast du schon erzählt. Ich wohne zur Zeit wieder bei meinen Eltern. Die haben ein Fax. Wie war noch die Nummer? Lass mich überlegen!« Nach einiger Zeit lallte sie eine Nummer durch das Telefon.

Sandra ließ sie die Zahlen ein paarmal wiederholen, damit sie einigermaßen sicher sein konnte, dass es sich auch um die richtige Nummer handelte. »Okay, ich faxe es sp schnell wie möglich los. Meinst du, du kannst dich da möglichst schnell ranmachen? Es ist wirklich sehr dringend.«

»Ich fange gleich an.« Ihre Stimme war schlaftrunken.

Die kommt doch aus dem Schlafzimmer heute nicht mehr raus, dachte Sandra. »Danke, Mirja.« Was war das für ein Geräusch? Musste die sich etwa übergeben? »Mirja? Mirja? Ist alles in Ordnung?«

Es kam keine Anwort. Sandra hörte nur ein kratzendes Würgen.

Madeleine runzelte die Stirn.

»Ich glaube, sie spuckt«, erklärte Sandra und lauschte dann wieder in das Telefon.

»Hallo?« Mirja war wieder dran.

»Mirja, ist alles in Ordnung?«

»Ich weiß nicht, ich sitze hier auf irgendeinem Bett und habe gerade in einen Blumentopf gekotzt. Wo bin ich überhaupt?«

»Du bist im Schlafzimmer eines Freundes, weil der Geburtstag feiert.«

»Und wer bist du?«

Kapitel 35

Sandra hatte aufgelegt. Sie hatte Mirja erneut erklärt, wer sie war, um was es ging und wie wichtig die ganze Sache war.

»Etwas schwer von Begriff, wa'?«, meinte Madeleine, als Sandra ihr schließlich erschöpft das Handy zurückgab.

»Die war total betrunken. Ich bin mir nicht sicher, ob das klappt.«

»Versuchen müssen wir es. Am besten gehst du gleich rüber und faxt das Buch zu ihr.«

»Ich?«, fragte Sandra entsetzt. »Warum ich?«

»Weil ich dieses Haus nie wieder betreten werde, Sandra. Da kriegen mich keine zehn Pferde mehr rein.«

»Aber was ist denn, wenn Tom mich sieht?«

»Der ist nicht da. Er ist zur Gemeinderatssitzung in Rugstedt. Zusammen mit Wolfgang und Renate. Das dauert noch, bis die wiederkommen. Sobald da der erste Alkohol ausgeschenkt wird, kriegt man ihn da sowieso nicht mehr weg.«

Sandra war nicht wohl dabei, aber Madeleine machte ein zu entschlossenes Gesicht. Sie war nicht mehr umzustimmen.

»Am besten, du gehst jetzt gleich los«, sagte Madeleine und ließ Sandra gar nicht erst weiter überlegen. »Ich bin nicht über euren Hof gegangen, sondern hinten herum, über Hausers Felder. Es ist ein bisschen matschig, aber ich würde auf jeden Fall die Straße meiden.«

Sandra nickte. Auf was hatte sie sich hier bloß eingelassen? Schnell schrieb sie noch ein paar Zeilen für Mirja auf einen Zettel, den sie zusammen mit dem Buch faxen wollte. »Zu dumm, dass sie mich nicht anrufen kann.«

»Ich lass dir mein Handy hier«, sagte Madeleine sofort und legte ihr Telefon auf den Tisch. »Ich brauche es nicht. Du darfst nur nicht rangehen, wenn Tom oder sonst jemand aus der Familie anruft.«

Schon wieder eine Sache, die Sandra nicht ganz geheuer war, aber sie stimmte zu, da sie ein Telefon brauchte.

»Am besten sage ich Mirja, sie soll die Übersetzung zu meinen Eltern faxen. Hoffentlich macht sie das auch, sonst ist es aus.« Sandra überlegte, was passieren würde, wenn Mirja es versehentlich an Tom faxte. »Das ist alles ganz schön riskant, weißt du das, Madeleine? Vielleicht sollten wir das Buch lieber erst morgen von meinen Eltern aus faxen?«

»Nein, so lange können wir nicht warten. Wenn Mirja jetzt schon am Spucken ist, dann geht sie bestimmt bald nach Hause und hat dann gleich das Buch da. Vielleicht braucht sie ja auch gar nicht so lange zum Ausnüchtern. Immerhin ist sie eine halbe Russin.«

»Ich habe einfach Angst, dass irgendetwas schiefgeht.«

»Es wird nichts schiefgehen. Vertrau mir.«

Vertrau mir, na Klasse. Du sitzt hier im warmen Wohnzimmer, während ich in die Höhle des Löwen soll, und ab morgen bist du nicht mehr da, dachte Sandra.

Madeleine sah sie mit großen runden Augen an. »Es wird klappen, Sandra. Wir sind die Guten. Die Guten gewinnen immer.«

Sandra lächelte. »Sehr tröstlich.«

»Hier ist der Schlüssel.« Madeleine gab Sandra ihr Schlüsselbund. »Geh am besten durch den Garten und dann von hinten rein. Der Kopierer und das Fax sind in Toms Arbeitszimmer. Du musst auf jeden Fall alles so hinterlassen, wie es war. Auch wenn Tom etwas chaotisch ist, fällt ihm immer auf, wenn etwas anders ist als vorher.«

Sandra nickte. Was blieb ihr anderes übrig? »Und Tom ist wirklich nicht zu Hause?«

»Nein, wie gesagt, es wird spät werden. Das halbe Dorf ist bei der Sitzung. Das ist gut für uns, weil dich dann nicht so viele sehen können.«

Sandra ging zur Hintertür und zog sich ihre Gummistiefel an. Wenn sie über Hausers Felder sollte, konnte sie die bestimmt gut gebrauchen, da es in der letzten Zeit so viel geregnet hatte.

Es war mittlerweile kurz nach Mitternacht und ziemlich dunkel auf den Feldern, wo keine Straßenlaternen hinstrahlten. Nur ab und zu guckte der Mond zwischen den Wolken hervor und gab ein bisschen Licht, so dass Sandra schnell den Weg vor sich abscannen konnte und wusste, wo sie in etwa hingehen sollte.

Inzwischen war ihr nicht mehr schlecht, aber ihr Körper war so mit Adrenalin vollgepumpt, dass ihre Ohren rauschten und ihr Herz wie wild schlug. Innerlich betete sie bei jedem zweiten Schritt, dass doch bitte alles gut werden würde. Eigentlich war sie nie ein besonders gläubiger Mensch gewesen, aber in letzter Zeit hoffte sie immer öfter, dass es einen Gott gab und dass jemand sie von ganz weit oben beschützen konnte.

Den Schutz hatte sie bitter nötig.

*

Der Mann saß auf seinem Stuhl und hatte ein ungutes Gefühl. Sandra hatte sich heute anders verhalten als sonst.

Die letzten Tage war sie immer hektisch durch das Haus gerannt, aber heute brannte nur im Wohnzimmer Licht und das schon den ganzen Abend.

Sie hatte nicht mal im Flur die Lampe angemacht, wenn sie aufs Klo gegangen war. Guckte sie heute etwa entspannt Fernsehen? Was war aus der nervösen und verwirrten Frau von heute Vormittag geworden?

Irgendetwas gefiel ihm heute nicht an der ganzen

Sache. Die letzten Abende war sie immer spätestens um elf ins Bett gegangen und jetzt war es fast halb eins und das Licht brannte immer noch.

Was macht sie nur? War sie vielleicht gar nicht da? Ihm irgendwie entwischt? Es gab nur eine Möglichkeit das herauszufinden – er würde sie anrufen.

Angespannt wählte er die Nummer und ließ das Haus nicht aus den Augen, während er auf das Freizeichen wartete.

Es müsste jetzt bei ihr klingeln und da sie gewiss nicht wollte, dass sie Kleine aufwachte, würde sie doch bestimmt sofort abnehmen. Jeden Moment müsste das Licht im Flur angehen.

Er wurde bei jedem Läuten nervöser. Irgendetwas war da faul.

Doch dann wurde aus dem Freizeichen plötzlich ein Besetztzeichen. Was war passiert? Hatte sie etwa abgenommen und gleich wieder aufgelegt?

Er drückte die Wahlwiederholung. Sofort erschien das Besetztzeichen. Sie hat wahrscheinlich den Stecker rausgezogen, dachte er. Aber warum? Warum ist sie nicht einfach rangegangen?

Im oberen Stockwerk ging das Licht im Kinderzimmer an. Er konnte sie nicht sehen, weil die Gardinen zugezogen waren. Vermutlich war die Kleine durch das Klingeln wach geworden.

Er hätte sie zu gern gesehen, um ihren Zustand beurteilen zu können.

Für einen Moment tat sich nichts. Doch dann sah er eine Gestalt, da das Licht im Kinderzimmer an und die Gardine im Flurfenster nicht zugezogen war. Für einen Augenblick konnte man eine Frau mit einem kleinen Kind auf dem Arm die Treppe herunterlaufen sehen und im gleichen Moment blieb ihm fast das Herz stehen.

Er hatte sie zwar nur kurz sehen können und sie sah

nicht so hübsch aus wie sonst, aber er war sich trotzdem sicher, dass es nicht Sandra war, die da gerade die Treppe herunterkam.

Es war Madeleine.

Kapitel 36

Sandra hatte jeden Schatten genutzt und war sehr vorsichtig gewesen, deshalb glaubte sie, nicht gesehen worden zu sein.

Jetzt stand sie hinten bei Madeleine im Garten. Was machst du hier eigentlich, dachte sie und zitterte am ganzen Körper, als sie den Schlüssel ins Schloss steckte.

Sie öffnete die Tür nur so weit, dass sie gerade reinkommen konnte. Direkt dahinter zog sie ihre Gummistiefel aus und stellte sie unter die Garderobe.

Dann lauschte sie einen Moment. Eine Uhr tickte ziemlich laut und der Kühlschrank sprang gerade an. Sonst war nichts zu hören.

Tom scheint wirklich noch bei der Gemeindesitzung zu sein, dachte sie und schlich vorsichtig und leise in sein Arbeitszimmer.

Es sah noch genauso schlimm aus, wie sie es in Erinnerung hatte. Überall standen Kisten, Kartons und Altgeräte, die im Kabelwirrwarr versanken. Dazwischen Papierstapel, Aktenordner und andere Dinge, die eigentlich nichts in einem Arbeitszimmer zu suchen hatten, hier aber vielleicht vor einiger Zeit mal aus der Hand gelegt und dann vergessen worden waren.

Sie traute sich nicht, das Licht anzumachen, aber die vielen Computer und Geräte hatten glücklicherweise alle mindestens ein kleines Lämpchen, das entweder rot, grün oder gelb leuchtete. Außerdem fiel von draußen das Licht einer Straßenlaterne direkt in die hintere Ecke, so dass sie wenigstens ein bisschen sehen konnte.

Sandra schob sich durch das Chaos und fand den Kopierer. Er war mit einem Stapel Papier bedeckt, den Sandra zur Seite legen musste.

Beim Kopieren wurde sie noch nervöser, als sie es

ohnehin schon gewesen war, weil die Maschine so laute Geräusche von sich gab. Instinktiv stellte sie sich ganz dicht davor, damit sie ein bisschen Lärm abfangen konnte.

Dann war sie endlich fertig und lauschte aufmerksam. Irgendwo in der Nähe miaute eine Katze. Ein Auto fuhr die Straße entlang. Aber sonst war es still.

Jetzt nur noch schnell faxen und dann nichts wie weg, dachte sie und nahm die Kopien mit zum Faxgerät. Da sie so wenig sehen konnte, warf sie dabei einen kleinen Haufen Papiere um, der auf dem Tisch gelegen hatte.

Oh, Sandra, du Schussel, mahnte sie sich selbst und hob schnell die einzelnen Zettel wieder auf. Hoffentlich hatte Tom sich nicht gemerkt, in welcher Reihenfolge sie auf dem Tisch gelegen hatten.

Als sie jetzt jedes einzelne Papier in der Hand hielt, fiel ihr eins besonders auf und sie wusste, dass sie es schon mal gesehen hatte: Ein zusammengefalteter Brief, der an Wolfgang Stiezel in der Dorfstraße 17 adressiert war. Das ist unsere Anschrift, dachte Sandra. Es war der Brief von der Telefongesellschaft, den sie Wolfgang Stiezel gebracht hatte.

Was hatte er noch gesagt? »... ein typischer Fall von weiterverkauften Adressen. Ich habe öfter mal Geschenke für Renate zu Käthe schicken lassen, damit meine Frau sie nicht gleich sieht. So ist wahrscheinlich diese Adresse zustande gekommen.«

Auf dem Brief klebte ein kleiner gelber Zettel, auf dem stand: *Tom, bitte erledige das endlich!*

Sandra faltete den Brief auseinander und hielt ihn so gut es ging ins Licht, damit sie etwas erkennen konnte.

Es war kein einfaches Werbeschreiben, sondern bezog sich auf einen bereits existierenden Internetanschluss in der Dorfstraße 17, der auf Wolfgang Stiezel angemeldet war. In diesem Brief machte die Telefongesellschaft ein neues Angebot, um den alten Vertrag wieder aufgreifen zu können.

Wolfgang Stiezel hatte in ihrem Haus einen Internetanschluss gehabt? Etwa für Käthe? Nein, dachte Sandra und mit einem Mal wurde es ihr auf brutalste Weise klar.

Wenn im oberen Eckzimmer ein Video von der Vergewaltigung entstanden war, dann war es bestimmt nicht nur für den privaten Gebrauch gedacht gewesen, sondern im Internet veröffentlicht worden.

Sandra spürte, wie sich ihr Magen umdrehte. Nicht nur Tom war in die ganze Sache verwickelt, sondern auch der höfliche, charmante und hilfsbereite Bürgermeister. Der Wohltäter des Dorfes höchstpersönlich.

Deshalb wollte er auch nicht, dass weiter nach Tina Fistel geforscht wurde. Er steckte selber in der ganzen Geschichte mit drin. Es war wie bei einem Puzzle, in dem die letzten Teile gefehlt hatten: Jetzt ergab das Ganze ein Bild.

Sandra machte eine Kopie von dem Brief. Dann klebte sie den gelben Zettel wieder drauf und stapelte die Papiere übereinander auf dem Schreibtisch, wo sie vorher gelegen hatten.

Sie hatte gerade die Kopien des Tagebuchs ins Faxgerät gesteckt und wollte Mirjas Nummer wählen, als das Ding plötzlich klingelte.

Vor Schreck sprang Sandra zurück. Jetzt ist es aus, dachte sie. Was war, wenn das irgendjemand hörte? Geh aus, geh bitte wieder aus, flehte sie.

Das Klingeln war verdammt laut. Vermutlich, damit Madeleine es auch im Laden hören konnte.

Nach einer Weile meldete sich der Anrufbeantworter.

Sandra war mucksmäuschenstill und traute sich nicht, sich zu bewegen.

Es meldete sich eine Männerstimme: »Tom? Ich bin's. Wenn du da bist, nimm bitte ab! Madeleine ist bei ihr. Ich weiß ja nicht, ob du darüber Bescheid weißt oder ob du es ihr erlaubt hast, aber ich glaube, hier ist irgendetwas faul. Melde dich bitte so schnell wie möglich bei mir. Ich versuche es weiter über dein Handy. Ciao!«

Sandra konnte sich nicht bewegen. Sie konnte nicht atmen. Ein eiskalter Schauer lief ihr über den Rücken.

Irgendjemand wusste, dass Madeleine bei ihr war. War es vielleicht Heinrich, der sie aus seinem Dachfenster ausspionierte? Oder war Madeleine einfach nur unvorsichtig gewesen, so dass jemand sie gesehen hatte? Was war mit Sophie? Verdammt, ich muss nach Hause, dachte sie panisch.

Sandras Herz raste. Madeleines Vermutung war richtig gewesen – sie wurde beobachtet. Angstschweiß lief ihr über das Gesicht. Sie musste hier weg.

Mit zittrigen Fingern wählte sie Mirjas Nummer. Sie war überhaupt nicht mehr bei der Sache und konnte sich kaum noch konzentrieren. Sie durfte nicht hier sein, sie musste zu ihrer Tochter.

Jetzt ganz ruhig handeln, mahnte sie sich erneut. Sie durfte auf keinen Fall irgendetwas liegen lassen oder verändern.

Das Fax war durch und sie wartete noch schnell den Sendebericht ab. Tom darf in nächster Zeit nicht die Wahlwiederholung drücken, dachte sie, dann ist es aus. Aber mit dem Risiko mussten sie jetzt leben.

Fertig! Dann aber nichts wie los! Sie huschte vorsichtig durch das Wohnzimmer zur Hintertür.

Draußen brannte irgendwo ein Licht, so dass sie plötzlich einen Schatten durch das Milchglas in der Hintertür sah. Gleich darauf vernahm sie das klickende Geräusch eines Schlüssels, der in ein Schloss gesteckt wurde.

Verdammt, es kommt jemand! Was sollte sie jetzt machen? Wo sollte sie hin? Schnell einen Einfall, schnell einen Einfall!

Hinter ihr waren die Küche und die Tür zur Hauptstraße. Sollte sie es da versuchen? Aber was, wenn sie die Tür nicht aufbekam?

Vorder- und Hintertür waren durch einen geraden, schmalen Flur verbunden, so dass man ohne Hindernisse direkt zur Vordertür gucken konnte, wenn man an der Hintertür stand. Tom, oder wer auch immer jetzt versuchte, die Tür zum Garten aufzuschließen, würde sie also sofort sehen.

Das Schloss klackte und die Tür ging auf.

Sandra rannte in die Küche und hockte sich unter den Tisch. Ein besseres Versteck gab es auf die Schnelle nicht.

Ihr Herz hämmerte wie wild. Was ist, wenn er mich entdeckt? Warum ist er überhaupt schon hier? Hat der Anrufer ihn über das Handy erreicht?

Die Tischdecke reichte nicht weit herunter. Man würde Sandra vielleicht nicht gleich auf den ersten Blick sehen, aber sicher war sie hier nicht. In ihren Händen hielt sie das Tagebuch und ihre ganzen Kopien. Er durfte sie auf keinen Fall finden.

Sie konnte ihn nicht sehen, aber sie hörte ihn im Flur. Hoffentlich sieht er nicht meine Gummistiefel, dachte sie. Vermutlich zog er gerade Jacke und Schuhe aus. Es hörte sich sehr ungeschickt an. Dann schepperte irgendetwas zu Boden. Er hatte wohl etwas umgestoßen.

»Scheiße, warum steht das Ding da?«, hörte sie ihn fluchen.

Sandra hörte Schritte. Er kam näher. Er ging in die Küche und machte das Licht an.

Jetzt ist es aus, dachte Sandra. Warum hatte sie sich bloß dazu überreden lassen? Madeleine hätte sich jetzt nicht unter dem Tisch verstecken müssen, die wohnte ja hier. Bitte sieh mich nicht, betete sie.

Er ging am Tisch vorbei und öffnete den Kühlschrank. Er war direkt neben ihr. Sie hätte sein Bein anfassen können. Mit ihm war ein Schwall Alkoholgeruch in den Raum gekommen.

Nach einiger Zeit schlug er die Kühlschranktür wieder zu. »Madeleine!«, schrie er und ging aus der Küche in Richtung Treppe, »Madeleine, haben wir keine Wurst mehr? Du wolltest doch einkaufen!«

Wahrscheinlich geht er jetzt die Treppe hinauf und sucht nach ihr, dachte Sandra. Aber er wird sie nicht finden. Wie ein ängstliches Häschen kauerte sie sich zusammen und versuchte, sich so klein wie möglich zu machen.

Nach kurzer Zeit kam Tom wieder zurück und murmelte etwas wie: »Ach, die schläft ja doch …«

Wieder am Kühlschrank, holte er sich ein Bier heraus und öffnete es an der Tischkante. Der Deckel fiel auf den Boden und landete unmittelbar neben Sandra.

Den wird er doch wohl nicht wieder aufheben, dachte sie und machte sich zum Sprung bereit. Dann würde er ihr nämlich direkt ins Gesicht sehen.

Aber Sandra hatte Glück.

Tom schien den Deckel nicht zu bemerken oder er hatte keine Lust, sich zu bücken. Er schlurfte aus der Küche und ging in Richtung Wohnzimmer.

Sandra traute sich nicht einmal tief durchzuatmen. Angespannt hockte sie in ihrer ungemütlichen Position und merkte, wie ihre Beine einschliefen.

Im Wohnzimmer ging der Fernseher an und mit einem Stöhnen ließ sich Tom auf das Sofa fallen.

Was sollte sie jetzt machen? Sie war hier gefangen. Sie würde warten, bis er sich schlafen legte, aber wann würde das sein? Wie sollte sie hier wieder rauskommen?

Es blieb ihr nichts anderes übrig, als zu warten. Die Sorge um Sophie machte ihr zu schaffen. Wie hatte der unbekannte Mann herausgefunden, dass Madeleine bei ihr war? War er vielleicht schon im Haus?

Sie musste nach Hause, um Madeleine zu warnen. Es

war nur eine Frage der Zeit, bis der Mann Tom erreichte oder Tom die Nachricht auf dem Anrufbeantworter abhörte. Madeleine war aufgeflogen.

Sandra wartete. Sie wartete lange. Es kam ihr zumindest so vor. Sie sollte hier nicht sein, sie musste nach Hause. Sie hatte keine Uhr dabei, deshalb wusste sie nicht, wie spät es war.

Im Wohnzimmer lief der Fernseher. Es klang wie ein Action-Film. War er vielleicht vor dem Fernseher eingeschlafen? Sie hoffte es.

Nach einer Weile konnte sie nicht mehr sitzen. Langsam und ganz leise stand sie auf. In ihren Beinen und Füßen kribbelte es, als das Blut wieder zu zirkulieren anfing.

Auf Zehenspitzen schlich sie aus der Küche und in Richtung Hintertür. Beim Wohnzimmer blieb sie stehen und schielte vorsichtig um die Ecke.

Tom lag auf dem Sofa und schlief. Im Fernsehen wurde wild geschossen und Autos verfolgten einander mit quietschenden Reifen, aber Tom wachte nicht auf.

Plötzlich kam zur Schießerei im Fernsehen noch ein weiteres Geräusch dazu. Toms Handy klingelte. Es lag direkt neben ihm auf dem Tisch.

Der Mann ruft ihn an, dachte Sandra und schaute panisch zur Ausgangstür. Würde sie es schaffen?

Tom bewegte sich. Jetzt wacht er auf und alles ist aus, dachte sie.

Mit ein paar flinken Sätzen huschte sie zur Hintertür und versteckte sich hinter den Jacken an der Garderobe. Direkt unter ihr waren ihre Gummistiefel und mit dem Ellenbogen konnte sie die Tür berühren. Sie hatte es fast geschafft.

Das Handy klingelte immer noch. Tom machte komische Geräusche, als wäre er in der Aufwachphase. Das Handy verstummte. Tom schnorchelte noch ein paar Mal, dann bewegte er sich nicht mehr.

Er ist wieder eingeschlafen, dachte Sandra erleichtert. Aber der Mann würde es bestimmt noch mal versuchen. Sicher war sie hier nicht.

Ganz vorsichtig darauf bedacht, dass sie nirgendwo gegenstieß, hob sie ihre Gummistiefel auf und öffnete langsam die Tür. Zum Glück war die ziemlich neu und machte kein Geräusch. Auf Zehenspitzen schob sie sich nach draußen. Sie konnte sich nicht daran erinnern, wann sie das letzte Mal so glücklich gewesen war, an der frischen Luft zu sein und den Himmel über sich zu sehen. Es war, als wäre sie einem Gefängnis entflohen. Aber sie war noch nicht zu Hause und deshalb mahnte sie sich wieder zur Vorsicht.

Schnell zog sie ihre Gummistiefel an und huschte durch den Garten.

Der Mond half ihr wieder, den Weg zu finden. Sie nahm erneut den großen Umweg, aber diesmal beeilte sie sich mehr als vorher. Ihr Herz schlug heftig und Seitenstiche machten sich nach kurzer Zeit bemerkbar, aber sie rannte dennoch so schnell sie konnte über die Felder und wand sich unter Stacheldraht hindurch, bis sie schließlich ihr Haus erkennen konnte.

Sophie, ich komme, dachte sie und hetzte zum Hintereingang.

Kapitel 37

Der Mann hatte frustriert aufgelegt. Warum nahm Tom nicht ab? Es war ausgemacht worden, dass das Handy stets bei sich getragen werden musste. Wieso war er bloß so unzuverlässig?

Madeleine war nicht wieder zu sehen gewesen. Sie musste wohl im Wohnzimmer sitzen. Aber warum war sie hier? Was war mit ihrem Sohn? War der etwa mit? Um die Zeit? Er sah auf seine Uhr. Es war kurz vor drei.

Was machten die Frauen da? Gucken sie etwa so lange Fernsehen? Hatten sie einen sogenannten Frauenabend? Aber warum war dann Madeleine zu der Kleinen raufgegangen und nicht Sandra?

Er konnte nicht genau sagen, warum, aber er hatte das ungute Gefühl, dass Sandra nicht da war. Wahrscheinlich war Madeleine im Haus, um auf die Kleine aufzupassen. Normalerweise war das nicht unbedingt ein Problem, aber ihm bereitete es Sorgen, dass er Sandra nicht hatte gehen sehen. War seine Tarnung vielleicht aufgeflogen? Wusste sie, dass sie beobachtet wurde, und hatte unbemerkt die Hintertür benutzt?

Mit der Zeit wurde ihm wirklich der Boden zu heiß. Es musste allmählich etwas passieren.

Er wählte erneut Toms Handynummer. Nach ein paar Freizeichen wurde endlich abgenommen.

*

Sandra hatte das Haus erreicht. Vorsichtig klopfte sie an die Hintertür. Sie hechelte wie ein Hund und zitterte am ganzen Körper.

Nach einer Weile wurde die Tür aufgeschlossen und geöffnet. Es war Madeleine.

»Gott sei Dank. Du bist es.« Sandra huschte ins Haus,

verriegelte die Tür und atmete tief durch. »Bist du allein?«

Madeleine sah sie verwundert an. »Ja, klar. Nur die Kinder sind hier. Wer soll denn sonst da sein?«

Sandra schloss die Augen und brauchte noch einen Augenblick, um wieder richtig Luft zu bekommen. »Du hast recht gehabt, Madeleine. Ich werde beobachtet. Sie wissen, dass du hier bist.«

»Was?« Madeleine wurde kreidebleich. »Wie hast du das herausgefunden?«

»Du willst gar nicht wissen, was ich noch herausgefunden habe«, antwortete Sandra und ging mit ihr zusammen ins Wohnzimmer.

Auf dem weichen Teppich vor dem Sofa lagen Torge und Sophie friedlich mit einer Decke zugedeckt und schliefen. Sandra lief sofort zu ihrer Tochter und nahm sie vorsichtig in den Arm, gerade so, dass die Kleine nicht aufwachte. »Was ist passiert? Warum ist sie hier unten?«

»Das Telefon hatte geklingelt und sie ist aufgewacht.«

»Wer war dran?«

»Ich bin nicht rangegangen, sondern habe den Stecker rausgezogen. Aber jetzt erzähl du mir erst einmal, was los ist. Wer weiß, dass ich hier bin?«

Sandra deckte Sophie wieder zu und berichtete von dem Unbekannten, der auf den Anrufbeantworter gesprochen hatte, dem Brief der Telefongesellschaft an Wolfgang mit dem Angebot für einen neuen Internetanschluss und ihrer Vermutung, dass das Video damals ins Netz gestellt worden war. Schließlich erzählte sie noch, dass Tom, wie eine ganze Brauerei riechend, nach Hause gekommen war und sie fast erwischt hätte.

Jetzt hatte Madeleine gar keine Farbe mehr ihm Gesicht. »Oh, verdammt«, stammelte sie, »ich muss hier weg, und zwar schnell.« Sie nahm ihren Mantel vom Sofa und zog ihn an.

»Meinst du, das ist richtig? Ich weiß nicht, ob Tom dich jetzt irgendwo suchen geht. Der Mann wird ihn sicher schon erreicht haben.«

»Suchen? Ich bin doch hier gesehen worden. Tom wird direkt hierher kommen und ich will nicht wissen, was dann passiert.«

»Aber er kommt doch nicht ins Haus, wenn wir nicht aufmachen. Wir verbarrikadieren uns einfach hier drin.«

»Nein, ich kann nicht hierbleiben. Kann ich die Decke hier mitnehmen?« Sie hatte Torge auf den Arm genommen und wickelte ihn ein.

Sandra nickte, aber ihr war nicht wohl bei dem Gedanken, dass Madeleine jetzt rausgehen wollte. Was, wenn Tom schon auf dem Weg hierher war und ihr Auto bei der Bushaltestelle stehen sah? Das würde ein Unglück geben.

»Warte zumindest bis morgen, Madeleine. Nur bis es hell wird.«

»Wenn ich im Hellen zum Auto laufe, sieht mich das ganze Dorf und verpetzt mich bei Tom! Ich muss jetzt gehen.« Sie war schon auf dem Weg zur Tür.

Sandra folgte ihr. »Madeleine, ich weiß nicht … Meinst du wirklich?«

Madeleine zog an der Hintertür ihre Schuhe an. »Ich kann nicht bleiben, Sandra. Ich bin schwanger. Ich habe vorhin einen Test gemacht. Verstehst du, was das bedeutet? Ich bin schwanger von einem Kinderficker. Allein der Gedanke, dass Tom mit Heinrich unter einer Decke steckt, macht mich krank. Er hat immer so über ihn hergezogen und ihn niedergemacht, dabei ist er selber keinen Funken besser. Ich kriege das Kotzen, wenn ich nur noch eine Sekunde länger in diesem Ort bleibe.«

Sie öffnete die Tür und drehte sich noch einmal zu Sandra um. »Pass auf dich auf, hörst du? Schließ gut ab!«

»Melde dich, wenn ihr bei deinen Eltern angekommen seid.« Sandra umarmte Madeleine und hatte dabei immer noch dieses ungute Gefühl.

Madeleine drehte sich um und verschwand im Garten.

Ohne ihr lange hinterherzuschauen, schloss Sandra sofort die Tür und drehte den Schlüssel um. Vorsichtshalber klemmte sie auch noch eine Trittleiter unter den Türgriff und keilte sie zwischen Tür und Waschmaschine ein. Das bekommt keiner mehr auf, dachte sie.

Dann ging sie wieder zu Sophie ins Wohnzimmer. Als sie die Kleine da liegen sah, merkte sie erst, wie müde sie selbst eigentlich war.

Vorsichtig trug sie ihre Tochter hoch und legte sie wieder in ihr Bett. Sophie schlief dabei brav weiter.

Auch Sandra würde Schlaf jetzt vermutlich gut tun, aber würde sie überhaupt zur Ruhe kommen können nach all der Aufregung?

Zur Kontrolle machte sie einen Rundgang durch das ganze Haus und überprüfte alle Fenster und Türen. Auch hierbei machte sie kein Licht an. Erst als sie sich überzeugt hatte, dass alles geschlossen war, ging sie nach oben.

Als sie im Bett lag, schickte sie das zweite Stoßgebet für heute in den Himmel, mit der Bitte, dass Madeleine und Torge nichts passieren möge.

*

Nicht weit entfernt klingelte ein Telefon. Der Mann nahm ab.

»Gibt es etwas Neues?«, fragte der Anrufer.

»Nicht unbedingt. Sie ist jetzt ins Bett gegangen. Aber sie scheint etwas zu merken. Sie macht so gut wie kein Licht mehr an und hat überall die Vorhänge zugezogen. Sonst war sie da immer etwas nachlässiger.«

»Hast du irgendeine Idee, warum Madeleine da war?«

»Keine Ahnung. Wie gesagt: Ich habe Madeleine nur einmal kurz gesehen, aber ich kann hundertprozentig sagen, dass sie es war. Es brannte nur im Wohnzimmer Licht, aber ich habe keinen blassen Schimmer, was die beiden da gemacht haben.«

Die Vermutung, dass Madeleine alleine im Haus war, wollte er erst einmal für sich behalten, da er sich damit wahrscheinlich eine harte und seiner Meinung nach ungerechtfertigte Kritik an seiner Beobachtungsfähigkeit einhandeln würde.

»Jetzt brauchst du dir darüber aber auch nicht mehr den Kopf zu zerbrechen. Die Sache mit Madeleine ist geklärt«, sagte der Anrufer zufrieden.

»Was meinst du mit ›geklärt‹?«

»Sagen wir: Madeleine ist ruhiggestellt. Die macht so schnell nichts mehr.«

»Ist sie wieder zu Hause?«

»Tom hat sie abgefangen und ihr gezeigt, was passiert, wenn man nicht gehorcht. Nach dem, was er mir erzählt hat, ging es wohl ordentlich zur Sache, aber jetzt kann sie uns definitiv keinen Schaden mehr zufügen. Die Ära Madeleine ist vorbei.«

»Das ist doch schon mal schön zu hören. Jetzt muss nur noch die andere weg. Sie ist schließlich die eigentliche Drahtzieherin.«

»Mach dir da mal keine Sorgen. Sobald Sandra Losberg noch mal einen kleinen Mucks von sich gibt, passiert auch irgendetwas mit ihr. Tom sagt, er ist ganz heiß drauf, noch einmal zuzudrücken.«

»Okay, dann lass uns abwarten.«

»Wir sehen uns in ein paar Stunden, dann komme ich und löse dich ab.«

Der Mann legte auf. Vor seinem geistigen Auge sah er Madeleines zarten Hals. Wie sah er wohl aus, wenn er knacks gemacht hatte? In seinen Fingern kribbelte es.

Er schloss die Augen und stellte sich vor, wie es bei Sandra wäre. Vielleicht würde er ihren Hals erst einmal küssen. Die Haut war mit Sicherheit weich und seidig. Es war gut möglich, dass sie es sogar genießen würde; jetzt, wo ihr Mann ständig weg war, war es auch mit der Zärtlichkeit aus.

Im entscheidenden Moment würde er dann aber den Druck verstärken. Vermutlich würde er sie dabei immer noch küssen, aber diesmal auf den Mund. Sie würde den Kuss erwidern.

Er würde weiterdrücken. So lange, bis er schließlich ihren letzten Atem mit seinem Mund aufnehmen würde.

Wie würde sich ihr letzter Atemzug wohl anfühlen? Wäre ihre Angst im Atem zu spüren? Konnte man Panik schmecken?

Seine Hose spannte und seine Hände fingen an zu zittern.

Nein, Tom darf ihr nichts antun, dachte er. Ich werde es machen.

Kapitel 38

Sandra wachte oft auf. Sie hatte wieder schlimme Träume.

Irgendwie schaffte sie es aber trotzdem, ein bisschen zu schlafen, auch wenn es eher ein unruhiges Dösen war. Ständig meinte sie, irgendetwas zu hören. Dabei verspannte sich jedes Mal ihr gesamter Körper, bis sie irgendwann Krämpfe bekam.

Sie war erleichtert, als es draußen endlich hell wurde. Sie stand sofort auf und ging zu Sophie. Die Kleine schlief noch und Sandra ließ sie. Sophies Erkältung war noch nicht vorbei und sie konnte den Schlaf wirklich brauchen.

Unten in der Küche machte Sandra sich einen Kaffee und setzte sich an den Tisch. Auf der Küchenuhr stand 8:03 Uhr.

Madeleine war bestimmt schon bei ihren Eltern angekommen, aber vermutlich schliefen sie noch ein bisschen. Sandra würde abwarten, bis sie sich meldete. Dennoch war sie unruhig und nervös. Immer wieder sagte sie sich, dass bestimmt alles gutgegangen war, aber wirklich überzeugt war sie nicht.

Obwohl sie wusste, dass sie beobachtet wurde, zog sie die Gardinen zurück. Sie brauchte Licht. Das Wetter war heute eigentlich ganz schön und die Sonnenstrahlen brachten sie ein bisschen auf andere Gedanken.

Nach einer Weile hörte sie Sophie weinen. Sandra holte sie herunter und versuchte so normal wie möglich mit ihrer Tochter zu frühstücken. Ihre Hände zitterten und sie ließ ständig etwas fallen. Zum Glück benutzten sie immer noch das Campinggeschirr aus Plastik.

Sie zuckte zusammen, als sie plötzlich *The Final Countdown* aus dem Wohnzimmer hörte. Es konnte keinen passenderen Moment geben, um dieses Lied zu hören.

Das wird Madeleines Handy sein, dachte sie und hatte recht. Es lag auf dem Tisch. Das Display zeigte einen unbekannten Anrufer an.

Wer mochte das sein? Madeleines Eltern waren mit Sicherheit eingespeichert. Konnte es vielleicht Tom sein?

Im nächsten Moment fiel ihr ein, dass es auch Mirja sein konnte. Was sollte sie jetzt machen? Sie hatte eine Chance von fünfzig zu fünfzig und das Klingeln würde mit Sicherheit bald aufhören.

Sie nahm ab. »Hallo?«, sagte sie leise und versuchte, ihre Stimme so unbeschwert wie möglich klingen zu lassen. Der Daumen war zum Auflegen bereit.

»Hi, hier ist Mirja.«

Sandra hörte förmlich den Zentner Steine, der ihr jetzt von den Schultern fiel. Aufatmend setzte sie sich auf das Sofa. »Hallo, Mirja! Geht es dir gut? Bist du wieder fit?«

»So einigermaßen, ja. Es tut mir leid, dass wir gestern nicht richtig miteinander reden konnten. Ich hatte wohl schon ein bisschen zu viel getrunken.«

Das kann man wohl sagen, dachte Sandra. »Ist schon in Ordnung. Ich bin erstaunt, dass du jetzt schon wieder wach bist.«

»Ich glaube, ich bin direkt nach unserem Gespräch nach Hause gefahren. Mein Ex ist mit seiner Neuen auf der Party aufgetaucht. Das wollte ich mir dann nicht weiter antun.«

»Das tut mir leid.« Sofort sah Sandra Marvin mit einer Neuen vor ihrem geistigen Auge. Es tat weh und sie spülte den Gedanken so schnell es ging wieder weg. So weit ist es noch nicht, dachte sie.

»Ich kann es nicht ändern«, sagte Mirja, »aber ich muss mich ja nicht unnötig quälen. – Du, aber ich rufe wegen des Buchs an.« Ihre Stimme war ernst geworden.

»Hast du schon etwas gelesen?« Bitte sag ja, dachte Sandra, dann ist die ganze Sache hoffentlich bald vorbei.

»Ähm, ja. Ich weiß nicht, ob ich dir das gestern schon erzählt habe, aber ich wohne zurzeit wieder bei meinen Eltern. So konnte ich mir das Fax letzte Nacht schon mit in mein Zimmer nehmen.«

Und? Sandra war gespannt wie ein Flitzebogen.

»Wo hast du das her?« Es kam absolut kühl und trocken.

»Ich ... äh, das ist eine lange Geschichte.«

»Es ... ähm ... es ist nur weil ... Es ist kein gewöhnliches Tagebuch, Sandra.«

Sprich weiter, sprich weiter, dachte Sandra und krallte sich mit ihren Händen am Telefon fest.

»Ich habe es komplett gelesen und ich glaube, ich will gar nicht wissen, wo du es her hast.«

»Was steht denn da drin?« Sandra konnte die Spannung nicht mehr ertragen.

»Das kann ich dir nicht so einfach sagen. Ich werde es jetzt gleich grob übersetzen und dann an deine Eltern faxen, wie du mir geschrieben hast. Lies es bitte selbst. Und, Sandra, du musst damit zur Polizei!«

*

Die Ablösung war pünktlich gekommen, so dass der Mann sich gleich hinlegen konnte.

Er war unruhig gewesen und hatte seinen Nachfolger zu größter Aufmerksamkeit gemahnt. Es passiert etwas, dachte er. Wenn er nicht die ganze Nacht wach gewesen wäre, hätte er sich nicht so leicht von seinem Stuhl vertreiben lassen.

Warum, wusste er nicht, aber sein Gefühl sagte ihm, dass etwas Unerwartetes geschehen würde. Vielleicht wollte er aber auch nur, dass es so kam, damit er die endgültige Vollstreckung vornehmen konnte.

Er würde nur den nötigsten Schlaf nehmen und dann wiederkommen.

*

Sandra hatte aufgelegt.

Das Tagebuch musste so schnell wie möglich weg. Wenn es wirklich einen Beweis darstellte, war es genauso gefährdet wie damals die Unterhose und die war ja bekanntlich schnell verschwunden, sobald über sie geredet worden war. Das Video hatte Madeleine und Sandra glaubte es einigermaßen sicher, wenn sie sich jetzt in Hannover befand. Ich brauche ein gutes Versteck für das Buch und die Kopien, dachte sie und ging wieder in die Küche.

Sophie saß am Tisch und wischte mit ihren Händen und Armen immer wieder durch einen Milchsee. An den Tischbeinen hatten sich Rinnsale gebildet und drumherum auf dem Fußboden waren lauter kleine Pfützen. Die leere Tasse, der Verursacher der ganzen Misere, wurde von Sophie als Broteinweichgefäß missbraucht.

»Oh, nein, Sophie. Was machst du denn da?« Sandra nahm sie hoch und matschiges Brot fiel von ihrem Schoß. »Oh, Mann, guck dich doch mal an! Was soll das denn?«

Sie lief nach oben und holte neue Sachen für Sophie. Beim Heruntergehen nahm sie gleich das Buch und die Kopien mit. Sie hatte es im Schlafzimmer unter ihrem Kopfkissen versteckt gehabt, aber da oben hielt sie es nicht für sicher.

Sophie war alleine in der Küche geblieben. Sie hatte die Schublade mit dem Besteck aufgezogen und den Spargelschäler herausgenommen. »Da, Aua«, sagte sie und hielt Sandra ihren blutigen Zeigefinger hin.

»Oh, Sophie. Was hast du denn jetzt gemacht?« Sandra nahm sie hoch und spülte den Finger im Waschbecken sauber. Ich kann dich nicht einmal kurz alleine lassen, ohne dass etwas passiert, dachte sie.

Sophie weinte nicht. Sie beobachtete neugierig ihren Finger, der immer noch blutete, und fand das alles ganz spannend.

Sandra rannte ins Badezimmer, um ein Pflaster zu holen. Hastig durchwühlte sie den Apothekerschrank, fand aber nichts und kam mit leeren Händen zurück in die Küche. Sophies Finger blutete immer noch. Erneut kühlte sie ihn und drückte ein Taschentuch darauf.

Dann fiel ihr der Verbandskasten im Auto ein. Das Auto, natürlich, dachte sie, das war auch noch für etwas anderes gut.

*

Der Mann schlief noch.

Die Ablösung sah Sandra zu ihrem Auto rennen. Was hat die vor? Hatte sein Kollege nicht erzählt, er hätte den Wagen manipuliert? Was war, wenn der doch wieder lief und sie jetzt wegfuhr?

Unruhig saß er auf seinem Stuhl und war zur nächsten Tat bereit. Sobald sie sich hinter das Steuer setzte, würde er sie stoppen müssen.

*

Sandra nahm den Verbandskasten und hielt ihn unauffällig hoch. Siehst du, Heinrich, dachte sie, ich hole nur ein Pflaster.

Mehr sollte er auf keinen Fall sehen.

*

Er sah, dass sie den Verbandskasten aus dem Auto geholt hatte und in die Luft hielt. War etwas passiert?

Neugierig beobachtete er das Haus, konnte aber nichts sehen. Aber was hatte er denn auch erwartet? Eine Blutlache, die aus der Haustür lief?

Sandra ging mit dem Verbandskasten unter dem Arm wieder rein. Dann war die Tür zu. Sie hatte zwar die Gardinen aufgezogen, aber da drinnen kein Licht brannte, konnte er in den Fenstern nichts sehen.

Eine entscheidende Sache war im Hellen passiert und die hatte er verpasst.

Kapitel 39

Sophies Finger blutete immer noch. Sandra kühlte ihn erneut und klebte dann ein Pflaster darauf.

Anschließend räumte sie die Küche wieder auf. Die Milch alleine war schon schlimm genug, aber Sophie war mit ihrem blutigen Finger auch noch überall dagegengekommen. Es sah aus, als hätte hier ein Kampf stattgefunden. Als Sandra das nächste Mal auf die Uhr sah, war es Mittag.

Es machte ihr Sorgen, dass Madeleine nicht anrief. Ob sie es vergessen hatte? Das konnte Sandra sich eigentlich nicht vorstellen. Was, wenn Tom sie doch erwischt hatte? Unruhig lief sie im Haus auf und ab. Dieses Warten machte sie total fahrig.

Sophie war quengelig und hing ununterbrochen an Sandras Bein. Sie war immer noch durch die Erkältung geschwächt.

Sandra war mit den Nerven am Ende. Einmal die Ungewissheit wegen Madeleine, und dann die Neugierde, was wohl im Tagebuch stand. Ich werde meine Eltern anrufen, dachte sie und griff nach Madeleines Handy. Vielleicht hatten sie das Fax von Mirja schon bekommen.

Sophie schrie, weil sie merkte, dass die Aufmerksamkeit ihrer Mutter jetzt nur noch dem Telefon galt.

Als Susanne abnahm, konnte Sandra so gut wie nichts verstehen. Sie nahm Sophie auf den Arm und lief mit ihr im Wohnzimmer auf und ab. »Mama, habt ihr zufällig schon ein Fax bekommen?«

Susanne brüllte in den Hörer, da sie offensichtlich nur das Geschrei ihrer Enkelin hörte. »Was sagst du?«

Sandra kuschelte Sophie fest an sich, um sie zu beruhigen. »Ich erwarte ein ganz dringendes Fax, das heute zu euch geschickt wird. Ist da schon etwas gekommen?«

»Nein, das Fax ist leer. Was ist denn da los bei euch?«

»Hier geht alles drunter und drüber. Mein Auto springt auch nicht an. Es wäre ganz gut, wenn einer von euch das Fax nachher vorbeibringen könnte. Es ist wirklich wichtig.«

»Was ist denn mit Marvins Auto?«

Sandra hatte ihrer Mutter noch nichts von dem schlimmen Streit erzählt und wollte es auch noch nicht. Sie würde früh genug erfahren, dass es zwischen ihnen aus war. Jetzt musste eine einfache Lüge helfen. »Marvin musste noch mal kurz weg und ich weiß nicht, wann er wiederkommt.«

»Er ist weg? Warum macht er denn nichts mit seiner Familie, wo er doch heute mal seinen freien Tag hat?«

»Mama, bitte, er ist nun mal nicht da, okay? Könnt ihr das Fax bitte nachher vorbeibringen?«

»Ja, bestimmt. Ist wirklich alles in Ordnung bei euch? Irgendwie klingst du so gestresst. Kannst du immer noch nicht schlafen?«

Vor allem kann ich so gut wie nichts verstehen, dachte Sandra. Sophie hatte sich immer noch nicht beruhigt. »Es geht. Lass uns bitte ein anderes Mal weiterreden, okay? Ich muss mich jetzt um Sophie kümmern.« Sie wartete keine Antwort ab, sondern legte auf.

Sophie wusste mittlerweile wahrscheinlich nicht mal mehr, warum sie eigentlich weinte. Dicke runde Tränen kullerten über ihre Wangen. Sandra wiegte sie hin und her, bis sie selbst nicht mehr konnte und ebenfalls anfing zu weinen. Es wurde ein hysterisches und zitterndes Schluchzen. Sie fühlte sich einsam, verlassen, überfordert und hilflos. Am liebsten wollte sie einfach aus dem Haus gehen und ganz weit weg laufen; an einen Ort, wo es keinen Hass, keine Kälte und keine Einsamkeit gab, sondern nur Liebe und Geborgenheit. Einen Ort wie Seesby, dachte sie und musste fast lachen.

Wo war bloß Marvin? Wieso war er nicht für sie da, wenn sie ihn am meisten brauchte?

Genau in diesem Moment klingelte ihr Telefon. Sandra stand wie erstarrt da. Wer mochte das sein? Sollte sie rangehen?

Sophie hatte für einen Moment aufgehört zu weinen.

Sandra ging zum Telefon und nahm ab. Sie war überrascht, aber auch erfreut, als sie die vertraute Stimme hörte.

*

»Marvin, oh Marvin, wie schön, dass du anrufst.« Die Stimme überschlug sich fast vor Begeisterung. »Wir brauchen dich hier. Ich vermisse dich.«

Am anderen Ende hörte man ein Räuspern. »Was ist denn los bei euch? Du klingst so aufgeregt.«

Eine kurze Pause trat ein. »Ich … ähm … Sophie ist immer noch sehr krank. Und sie fragt ganz oft nach dir.«

»Wirklich? Was sagt sie denn?«

»Na … wo du bist … und so.«

»Ich bin in Hamburg. Aber ich komme heute Abend nach Hause.«

»Wirklich?« Es war ein Freudenschrei. »Ähm, ich meine, das ist schön.«

»Ja. Ich habe zwar viel zu erledigen und kann mich in der Firma besser konzentrieren, aber es gibt da eine Sache, über die ich mit dir reden muss.«

»Okay.« Das kam langsam und zögernd.

Im Hintergrund konnte man plötzlich laute und hektische Stimmen vernehmen. »Wir reden heute Abend, okay?«

»Gut, bis dann!«

Der Mann drückte auf Stopp. Seine Ablösung war mittlerweile wieder gegangen. Gedankenversunken saß er auf seinem Stuhl und dachte nach. Was war das wohl, was Marvin mit seiner Frau besprechen wollte? Seine Stimme hatte ruhig und überlegt geklungen – ein bisschen zu ruhig, seiner Meinung nach.

Sandra dagegen hatte Mühe gehabt, sich zu beherrschen. Sie hatte versucht, so normal wie möglich zu sprechen, obwohl sie sich ab und zu merklich zügeln musste. Was war da los? War sie so aufgeregt gewesen, dass sich ihr Mann endlich mal meldete? Oder ahnte sie, dass das Gespräch mitgehört wurde?

Die Sache musste ein Ende nehmen. Am besten noch bevor Marvin nach Hause kam. Wer weiß, was dann noch alles passieren würde und was für eine Nachricht er mitbringen mochte. Das Ganze war ihm zu unsicher. Er nahm sein Handy und wählte die Nummer seines Kontaktmannes. Es musste etwas passieren und zwar schnell.

*

Sandra war nach dem Gespräch noch nervöser als vorher. Was hatte Marvin wohl zu bereden? Er klang so ernst. So fremd.

Wie sollte sie ihn empfangen? Sie wollte ihm einfach nur um den Hals fallen, aber würde er das noch wollen? War nicht doch schon alles zu spät? Warum konnte nicht jetzt schon Abend sein?

Sie musste sich irgendwie ablenken und begann im Haus aufzuräumen. Statt aber wirklich Platz zu schaffen und sauberzumachen, kramte sie nur alles von einer Ecke in die nächste und verbreitete noch mehr Chaos.

Sophie stand zerstreut daneben und wollte ihre Mutter nicht aus den Augen lassen. Sie spürte Sandras Anspannung und die Unruhe machte ihr Angst.

Aus Sandra war ein nervliches Wrack geworden.

*

Der Kontaktmann nahm ab. »Hallo?«

»Ich bin's. Du, ich kann jetzt langsam nicht mehr warten. Ihr Mann kommt heute Abend und hat ihr etwas Wichtiges zu erzählen. Es muss jetzt endlich Schluss sein.«

»Was will er denn sagen?«

»Ich weiß es nicht, aber ich will es auch nicht abwarten. Wenn er uns jetzt noch irgendwie dazwischenfunkt oder sie ihm noch mehr erzählt, dann ist es nicht mehr so leicht für uns. Madeleine konnten wir vielleicht einfach beseitigen, aber bei ihm wird das dann schon schwieriger.«

»Jetzt beruhige dich erst mal!«

»Nein, ich will mich nicht mehr beruhigen. Wenn du mir keinen triftigen Grund nennst, warum ich da jetzt nicht rübergehen sollte, dann bin ich gleich weg und erledige das. Ich finde, wir haben lange genug gewartet.«

Der Mann am anderen Ende räusperte sich. »Es gibt da vielleicht noch ein Problem mehr. Ich bin gerade bei Tom. Hier braut sich noch etwas zusammen.«

»Was ist los?«

»Ich kann dir das jetzt nicht sagen, aber bitte warte noch ein bisschen. Du wirst deinen Auftritt kriegen.«

»Ich warte eine Stunde. Länger nicht.«

Kapitel 40

Mittlerweile war der Tag fast vergangen. Sandra wusste kaum, was sie gemacht hatte, aber inzwischen zeigte die Küchenuhr 18:45 Uhr und sie hatten schon Abendbrot gegessen.

Aus ihrer hektischen Unruhe war eine Art Trance geworden. Sie saß ohne sich zu rühren auf dem Sofa und starrte an die Wand. Sophie saß auf ihrem Schoß und kuschelte sich an sie. Sandra würde die Kleine gleich ins Bett bringen.

Madeleine hatte sich immer noch nicht gemeldet. Sandra hatte bereits im geliehenen Handy nach der Nummer der Eltern gesucht und da angerufen. Es hatte aber niemand abgenommen.

Sandra hatte Angst, dass Madeleine etwas zugestoßen war. War Tom fähig, seiner Frau noch schlimmere Dinge anzutun als ein blaues Auge oder einen Tritt in den Magen? Wusste er schon, dass Madeleine ein Baby in sich trug?

Ein Geräusch riss Sandra aus ihrer Trance. Es kam von draußen. Sie stand auf und sah aus dem Fenster.

Ihr Vater fuhr auf den Hof.

*

Der Mann duckte sich, damit sie ihn nicht sah.

Jetzt, wo er näher dran war, konnte er erst richtig erkennen, wie schlecht sie aussah. Sie wirkte nur noch wie eine Hülle, deren Inhalt vertrocknet war. Faltig und alt stand sie jetzt auf der Treppe neben den Löwenköpfen und blickte dem Mann entgegen, der soeben gekommen war.

Wer mochte das sein? Er hielt ein paar Zettel in der Hand und ging auf Sandra zu. Sie umarmten sich und

Sandra schien ihn gar nicht mehr loslassen zu wollen. Dann verschwanden sie im Haus.

Er hatte noch nichts Neues von seinem Kontaktmann gehört. Was mochte es wohl bei Tom geben? Es klang ziemlich wichtig, sonst hätte er sich nicht zu weiterer Wartezeit überreden lassen.

Dennoch hatte er bereits seinen Posten verlassen, um die Lage zu erkunden und zum Zuschlagen bereit zu sein. Sein Handy war in der Tasche. Er wartete darauf, dass es endlich klingelte, damit die ganze Geschichte ein Ende nahm.

Unpassend war jetzt nur der fremde Mann, den Sandra so herzlich empfangen hatte. Wie lange wollte der wohl bleiben? War er womöglich eingeweiht?

Sein Herz raste und Schweißperlen bildeten sich auf seiner Stirn.

Sie hatten viel zu lange gewartet.

*

Sandra bat ihren Vater herein und sie setzten sich auf das Sofa.

Sophie freute sich, ihren Opa zu sehen. Begeistert rannte sie im Wohnzimmer herum und zeigte ihm alle Spielzeuge, die sie so schnell finden konnte.

Dann ging Sandra in die Küche und brachte ihrem Vater einen Kaffee. »Du möchtest doch sicher, oder?«

Ihr Vater nickte. »Gerne, ja.« Er nahm die Tasse und trank einen Schluck. Dabei ließ er seine Tochter nicht aus den Augen.

Sandra wusste, was gleich kommen würde.

»Du siehst unheimlich blass und mager aus. Geht es dir nicht gut?« Seine Stimme klang besorgt und er sah sie an, als wolle er sie durchleuchten.

»Es geht schon«, murmelte Sandra, »es ist alles etwas stressig im Moment.«

»Aber es geht euch doch sonst gut hier, oder? Ich meine, bis auf den Einbruch fühlt ihr euch doch wohl?«

Den Einbruch hatte Sandra schon fast verdrängt. Seitdem waren zu viele verrückte und schlimme Dinge passiert. »Eigentlich schon, aber wir müssen uns hier erst ein bisschen eingewöhnen. Das Dorf ist ziemlich merkwürdig.« Sie hätte jetzt Gelegenheit gehabt, ihrem Vater die ganze Geschichte zu erzählen, aber irgendwie konnte sie es einfach nicht.

»Was ist das für ein Fax?« Ihr Vater zeigte auf den Stapel Papiere, den er mitgebracht hatte.

»Hast du es gelesen?«, fragte Sandra.

»Nein, nein. Das tue ich nicht einfach so.«

»Ich kann dir jetzt auch noch nicht genau erzählen, was drin steht. Es ist von einer alten Schulfreundin.«

Sophie kam mit einer Kiste Bauklötze und schüttete sie direkt vor ihrem Opa aus.

»Oh, mein Gott, Sophie. Willst du noch so viel bauen heute?« Er setzte sich davor und begann die einzelnen Teile übereinanderzustapeln.

»Sie soll jetzt eigentlich schlafen«, warf Sandra ein, die vor Spannung kaum noch ruhig sitzen konnte und immer auf das Fax starrte.

»Soll ich sie ins Bett bringen?«

»Das wäre toll, danke, Papa.«

Er nahm seine Enkelin auf den Arm und ging mit ihr nach oben. »Zeigst du mir mal dein Zimmer, Sophie?«

Sobald sie weg waren, nahm Sandra sofort das Fax in die Hand. Auf der ersten Seite hatte Mirja etwas an Sandra geschrieben:

Hallo Sandra!

Ich bin doch noch schnell fertig geworden. Bei einigen Sachen war ich mir nicht so ganz sicher, aber sinngemäß ist alles übersetzt.

Ich weiß nicht, was du jetzt damit machst, aber wie gesagt, die Sache ist sehr ernst. Ich war sehr erschrocken.

Sag mir Bescheid, wenn du irgendetwas nicht lesen kannst, oder dir sonst noch etwas unklar ist. Ich habe mich sehr beeilt, weil du sagtest, dass es so wichtig sei.

Jetzt weiß ich auch, warum.

Es war schön, von dir zu hören. Vielleicht können wir im Kontakt bleiben.

Gruß, Mirja

Sandras Hände zitterten, als sie die erste Seite aufschlug. Würde sie Namen erfahren? In ein paar Sekunden würde sie es wissen.

*

Der Mann saß vor dem Fenster und beobachtete sie mit Spannung. Was waren das für Zettel, die der Unbekannte mitgebracht hatte? Er war mit der Kleinen nach oben gegangen, vermutlich brachte er sie ins Bett.

Es musste etwas Wichtiges sein, was Sandra in der Hand hielt. Sie krallte sich daran fest, als würde ihr Leben davon abhängen.

Er hatte es satt, noch länger zu warten. Sollte er einfach reingehen, die Sache erledigen und dann verschwinden? Das Ganze war riskant, aber vielleicht ging es nicht anders.

Sein Telefon klingelte. Er nahm ab.

»Wir haben ein riesiges Problem«, schrie sein Kontaktmann.

»Was ist los?«, fragte der Mann, ohne Sandra aus den Augen zu lassen.

»Tom vermisst etwas. Ich wusste nicht mal, dass er es aufbewahrt hat und jetzt ist es wahrscheinlich in die falschen Hände gekommen. Du musst sofort zuschlagen. Jede Sekunde zählt, wenn es nicht schon zu spät ist.«

*

Unsere Reise nach Seesby in Deutschland vom 14. Juli 1993 bis zum 9. August 1993

Mittwoch, 14. Juli 1993

Hiermit beginne ich mein Tagebuch. Gestern haben wir den ganzen Tag gepackt. Abends waren Swetlana und ich noch mal bei Oma, um auf Wiedersehen zu sagen. Ihr geht es nicht so gut und sie hat geweint, als wir gefahren sind. Ich glaube, sie hat Angst, dass sie nicht mehr lebt, wenn wir wiederkommen.

Ich habe ihr gut zugeredet und ich freue mich schon darauf, wenn ich ihr von unserer tollen Reise nach Deutschland berichten kann.

Jetzt sitzen wir im Bus und sind bald da. Wir haben jedenfalls schon die Grenze passiert und fahren durch Deutschland. Es ist schön hier. Die Felder sind grün und die Häuser und Höfe sind sauber, heil und gepflegt. Bis jetzt vermisse ich Prypjat noch gar nicht.

Ich bin gespannt auf die Familie und den Ort, der Seesby heißt, in dem wir die nächsten vier Wochen verbringen werden.

Donnerstag, 15. Juli 1993

Wir sind gestern erst spät angekommen und ich war sehr müde. Swetlana und ich sind bei einer netten Familie namens Stiezel untergebracht. Sie haben einen Sohn. Er heißt Tom und er ist sehr nett. Die Mutter heißt Renate und hat einen Laden, in dem sie ganz viele tolle Sachen verkauft. Der Vater heißt Wolfgang und wenn ich es richtig verstanden habe, dann ist er hier so etwas wie ein Bürgermeister und hat unsere ganze Reise organisiert. Außerdem haben sie eine ganz süße Katze, die Minka heißt und sehr lieb ist.

Heute sind wir den ganzen Tag durch den Ort gelaufen und haben ziemlich viele Leute kennengelernt. Sie sind alle so wahnsinnig nett hier.

Wenn es einen Himmel gäbe, dann würde er Seesby heißen.

Freitag, 16. Juli 1993

Heute war eine kleine Begrüßungsveranstaltung in dem Nachbarort Rugstedt. Es waren unheimlich viele Leute da und wir konnten so viel Kuchen essen, wie wir wollten. Swetlana ist richtig schlecht geworden.

Am Abend wurde noch gegrillt und Musik gespielt. Wir haben ganz viel getanzt und gelacht. Es war total herrlich. Ich kann mich nicht erinnern, wann ich das letzte Mal so vergnügt gewesen bin. Ich liebe diesen Ort.

Samstag, 17. Juli 1993

Heute sind wir mit der Familie weggefahren. Wir waren in einer großen Stadt, die Hamburg heißt. Sie war riesig und modern. Ich habe noch nie so viele Geschäfte und Läden auf einem Haufen gesehen. Wenn ich erwachsen bin, möchte ich in einer so schönen Stadt wie Hamburg leben.

Abends sind wir dann noch an einem Badesee in der Nähe von Seesby gewesen. Es war sehr warm heute und es hat Spaß gemacht.

Wolfgang hat uns immer hochgehoben und dann ins Wasser geworfen. Das war lustig. Nur einmal hat er mir dabei in den Schritt gefasst. Das war unangenehm, aber ich glaube, er hat es nicht mit Absicht getan.

Sandras Vater kam von oben runter und Sandra hörte auf zu lesen. Oben hörte man Sophie, die gegen das Zu-Bett-gebracht-Werden protestierte.

»Sie ist nicht so richtig damit einverstanden«, sagte er mit einem Lächeln.

»Das ist sie nie«, antwortete Sandra. »Nach ein paar Minuten gibt sich das aber meistens und sie schläft ein.

»Kann ich dich jetzt so alleine lassen? Oder soll ich noch warten, bis Marvin heimkommt?«

Sandra lächelte. Wenn sie nicht gewusst hätte, dass Marvin heute Abend kommen würde, hätte sie nicht lange gezögert und wäre sofort mit ihrem Vater mitgefahren. Aber mit dem Gedanken, dass sie ja gleich nicht mehr alleine war, und wenn Marvin noch so schlechte Nachrichten hatte, fühlte sie sich sicher. Vor Marvins Anruf hätte sie nicht lange überlegen müssen, aber jetzt verspürte sie nur noch den Wunsch, ihn endlich wiederzusehen. Sie und Sophie mussten ihn einfach dazu bringen, dass er wieder ganz nach Hause kam und bei ihnen blieb. »Es ist schon in Ordnung. Ich komme zurecht.«

»Wie du meinst. Dann fahre ich los. Mach es gut, meine Kleine.« Er gab ihr einen Kuss auf die Stirn.

»Und grüß Mama schön von mir.«

Er nickte und bewegte sich zur Tür.

Sandra blieb auf dem Sofa sitzen und lauschte lediglich mit halben Ohr hin, als ihr Vater die Haustür öffnete. Mit ihren Gedanken war sie schon wieder im Tagebuch und las weiter.

Sonntag, 18. Juli 1993

Wir haben heute lange geschlafen. Es ist sehr ruhig in diesem Ort.

Zum Frühstück hatte Renate Quarkbrötchen gemacht, die waren echt lecker. Es wäre schön, wenn Mama und Papa und besonders Oma auch hier sein könnten. Ich versuche jeden Tag so viel wie möglich aufzusaugen, um ihr alles genau erzählen zu können. Ich glaube, die Menschen hier haben keine Sorgen.

Heute Nachmittag waren wir bei einer Familie namens Hauser. Sie haben einen Bauernhof und ganz viele Kälber, die wir streicheln durften. Sie haben ein ganz weiches Fell und lustig raue Zungen.

Nur der Sohn ist etwas merkwürdig. Er stottert viel und hat mich die ganze Zeit immer so komisch angeguckt, vor allem auf meine Brust. Ich hätte Angst, ihn alleine zu treffen.

*

Der Mann hatte gesehen, wie Sandra und der Unbekannte sich verabschiedet hatten. Jetzt ging er aus der Tür.

Seine Zeit war gekommen. Langsam stand er auf und pirschte sich heran.

Kapitel 41

Montag, 19. Juli 1993

Heute waren wir wieder am Badesee, aber heute waren noch mehr Leute aus dem Dorf mit und wir haben ein Picknick gemacht. Es war sehr schön. Abends haben wir dann gegrillt.

Ein bisschen komisch war nur ein Mann, den ich vorher noch nicht gesehen hatte. Er hat mich die ganze Zeit beobachtet und als ich einmal zum Pinkeln in die Büsche ging, kam er hinterher und hat mich etwas gefragt. Ich habe es aber nicht verstanden. Als ich dann wieder zum See gehen wollte, hat er meinen Po angefasst und mir irgendetwas ins Ohr geflüstert. Ich hoffe, den sehen wir nicht wieder.

Swetlana hatte dann auch noch ihre Puppe am See vergessen und ich bin später noch mal losgegangen, um sie zu holen. Sie war zutiefst traurig, aber jetzt ist meine kleine Schwester wieder glücklich.

Dienstag, 20. Juli 1993

Heute ist etwas Furchtbares passiert und ich weiß gar nicht, wie ich es wiedergeben soll.

Erst haben wir den ganzen Morgen mit der Katze im Garten gespielt. Nach dem Mittagessen hat Wolfgang dann gesagt, er wolle mir etwas zeigen und ich solle mit ihm gehen. Swetlana durfte nicht mit. Sie hat es nicht verstanden und schrecklich geweint. So kam sie dann doch mit.

Wir gingen zum Haus neben Familie Hauser. Es war sehr schön. Eine Birkenallee führte zum Hof. Auf der Treppe waren zwei Löwenköpfe.

Das Haus gehörte offensichtlich einer alten Dame, die

wir aber nicht gesehen haben. Wir gingen rein und sollten gleich die Treppe nach oben gehen. In dem Eckzimmer, in das wir dann gebracht wurden, saß wieder dieser seltsame Mann vom Badesee. Er hat ganz fies gegrinst und ich glaube, er fand es nicht gut, dass Swetlana mit war.

Der Raum war fast leer. Es gab lediglich ein Bett und einen kleinen Tisch mit zwei Stühlen.

Was dann passiert ist, kann ich nicht aufschreiben. Ich kann nur sagen, dass ich vergewaltigt wurde.

Ich schäme mich so. Ich möchte nach Hause.

Sandra hielt inne. Das Tagebuch hatte eine ganz andere Wendung genommen, als sie vermutet hatte.

Sie hatte gedacht, dass sie etwas über Tinas Vergewaltigung erfahren würde. Stattdessen musste sie feststellen, dass auch dieses Mädchen aus Tschernobyl, dessen Namen Sandra noch nicht kannte, Opfer einer Vergewaltigung geworden war.

Sie hatte Tränen in den Augen und einen Kloß im Hals, dennoch nahm sie das Fax wieder in die Hand und las weiter.

Mittwoch, 21. Juli 1993

Ich habe die ganze letzte Nacht so gut wie nicht geschlafen und Swetlana ging es nicht anders.

Als wir heute Morgen runterkamen, war die Stimmung ganz normal, als wäre nichts vorgefallen. Wir machten wieder einen Ausflug. Diesmal in einen nahe gelegenen Wald, wo wir wanderten. Swetlana und ich sagten den ganzen Tag kein Wort und die anderen wunderten sich schon, was los war. Ich wollte es ihnen aber nicht erzählen.

Zu Hause angekommen, gingen wir sofort wieder in

unser Zimmer. Ich zähle schon die Tage rückwärts, bis wir wieder nach Hause können.

Es war spät, als Wolfgang kam und sagte, wir sollten wieder mitkommen. Ich weigerte mich und schrie, aber er griff sofort nach Swetlana, würgte sie und drehte ihr den Arm um, damit ich aufhörte.

Wir gingen wieder in dieses furchtbare Haus und es geschah wieder. Heute war es allerdings noch ein Mann mehr.

Ich wünschte, wir wären niemals in diesen Bus gestiegen und nach Deutschland gefahren. Ich möchte nach Hause oder ich werde sterben.

*

Marvin stieg in sein Auto. Er war müde und rieb sich die Augen. Die letzten Wochen waren unheimlich anstrengend gewesen. Er sah in den Spiegel und blickte in sein mattes Gesicht. Die Augenränder gingen fast bis zum Kinn.

Es war Zeit, dass er mal wieder nach Hause kam und Sandra von seinem Vorschlag erzählte. Vielleicht würde es dann wieder etwas besser laufen.

Er startete den Wagen und fuhr los. Ein blauer Kombi folgte ihm.

*

Donnerstag, 22. Juli 1993

Ich habe heute überlegt, ob wir nicht einfach weglaufen können, aber ich wüsste nicht wie und wohin. Wir sind hier in einem fremden Land und können nicht mal die Sprache. Noch dazu liegen unsere Pässe bei Wolfgang im Büro.

Ich weiß gar nicht mehr, was wir heute den Tag über

gemacht haben. Ich weiß nur, dass Wolfgang wieder spät abends zu uns gekommen ist und uns mitgenommen hat.

Tom war heute auch dabei. Er ist ziemlich dick und schüchtern und ich mochte ihn bis heute eigentlich ganz gerne.

Heute lief die ganze Zeit eine Kamera mit, die alles gefilmt hat. Ich fühle mich so furchtbar. Ich könnte nur noch weinen, aber ich muss stark sein – für Swetlana.

*

Der Mann sah, dass Sandra die Zettel kurz zur Seite legte und sich über die Augen wischte. Weinte die etwa? Was zum Teufel las sie denn da überhaupt?

Sie war so von ihrer Lektüre gefesselt, dass sie ihn überhaupt nicht bemerkte, obwohl er nur ein paar Meter neben ihr stand und sich hinter der Tür zum Flur versteckte.

Wann sollte er zuschlagen? Es gefiel ihm, so dicht bei ihr zu sein und er wollte nicht, dass es so schnell zu Ende ging. Er konnte sie riechen und wurde ein kleiner Teil ihres Lebens.

Allerdings wusste er auch, dass ihr Mann bald kommen wollte und der würde dann direkt vor ihm stehen, wenn er durch die Tür kam.

Er saß in der Zwickmühle.

*

Freitag, 23. Juli 1993

Heute waren es fünf Männer. Die Kamera lief auch wieder mit. Ich habe es einfach über mich ergehen lassen und gehofft, dass es schnell vorbeigeht. Den Schmerz habe ich schon fast nicht mehr gespürt.

Was soll ich nur tun? Wenn mir doch nur irgendjemand helfen könnte. Ich möchte lieber sterben, als noch einmal diesen Raum betreten zu müssen. Ich fühle mich wie tot. Maria Dimitrokov ist im Alter von 14 Jahren unter brutalen Umständen in Seesby, Deutschland, gestorben. Alle waren dabei, aber ich war trotzdem allein.

Maria, dachte Sandra. Sie heißt Maria.

Mit einer Hand wischte sie sich die Tränen aus dem Auge. Vielleicht hatte das Video gar nicht Tina gezeigt, sondern Maria.

Aber warum hatte keiner etwas bemerkt? Warum hatte ihr niemand geholfen?

Sandra wollte dieses Haus auf der Stelle verlassen. Sobald Marvin da war, würde sie ihm das Fax zeigen und noch morgen den Makler anrufen, um das Haus wieder zu verkaufen.

Was musste Maria gefühlt haben, wenn sie dieses Gebäude betreten hatte? Oder die kleine Swetlana, die mit ansehen musste, wie ihrer Schwester das Schlimmste überhaupt zugefügt wurde?

Für Sandra war es ein Paradies gewesen, als sie aus Hamburg hier hinaus auf das Land gezogen waren – für Maria war es ein Grab. Das Grab der Unschuld, des Lichtes, der Freude und des Lebens. Hier wurden Hass, Blut, Schmerz und Dunkelheit geboren.

Sandra fühlte sich schuldig und hilflos. Was konnte sie bloß tun? Die Vergewaltigungen waren 1993 passiert. Das war sechzehn Jahre her. Wo war Maria jetzt? Wie ging es ihr?

Sandra suchte die Zettel durch, um die nächste Seite zu finden. Es gab keine. Der Eintrag am 23. Juli 1993 war der letzte gewesen. Wieso hatte Maria nicht weitergeschrieben? Wo war der Rest?

Mit einem Mal hatte sie Madeleines Worte in den Ohren: »Ein Mädchen soll hier tödlich verunglückt sein und deshalb wurde die ganze Sache abgebrochen.«

Das war Maria, dachte Sandra erschrocken, ohne den geringsten Zweifel. Deshalb wurde das Tagebuch nicht weitergeschrieben. Maria ist in Seesby gestorben.

Kapitel 42

Marvin wechselte erneut die Spur. Im Rückspiegel sah er, dass ein blauer Kombi ihm folgte, aber immer ganz unauffällig zwei Autos dazwischen ließ, damit er nicht direkt hinter Marvin fuhr.

Was will der bloß, dachte Marvin. Schon seit ein paar Tagen hatte er manchmal das Gefühl, dass ihm jemand folgte und ihn beobachtete. Er hatte gedacht, es läge vielleicht nur daran, dass er überarbeitet war, aber jetzt …

Marvin fuhr lange geradeaus und wechselte erst kurz vor der Ausfahrt auf den Abbiegestreifen. Der blaue Kombi machte einen halsbrecherischen Schlenker, schaffte es aber trotzdem, ihm zu folgen.

Auf Marvins Stirn bildeten sich Schweißtropfen. Das konnte nun kein Zufall mehr sein. Der blaue Kombi war jetzt direkt hinter ihm. Was sollte er machen? Was wollte der Kerl?

Er ermahnte sich, ruhig zu bleiben, was ihm auch einigermaßen gelang. Marvin fuhr die nächste Abfahrt hinunter, obwohl sie nicht nach Seesby führte, sondern in einem Wohngebiet mit kleinen Straßen und Gässchen endete, das er noch von früher her kannte.

So schnell er konnte, fuhr er in Zick-Zack-Linien durch das Viertel, bog mal links, mal rechts ab, bis er schließlich auf dem fast vollen Parkplatz eines großen Wohnhauses stehen blieb und die Scheinwerfer ausmachte. Er zog seine Jacke hoch und grub sich tief in den Sitz. Der blaue Kombi fuhr vorbei.

Marvin wartete ein paar Minuten, dann startete er den Wagen und fuhr langsam vom Parkplatz. Das Licht schaltete er erst ein, als er das Wohnviertel verließ und wieder auf die Autobahn fuhr.

Nervös starrte er immer wieder in den Rückspiegel,

aber es war mittlerweile zu dunkel, um die einzelnen Fahrzeuge zu erkennen. Soweit er es sehen konnte, gab es aber keinen Wagen, der ihm direkt folgte und mit ihm die Spur wechselte.

*

Sandra stand auf und sah gedankenverloren aus dem Fenster. Es war dunkel geworden. Wie spät mochte es wohl sein? Einen Moment lang hatte sie Zweifel, ob Marvin noch kommen würde.

Sie lehnte sich an die Fensterbank und schaute auf den Hof. Von Marvin war nichts zu sehen, aber dafür war da eine andere Sache, die sie verwunderte: Das Auto ihres Vaters stand immer noch vor der Treppe.

Besorgt ging sie vom Wohnzimmer in den Flur. Hatten sie sich nicht schon vor mindestens einer halben Stunde verabschiedet? War sein Auto nicht angesprungen? Aber dann wäre er doch wieder reingekommen.

Kurz bevor sie die Haustür öffnete, merkte sie, dass etwas anders war. Ein fremder Geruch lag in der Luft. In der Schwangerschaft hatte sie einen enormen Geruchssinn entwickelt und ihn bis heute noch nicht wieder verloren. Sie konnte auch kein Parfüm mehr tragen und fand es furchtbar, wenn Marvin mal eins auflegte.

Was sie jetzt roch, war aber ganz eindeutig ein Männerparfüm und sie war sicher, dass sie es nicht kannte.

Sie öffnete die Haustür. Vor ihr auf der Treppe lag ihr Vater regungslos auf dem Boden und blutete am Kopf.

»Oh, mein Gott, Papa! Was ist passiert?« Sie kniete sich neben ihn. Er fühlte sich kalt und schlaff an und sie konnte nicht sagen, ob er noch atmete. Ihr Herz raste und mit zittrigen Fingern klatschte sie ihm ein paarmal ihre Hände ins Gesicht. Er rührte sich nicht.

Dann hörte sie hinter sich ein Geräusch und drehte sich um. Vor ihr stand ein fremder Mann. Noch bevor sie begriff, was der Gegenstand zu bedeuten hatte, den er in die Luft schleuderte, spürte sie einen harten, dumpfen Schlag an der Schläfe.

Dann war alles dunkel.

*

Bevor Marvin nach Hause fuhr, hielt er bei Toms Computerfachgeschäft in Rugstedt an. Dort war auch sonntagabends eine Art Notdienst zur Stelle. Marvin hatte ein Problem mit einer Speicherkarte, die wichtige Daten enthielt, diese aber leider nicht preisgab. Seine Hoffnung lag jetzt in Tom und seinem Team, damit er weiterarbeiten und mit seinem Projekt fertig werden konnte.

Beim Aussteigen schaute er sich um, es war aber weit und breit kein blauer Kombi zu sehen.

Hatte er sich doch geirrt? Eventuell hatte der Fahrer des Kombi auch zufällig in das Wohngebiet gemusst und hätte im letzten Moment beinahe die Ausfahrt verpasst? Es war schließlich möglich. So gestresst wie Marvin zur Zeit war, neigte er vielleicht wirklich dazu, sich Dinge einzubilden und kleine Zufälle zu überinterpretieren.

Zügig ging er auf den Laden zu und drehte sich nicht mehr um.

*

Sandras Kopf tat höllisch weh. Langsam öffnete sie die Lider, konnte aber nichts erkennen. Alles war verschwommen. Es dauerte eine Weile, bis sie realisierte, wo sie sich befand und was geschehen war.

Sie saß im Wohnzimmer und war an einen Küchenstuhl gefesselt. Vor ihr saß ein Mann auf dem Sofa und las grinsend das Fax, das Mirja geschickt hatte. Wer war er? Wie war er hereingekommen? Allmählich fiel Sandra wieder ein, dass sie nach ihrem Vater geschaut und plötzlich diesen Mann im Flur gesehen hatte.

Ihr Vater! Wo war er jetzt? Er hatte bewusstlos und blutend auf der Treppe gelegen. Sie lehnte sich ein Stück zur Seite, um in den Flur zu schauen, und erhaschte einen Blick auf sein Handgelenk. Der Mann musste ihn ins Haus gezogen haben. Oh, mein Gott, lebte er noch?

Der Mann hatte bemerkt, dass Sandra sich bewegte, und sah von seiner Lektüre auf. »Alles klar, Süße?«

Sollte sie ihm antworten? Was hatte er vor?

»Das ist echt gut.« Er zeigte auf das Fax. »So dramatisch und böse. Genau nach meinem Geschmack.«

Langsam stand er auf und kam auf sie zu. Dicht vor ihr blieb er stehen und strich ihr eine Haarsträhne aus der Stirn.

Sandra saß stocksteif da.

»Ich wollte dir nicht so doll wehtun, Herzilein.« Der Mann ging um sie herum und strich mit seiner Hand langsam über ihre Schultern. Als er hinter ihr stand, legte er seine Hände an ihren Hals und atmete schwer.

»Wer zum Teufel sind Sie?«, fragte Sandra wütend.

»Oh, ich glaube, du kennst mich schon ganz gut«, antwortete er und strich mit seinen Händen an ihrem Hals auf und ab. »Wir haben einiges gemeinsam.«

»Ich wüsste nicht, was.«

»Da gibt es eine ganze Menge. Zum Beispiel lieben wir beide dieses Haus.«

Sie musste sich zwingen, ruhig zu bleiben. Am liebsten hätte sie laut losgeschrien, aber wer sollte sie hören?

»Wir haben einen gemeinsamen Vertrag, der dieses Haus betrifft«, fuhr der Mann fort. »Ich bin Jens Kamper. Ich habe euch dieses Haus verkauft.«

Sandra schluckte. War das etwa der Neffe von Frau Köbing, der das Haus geerbt hatte?

»Meine Tante Käthe hat hier gelebt. Ich bin der letzte Verwandte.« Langsam ging er um sie herum und hockte sich vor sie. »Und wir haben noch mehr Gemeinsamkeiten. Zum Beispiel haben wir die gleiche Freundin.« Er stand wieder auf und nahm das Fax in die Hand. »Die gute Maria.«

Er kam wieder auf sie zu und strich ihr Haar zurück. Dann beugte er sich über sie und küsste ihren Hals. Sandra wollte ausweichen, aber sie war zu stramm an den Stuhl gefesselt.

Jens Kamper lachte und knabberte an ihrem Ohr. Dann hielt er kurz inne und hauchte: »Ich bin der nette Mann vom Badesee.«

Kapitel 43

Marvin hatte geklingelt und musste einen Moment warten. Dann öffnete eine mollige Frau mit strähnigen Haaren, einer dicken Brille und einem Zigarettenstummel im Mund die Tür. Sie sah ziemlich genervt aus. »Was wollen Sie?«, maulte sie Marvin an.

Er holte die Speicherkarte aus der Tasche und hielt sie ihr hin. »Ich habe ein Problem hiermit. Ich komme nicht an die Daten ran.«

Die Frau nahm die Karte und musterte sie. »Ist schön, wenn man seine Probleme auf andere abwälzen kann, nicht wahr? Aber ich habe selbst genug davon.«

Marvin wusste nicht, was er sagen sollte. »Entschuldigung. Ich dachte, Sie haben hier eine Art Notdienst?«

»Ja, ja, haben wir auch. Kommen Sie rein!« Sie drehte sich um und watschelte in den Laden.

Etwas unsicher folgte Marvin ihr. Er konnte sich auch etwas Besseres vorstellen, als am Sonntagabend hier zu sein.

Die Frau zeigte auf ein paar Stühle im Eingangsbereich und sagte ihm, er solle sich setzen. Dann verschwand sie durch eine Tür hinter dem Tresen und man konnte kurz einen Fernseher laufen hören. Dabei hatte Marvin sie wohl gestört.

Der Raum war komplett mit Kartons, Bildschirmen und Kisten mit Kabeln vollgestellt. Um hinter den Tresen zu kommen, hatte die unfreundliche Frau den Bauch einziehen müssen.

Ausatmend setzte Marvin sich auf einen der Stühle und nahm eine Zeitschrift in die Hand. Eigentlich hatte er gar keine Lust zu lesen, weil er so müde war, aber er musste sich ablenken. Er hatte Sandra etwas zu erzählen und das war bestimmt nicht leicht.

*

Der Mann war mit seinem Mund immer noch direkt an Sandras Ohr. Sie musste fast spucken. Der Vergewaltiger höchstpersönlich war in ihrem Haus.

So wild sie konnte, schlug sie mit ihrem Kopf hin und her und versuchte ihre Fesseln zu lösen. »Sie gottverdammtes Schwein! Binden Sie mich auf der Stelle los und verlassen Sie mein Haus!«

Er wich zurück, damit sie nicht mit den Köpfen aneinanderrasselten. »Ganz ruhig, Schatz!« Vorsichtig strich er über ihr Haar. Sandra schnappte nach seiner Hand und versuchte, ihn zu beißen. Schnell zog er seine Hand wieder weg. »Nicht so hastig. Du bist ja eine richtige Wildkatze. Ich versteh gar nicht, weshalb dein Mann immer so viel weg ist. Ich glaube, mit dir würde mir nie langweilig werden.«

»Lassen Sie meinen Mann da raus. Das geht Sie überhaupt nichts an!«

»Ich mag es, wenn Frauen Feuer haben.«

»Was wollen Sie von mir? Warum haben Sie mich niedergeschlagen? Und was ist mit meinem Vater? Rufen Sie gefälligst sofort einen Krankenwagen!«

Der Mann grinste. »Sehr mutig, dass du aus deiner Position Befehle erteilst. Allerdings glaube ich nicht, dass wir einen Krankenwagen brauchen werden.« Er machte eine abfällige Bewegung in Richtung Flur.

Sandra zerrte mit aller Kraft an ihren Fesseln und hüpfte mit dem Stuhl im Wohnzimmer hin und her. »Sie haben ihn umgebracht, Sie gottverdammter Scheißkerl!« Sie wollte es nicht glauben. Das konnte doch nur wieder einer ihrer schlimmen Träume sein.

Der Mann sah es sich eine Zeit lang an, dann hielt er sie fest und schaute ihr direkt in die Augen. »Sei leise! Oder willst du deine kleine Tochter aufwecken?«

Sophie, dachte Sandra und ihr blieb fast das Herz stehen. »Wehe, Sie krümmen ihr auch nur ein Haar!«, fauchte sie und hätte ihm am liebsten ins Gesicht gespuckt.

Er grinste. »Ihr Frauen seid toll. Zum einen gibt es welche wie dich, die einem einheizen können, zum anderen gibt es diejenigen, die vollkommen rein sind; wie frische Blumen. Ihre Knospen sind noch unberührt und zart und man spürt den morgendlichen Tau, wenn man an ihnen knabbert. Wie Maria eben.« Er machte eine Pause und blickte verträumt in den Raum. »Alle sind auf ihre Art einzigartig. Ich liebe euch.«

»Sie sind ekelhaft.«

»Ekelhaft würde ich nicht sagen. Eher, dass ich verliebt bin. Verliebt in die Schönheit, die Gott erschaffen hat.« Er ging zu seiner Jacke, die auf dem Sofa lag, und holte etwas aus seiner Tasche. »Beim Stichwort Gott fällt mir das hier ein.« Er kam zurück und hielt Sandra eine Kette vor die Nase.

Sandra erkannte sie sofort. Das mit kleinen Glitzersteinchen besetzte silberne Kreuz gehörte Madeleine. Sie hatte mal erzählt, dass sie es von ihren Eltern zur Konfirmation geschenkt bekommen hatte.

Allerdings glänzten die Steine nicht so schön wie sonst. Die Kette war mit Blut beschmiert. Sandras Herz machte erneut einen Aussetzer. »Was haben Sie mit ihr gemacht?«

»Ich habe ihr nichts getan. Soweit ich weiß, hat sie sich etwas ungeschickt angestellt, als sie gestern Abend, oder sollte ich lieber sagen, gestern Nacht von dir nach Hause gelaufen ist.«

»Was ist mit ihr passiert?« Sandras Augen füllten sich mit Tränen.

Der Mann genoss die Situation sichtlich. »Ich kann nur sagen, das Blut an dieser schönen Kette ist nicht das von Tom. Sie hatte sich nun mal in eine Sache eingemischt, die sie überhaupt nichts anging. Ich werde nicht zulassen, dass irgendeine dahergelaufene Tussi mein Leben zerstört, nur weil sie meint, sie muss Detektiv spielen. Und damit meine ich nicht nur Madeleine. Soviel ich weiß, hast du mit der ganzen Geschichte angefangen.«

»Erwarten Sie von mir bloß kein Mitleid oder eine Entschuldigung. Sie haben doch selber Leben zerstört.«

»Ich habe kein Leben zerstört. Ich habe lediglich Horizonte erweitert.«

Sandra musste fast lachen. »Sie wollen doch wohl nicht behaupten, Sie hätten der armen Maria oder Tina Fistel einen Gefallen getan, nur weil Sie sie vergewaltigt haben. Sie widern mich an.«

Der Mann lachte laut auf. »Es ist zu köstlich. Tina Fistel. Es ist wirklich witzig. Aber jetzt, wo wir beide so schön beisammen sind, kann ich dir ja die Wahrheit sagen.« Er machte eine kleine Pause und seine Augen funkelten. »Es gibt keine Tina Fistel. Sie ist eine reine Erfindung und ich finde es toll, wie sie entstanden ist.« Er lächelte in sich hinein. »Einer zeigt auf ein Mädchen und sagt, das sei Tina Fistel, und jeder glaubt es und erzählt es weiter. Das Ganze geht schließlich so weit, dass selbst Leute, die Tina nie gesehen haben, trotzdem behaupten, sie zu kennen. Kippt man dann noch etwas Benzin ins Feuer und sagt, Heinrich hätte sie vergewaltigt, geht alles noch schneller. Solche Geschichten sind unheimlich schön.«

Sandra wusste nicht, ob sie richtig verstanden hatte. »Heißt das, Heinrich hat Tina Fistel nicht vergewaltigt?«

»Ich weiß nicht, wen Heinrich alles vergewaltigt hat und wen nicht, aber Tina Fistel definitiv nicht. Ich habe sie selbst erfunden. Sie existiert nicht.« Er grinste über das ganze Gesicht und schien sehr stolz zu sein.

Sandra brauchte einen Moment, um ihre Gedanken zu ordnen. Es gab keine Tina Fistel? Wieso dann die Geschichte mit Heinrich und der Vergewaltigung? War das Ganze wirklich nur das alberne Experiment eines gelangweilten Stammtischs gewesen? Das würde also bedeuten, dass auf dem Video definitiv Maria zu sehen war.

Der Zettel in ihrem Briefkasten ... Die Nachricht: *Es gibt keine Tina Fistel. Sie ist eine Erfindung des Dorfes. Bitte geben Sie nicht auf. Sie waren so nah dran.* Das war also die Wahrheit gewesen.

Auch das, was Frau Hauser gesagt hatte, stimmte. Sie hatte es sogar fast so erzählt wie dieser Irre.

Aber was war mit der Anmeldebestätigung im Einwohnermeldeamt? Sandra hatte schwarz auf weiß den Namen Tina Fistel gelesen. Hatte Wolfgang die möglicherweise gefälscht? Natürlich, dachte Sandra, er hat ja überall Zugang. Sie fühlte sich beinahe lächerlich, wenn sie daran dachte, wie sehr er sie an der Nase herumgeführt hatte.

»Aber warum das Ganze?«, murmelte Sandra. Sie musste ein bisschen Zeit schinden. Irgendwann müsste Marvin doch nach Hause kommen.

»Zerbrich dir darüber nicht deinen hübschen Kopf, mein Schatz.« Der Mann hockte sich vor sie. Wie ein sorgender Vater legte er ihr seine Hand auf das Knie. »Nach dem tödlichen Unfall mit Maria war das Dorf in großer Aufruhr. Es musste eine neue Geschichte her, damit nicht mehr über die Kinder aus Tschernobyl gesprochen wurde. Und es hat geklappt. Bis zu dem Moment, als du hergezogen bist, hat niemand mehr über die ganze Geschichte geredet. Hättest du auf die Dorfbewohner gehört, die dir viele Male geraten haben, die Finger von der ganzen Sache zu lassen, dann wäre Madeleine jetzt wohlauf und auch dein Vater würde da nicht auf dem Boden liegen.« Er zeigte mit einer Hand in den Flur.

Sandra konnte die Tränen jetzt nicht mehr aufhalten. Wo war sie hier nur reingeraten? Was würde dieser irre Mann jetzt machen?

Er stand auf und seine Miene verfinsterte sich. »Jetzt wirst auch du dafür bezahlen müssen. Ich habe die

Unterhose vernichtet und mit dir werde ich das Gleiche machen: Ich werde dich entsorgen. Du bist auch nur ein einfaches dummes Mädchen mit einer stinkenden Fotze.« Er holte aus und schleuderte sie mitsamt dem Stuhl zu Boden.

Sandra hatte Glück und verfehlte gerade so die Tischkante.

Der Mann gab ihr einen Tritt in den Magen und spuckte ihr ins Gesicht. »Ich könnte dich jetzt ficken, aber du bist es nicht wert, gefickt zu werden.«

Dann drehte er sich um, nahm das Fax in die Hand und verließ den Raum.

Sandra zuckte mit den Lidern, weil ihr sein Speichel über das Auge lief. Ihr Magen tat höllisch weh. Marvin, dachte sie verzweifelt, wo bist du nur?

*

Marvin saß in Toms Computerladen und blätterte in irgendwelchen Zeitschriften. Er war nervös.

Nach einer Weile stand er auf und ging ruhelos auf und ab. Wie lange würde das wohl noch dauern? Er wollte endlich nach Hause.

Er ging hinter den Tresen und öffnete die Tür, durch die die seltsame Frau vorhin verschwunden war. Sie saß vor dem Fernseher, rauchte und kaute nebenbei an einem Muffin.

»Was machen Sie denn hier? Was ist mit meiner Karte?«

»Nun machen Sie mal halblang«, antwortete sie brummig, »der Computer arbeitet doch. Blasen Sie sich mal nur nicht so auf!«

Marvin sah sich um und erkannte, dass bei einem Rechner ein Lämpchen blinkte und ein blauer Balken nach und nach größer wurde. Mittlerweile war er bei dreiundsechzig Prozent.

Die Frau stand auf und holte sich noch einen Kaffee. »Wissen Sie, solche Wichtigtuer wie Sie kann ich überhaupt nicht leiden. Motzen bei jeder Kleinigkeit rum und halten sich für den König. Sie kriegen Ihre Scheißdateien schon.«

»Es tut mir leid. Ich dachte nur, Sie hätten mich vielleicht vergessen.« Ist die immer so drauf?, dachte Marvin. Die armen Kollegen.

»Erzählen Sie mir bloß nicht, wie ich meine Arbeit zu tun habe.« Sie zog noch einmal an ihrer Zigarette und blies ihm den Rauch direkt ins Gesicht.

Marvin kniff die Augen zusammen und musste husten.

»Weichei. Gehen Sie besser wieder nach nebenan«, brummte sie und setzte sich wieder auf ihren Stuhl.

Leise öffnete er die Tür und schaute dabei noch mal auf den Balken: neunundsechzig Prozent. Bitte mach schneller, dachte er.

*

Sandra versuchte, sich zu krümmen, damit der Bauch nicht so weh tat. Wo war der Mann bloß hingegangen? War er allein oder sprach er mit jemandem? Für einen Moment war ihr, als hörte sie Stimmen. Hatte er vielleicht noch einen Komplizen?

Aufgeregt horchte sie, ob die Treppenstufen knatschten. Er wird doch wohl Sophie nichts antun?

Dann kam er zurück. In der einen Hand hielt er einen Kanister, in der anderen das Fax. Was hatte er vor? Wollte er sie etwa anzünden? Bei Sandra zog sich alles zusammen, was sich zusammenziehen konnte.

Auf seinem Gesicht lag wieder ein zufriedenes Lächeln. »Es ist schon komisch; mich stört es überhaupt nicht, dieses Haus anzuzünden und brennen zu sehen. Ich habe viele Erinnerungen an alles hier. Weißt du, ich habe immer oben im Eckzimmer gewohnt, wenn ich meine Tante besucht habe. Ich habe sogar noch den Schlüssel dazu. Auch als ich mit Tom hier war, um die Unterhose zu holen, war es ein schönes vertrautes Gefühl. Aber es ist noch viel geiler, das Ende zu bestimmen und daran mitwirken zu können.«

Das hier konnte doch unmöglich ihr Ende sein. Was war mit Sophie? Wenn es wirklich einen Gott gab, dann konnte er doch nicht zulassen, dass sie hier im Haus verbrannten.

Der Mann sah ihre Angst. »Fühlst du nicht auch dieses Kribbeln? Mich erregt das total.«

Sandra schloss die Augen. »Bitte! Ich bitte Sie! Lassen Sie mich gehen! Oben schläft meine kleine Tochter. Wollen Sie wirklich zum Mörder werden? Lassen Sie mich sie holen! Bitte.«

Er drehte sich zu ihr. »Aber ich bin doch kein Mörder. Du bist eine einsame, verrückte Frau, der vollkommen die Nerven durchgebrannt sind und die einfach allem ein Ende bereiten möchte. Das ist der Lauf der Dinge. So etwas hört man überall.«

»Bitte! Denken Sie doch an meine Tochter. Sie ist noch nicht mal zwei.«

»Ein zartes Alter. Aber ich denke, du hast dir das Ganze selbst zuzuschreiben. Du bist oft genug gewarnt worden. Es ging dich einfach alles nichts an.«

Ihr musste etwas einfallen und zwar ganz schnell. Was machten die Leute im Fernsehen in diesen Situationen? Sie waren meistens Superhelden und würden einfach die Fesseln zerreißen. Aber sie war kein Superheld und das alles hier war kein Film. Es war echt. Sie lag gefesselt auf dem Fußboden in ihrem Wohnzimmer, weit und breit keine Waffe in Sicht – und da sie sich nicht bewegen konnte, hätte ihr eine Waffe auch nichts genutzt.

»Ich werde hiermit alles zu Ende bringen«, sagte der Mann und zeigte auf das Fax, »das hat ja nun mal auch die ganze Sache ausgelöst. Ach, ist das nicht toll, wie sich alles gegenseitig ergänzen kann?« Er sah zufrieden aus und steckte das Fax in Brand.

Sandra fing an zu schreien. »Sie verfluchter Mistkerl! Oben liegt ein kleines, unschuldiges Kind. Bestrafen Sie mich, so sehr Sie wollen, aber lassen Sie meine Tochter aus allem raus. Bitte!«

Grinsend ging er im Wohnzimmer umher und zündete mit dem Fax die Gardinen an. »Das Angebot klingt verlockend. Aber dazu ist es jetzt zu spät. Wenn sie Glück hat, wacht sie nicht auf und verbrennt im Schlaf. Ich denke mal, das ist ganz angenehm.«

»Wie können Sie ...« Sandra konnte nicht weitersprechen, weil sie husten musste.

Auch der Mann fing an zu husten und hielt sich die Hand vor den Mund. »Tut mir leid. Ich würde ja allzu gern noch weiter mit dir plaudern, aber ich glaube, es wird hier drinnen langsam etwas ungesund.«

»Sie werden in der Hölle schmoren, Sie gottverdammter Bastard!«

Er drehte sich kurz um und grinste. »Aber nicht vor dir, Liebes!«

Dann war er verschwunden.

Das Feuer breitete sich schnell aus und mehr und mehr Rauch vernebelte den Raum.

Ich muss etwas tun, dachte Sandra, irgendetwas tun!

Kapitel 44

Marvin blätterte in einem Magazin über neueste Software und Datenverarbeitung. Die Artikel waren eigentlich interessant, aber im Moment wollte er einfach nur nach Hause.

Es war mittlerweile kurz nach zehn und Sophie war sicher schon im Bett. Er würde ihr erst morgen früh Hallo sagen können.

Nach einer Weile stand er auf und lief wieder ungeduldig im Raum auf und ab. Wie lange würde das wohl noch dauern?

Aus reiner Langeweile schlenderte er um die einzelnen Kartons herum und machte plötzlich eine erschreckende Entdeckung: Oben auf einer der Kisten lagen zwei CD-ROMs mit dem Logo seiner Firma. Verwundert nahm er sie in die Hand und drehte sie hin und her. Sie waren mit seiner Handschrift beschrieben. Hastig fing er an zu wühlen und fand noch mehr davon. Es waren seine CDs. Die gewissen CDs, die sich in dem Aktenkoffer befunden hatten, der durch den Einbruch abhanden gekommen war, und die wichtigen Dateien über seine Arbeit enthielten. Die ganze Kiste war damit voll. Er kramte weiter und stellte den Karton zur Seite. Darunter kamen seine sämtlichen Entwurfmappen zum Vorschein.

Hektisch drehte er sich um und überflog flüchtig die weiteren Kartonstapel. Warum hatte er das bisher bloß nicht gesehen? Es war alles seins. Seine kompletten Arbeitsutensilien, die sich zur Zeit des Einbruchs im Hausflur befunden hatten, standen hier übereinander gestapelt.

Ihm wurde heiß, im nächsten Augenblick eiskalt. Es war genau, wie Sandra vermutet hatte – das Dorf steckte dahinter. Sie waren manipuliert worden.

*

Sandra lag auf der Seite und versuchte sich irgendwie mit dem Stuhl vorwärtszubewegen. Es war sehr mühsam. Der Stuhl blieb an jeder Ecke hängen.

Ich muss es in den Flur und zur Treppe schaffen, dachte sie. Mit jeder Sekunde wuchs die Angst, dass sie hier nicht mehr heil rauskommen würde. Sandra drängte den Gedanken immer wieder weg, dass ihre Tochter oben hilflos im Gitterbettchen lag und sehr bald ein Opfer der Flammen werden würde, wenn nicht ein Wunder geschah.

Schließlich schaffte sie es sogar irgendwie zur Wohnzimmertür. Ich darf nicht aufgeben, ermahnte sie sich, ich muss weiter, ich muss zu Sophie.

Der dichte Rauch zerfraß Augen und Lunge. Es war unheimlich heiß geworden. Sandra konnte überhaupt nichts mehr sehen und schob sich nur nach Gefühl vorwärts. Es waren nur noch ihr letzter Lebenswille und der Gedanke, Sophie zu retten, was sie vorantrieb.

Plötzlich hörte sie *The Final Countdown*. Das Handy lag auf dem Wohnzimmertisch, aber sie konnte unmöglich ans Telefon gelangen und um Hilfe rufen. Tränen liefen ihr über die Wangen. Es ist hoffnungslos, dachte sie, unser Countdown hat begonnen.

Hustend sackte sie in ihrer ungemütlichen Position zusammen. Sie konnte nicht mehr weiter.

Es tut mir leid, Sophie. Es tut mir so leid.

Dann verlor sie das Bewusstsein.

*

Marvin wollte nicht mehr warten. Er warf die CDs wieder in die Kiste und rannte aus dem Laden. Er musste so schnell wie möglich nach Hause.

Mit quietschenden Reifen fuhr er vom Hof und legte die kleine schlängelnde Straße von Rugstedt nach Seesby in Rekordzeit zurück. Dennoch war sie ihm noch nie so lang vorgekommen wie heute.

Schließlich erschien das Dorfschild. Er drosselte allerdings nicht seine Geschwindigkeit, sondern sauste mit vollem Tempo durch den Ort.

Er war gerade an Renates Dorfladen vorbei, als er auch schon die Flammen sah. Hoch leuchteten sie in den Himmel. Sofort spürte er einen Stich in seinen Eingeweiden. Ist das etwa bei uns?

Beim Näherkommen sah er Blaulicht auf dem Hof und die vielen Menschen und Feuerwehrleute. Er konnte kaum atmen, als er die Birkenallee hinauffuhr und sich an den Schläuchen vorbeischlängelte. Ganz bis auf den Hof kam er nicht, weil die großen Löschfahrzeuge den Platz versperrten.

Hastig sprang er aus dem Auto. Wo waren Sandra und Sophie? Er konnte sie nicht sehen.

Das Haus brannte lichterloh. Aus den zersprungenen Fenstern schlugen meterhohe Flammen. Das Dach war bereits zum Teil eingestürzt. Die Feuerwehrleute spritzten riesige Wasserfontänen auf das Inferno.

Marvin erkannte Wolfgang Stiezel in einer Gruppe Dorfbewohner und rannte auf ihn zu. »Wolfgang! Wolfgang, wo sind Sandra und Sophie?«

Wolfgang drehte sich um und hatte sofort einen panischen Gesichtsausdruck. »Wir hatten gedacht, sie sind mit dir unterwegs. Sind sie etwa noch im Haus?«

Aus der Menge der Feuerwehrleute kam der Hauptmann zu Marvin. »Sind Sie der Besitzer?«

Marvin konnte nur nicken.

»Wir konnten da leider nicht mehr rein. Wie Sie sehen, ist bereits ein Teil des Dachs unten. Es kann jeden Moment ganz zusammenstürzen.«

»Aber meine Frau und meine Tochter sind da drin.«

»Sind Sie sich sicher?«

»Aber ja. Ihr Auto steht doch da vorne. Und das ihres Vaters auch. Wo sollen sie sonst sein?« Seine Stimme zitterte. Er konnte sich nicht vorstellen, dass Sandra und Sophie in diesem Meer von Flammen badeten. Irgendwo mussten sie doch sein.

»Es tut mir leid«, sagte der Hauptmann, »aber ich kann da keinen Mann mehr hineinschicken. Es wäre lebensgefährlich.«

»Das kann doch nicht Ihr Ernst sein! Meine Tochter ist noch nicht mal zwei Jahre alt.« Marvin stürmte los und hielt sich den Ärmel seiner Jacke über Augen und Nase. Schnaufend rannte er an den Löwenköpfen vorbei und die Stufen zur Tür hinauf. Die Hitze war kaum zu ertragen.

Die kleine Gruppe Dorfbewohner schrie auf und auch die Feuerwehrmänner brüllten, er solle sofort stehen bleiben.

Dann wurde er von hinten gepackt und rückwärts die Stufen runtergerissen, so dass er auf den Rücken fiel.

»Sind Sie verrückt? Wollen Sie sich etwa umbringen?« Der Hauptmann hatte ihn gepackt und zog ihn vom Feuer weg. »Sie können da nicht mehr rein.«

Marvin setzte sich auf. Sofort wurde er von einigen Dorfbewohnern umzingelt. »Sind Sie verletzt? Kommen Sie da zurück, Sie können nichts mehr tun. Gehen Sie ein Stück zur Seite.«

Es wurde wild durcheinandergeschrien, aber Marvin hörte nichts. Es kann nicht sein, dachte er immer wieder. Sandra und Sophie mussten hier doch irgendwo stehen.

Das Haus sah mystisch und unheimlich aus. Der Erker mit dem Hexenhut war noch ganz, aber ansonsten war das Dach teilweise abgesackt und durch die Flammen nicht mehr vom Rest des Gebäudes zu unterscheiden. Das Holz knackte verräterisch.

Marvin ging in seinem Kopf alle Möglichkeiten durch, wo Sandra nur sein konnte. Ihr Auto stand hier. War sie vielleicht mit dem Bus irgendwo hingefahren? Aber was machte dann das Auto ihres Vaters hier?

Nein, sie war nicht weg. Sie wollte doch auf ihn warten, weil er ihr etwas Wichtiges zu sagen hatte. Sie musste noch hier sein.

Aber wieso hatte sie nicht das Haus verlassen, als es zu brennen anfing? Hatte sie womöglich schon geschlafen und es nicht bemerkt? Vielleicht war sie auch gestürzt und lag jetzt drinnen mit einem gebrochenen Bein? Wenn sie hätte rauskommen können, wäre sie doch jetzt sicherlich irgendwo hier und hätte ihn angerufen.

Marvin ballte die Fäuste und fing am ganzen Körper an zu zittern. Warum? Warum nur?, dachte er. »Nein! Nein!« Seine Schreie übertönten den Lärm der Flammen und der Löschfahrzeuge. »Nicht Sandra! Nicht Sophie! Sophie! Mein kleiner Engel!« Er krümmte sich auf dem Boden und schlug immer wieder mit den Fäusten auf die Erde.

Plötzlich spürte er eine Hand auf seinem Rücken, die ihn vorsichtig streichelte. Er blickte sich um und sah auf.

Es war Renate. Dicke Tränen rollten über ihre Wangen. »Es tut mir so leid«, hauchte sie. Marvin zog sie an sich und hielt sich an ihr fest.

Wenn doch nur ein Wunder geschähe, dachte er. Wenn die beiden doch nur plötzlich auftauchen würden und ihn fragten, warum er sie denn nicht gesehen hatte.

Es geschah aber kein Wunder.

Hätte er bloß nicht noch die Speicherkarte weggebracht, sondern wäre direkt nach Hause gefahren! Die Daten hätten auch noch Zeit bis morgen gehabt. Ach was, sie wären egal gewesen. Seine ganze Arbeit war vollkommen unwichtig.

Er vergrub seinen Kopf an Renates Schulter. Der brennende Schmerz in der Brust war kaum zu ertragen.

Mittlerweile hatten alle Dorfbewohner die Situation verstanden und hielten sich weinend in den Armen.

Dann wurden alle von einem donnernden Krach aufgeschreckt und zuckten zurück.

Das Haus war komplett zusammen gestürzt. Das Einzige, was jetzt noch stand, waren die Grundmauern. Der Rest lag übereinandergeworfen in der Mitte. Einige schwere Balken und Ziegel waren nach vorne auf den Hof gestürzt. Der schöne Erker mit seinem Hexenhut war in sich zusammengefallen.

Aus dem malerischen Haus in der Dorfstraße 17 war ein Haufen aus Schutt und Asche geworden. Mit dem Einsturz wurden viele Erinnerungen, Geschichten und Geheimnisse begraben.

Kapitel 45

Sandra und Sophie tot. Sie waren einfach nicht mehr da. Opfer eines furchtbaren Unglücks. Diese Gedanken huschten ununterbrochen in Marvins Kopf hin und her. Er konnte es nicht glauben.

Es war mittlerweile Morgen geworden. Die Feuerwehr hatte die Situation inzwischen unter Kontrolle. Es brannte nur noch an einzelnen Stellen.

Für Marvin war ein Krankenwagen gerufen worden, aber er hatte sich geweigert, mitzufahren. Die Sanitäter hatten auf seinen Wunsch hin das Grundstück wieder verlassen.

Irgendjemand hatte ihm eine Decke gebracht, die über seinen Schultern lag. Regungslos stand er da und lehnte sich an Sandras Kleinwagen.

Es war kalt geworden, aber er spürte die Kälte nicht. Er hätte jetzt auch im Schneesturm oder bei Hochwasser hier stehen können – der innere Schmerz war schlimmer. Er hatte seine Frau und seine kleine Tochter verloren. Seine Tränen waren mittlerweile versiegt. Seine Augen brannten, weil sie so trocken waren.

Er hatte Sandra eigentlich erzählen wollen, dass sich etwas ändern würde. Seine Arbeitsstelle sollte nach Aachen verlegt werden.

Sandra wäre bestimmt nicht bereit gewesen, ihr geliebtes Haus aufzugeben, da es nun mal ihr größter Wunsch gewesen war. Deshalb hätte er vermutlich pendeln müssen und wäre nur noch am Wochenende hier gewesen, was wahrscheinlich für weiteren Streit gesorgt hätte.

Aber jetzt war alles ganz anders gekommen. Er musste sich keine Gedanken mehr um die Zukunft machen – für ihn gab es keine Zukunft mehr.

Es hatte zu nieseln angefangen und der Wind war

aufgefrischt. Marvin merkte davon nichts. Er bemerkte auch nicht, dass Wolfgang neben ihm stand und ihm eine Tasse Tee hinhielt.

»Trink das, Marvin.«

Marvin drehte den Kopf halb zur Seite und sah ihn an. Wolfgang sah besorgt aus. Wortlos nahm Marvin die Tasse entgegen und starrte wieder ins Leere.

»Ich muss dir etwas sagen, Marvin«, sagte Wolfgang und nippte an seiner eigenen Tasse. »Ich habe soeben etwas erfahren. Die Polizei untersucht die Sache bereits.«

Marvin reagierte nicht. Er hörte zwar, was gesagt wurde, aber es kam trotzdem nicht an.

Wolfgang schüttelte seinen Arm, bis Marvin ihn ansah. »Du musst mir zuhören. Es ist wirklich wichtig!«

Marvin sah ihn verwundert an. Was wollte dieser Mann? Für Marvin war gar nichts mehr wichtig. Ob er hier stand oder neben dem Auto im Matsch lag – es war alles vollkommen gleichgültig.

»Es gibt ein paar Zeugen, die Heinrich gesehen haben, wie er aus dem brennenden Haus herausgelaufen ist«, sagte Wolfgang mit ernster Miene. »Es tut mir leid, aber ich glaube, er hat die zwei auf dem Gewissen.«

Marvin hatte zwar gehört, was Wolfgang gesagt hatte, brauchte aber einen Moment, um das Ganze zu sortieren. »Heinrich?«

»Ja, Heinrich. Es sieht ganz so aus, als ob Heinrich euer Haus angezündet hat. Es tut mir so leid, Marvin.« Er legte seine Hand auf Marvins Schulter.

In Marvins Kopf formten sich Bilder. Ein unheimlicher, hünenhafter Mann, der mit seinen Monsterpranken die Tür einschlug und seine kleine Familie einfach auslöschte. All die Zeit hatten sie neben dem Untier gewohnt. Warum hatte Marvin nicht schon viel eher die Gefahr erkannt, auf die Sandra ihn doch immer wieder mit ihrer verrückten Phantasie, die keine war, hingewiesen hatte?

»Die Polizei wartet, bis die Feuerwehr das Haus freigibt«, fuhr Wolfgang fort, »dann werden sie nach Spuren suchen. Und ...« Er stockte. »Und nach Sandra und Sophie.«

Marvin sah wieder auf das Haus. Der Schmerz war unerträglich.

»Marvin«, begann Wolfgang vorsichtig, »vielleicht ist es besser, wenn du irgendwo anders hingehst. Man weiß nicht, was sie finden und ... Ich glaube, du solltest dir diesen Anblick ersparen.«

»Das ist mir egal«, murmelte Marvin, »ich muss hier bleiben. Ich muss wissen, was passiert ist.«

Wolfgang ging zu den anderen zurück und schüttelte vielsagend den Kopf, als er bei ihnen ankam.

Marvin blieb mit seiner Trauer zurück. Tränen stiegen ihm wieder in die Augen und entspannten die vom Rauch vertrocknete Netzhaut. Was würde er nur dafür geben, die Zeit zurückdrehen zu können!

Er suchte seine Jacke nach einem Taschentuch ab, hatte aber kein Glück. In dieser Nacht hatte er schon so viele verbraucht.

Er drehte sich um und sah in Sandras Wagen. Sie hatte eigentlich immer Taschentücher im Fahrzeug. Das Auto war nicht abgeschlossen. Er öffnete die Beifahrertür und setzte sich hinein.

Jetzt erst merkte er, wie müde er war. Er hatte die ganze Nacht draußen gestanden und der Nieselregen war heftiger geworden. Sein ganzer Körper war steif und kalt gefroren.

Als er jetzt im Auto saß, atmete er einmal tief durch. Es roch nach Sandra. Ihr lieblicher, süßer Geruch ohne das geringste Parfüm. Am liebsten wollte er die Luft absaugen und irgendwo einschließen, damit er immer daran schnuppern konnte.

Verzweifelt stellte er in seinem Kopf immer wieder

Theorien auf, um irgendwie die Möglichkeit für ein Wunder entstehen zu lassen. Aber je mehr er überlegte und je mehr Zeit verstrich, desto größer wurde die Gewissheit, dass es keinen Ausweg gab. Er wusste nicht, was passiert war und vielleicht würde er es auch nie wahrheitsgemäß erfahren.

Er schniefte und die Nase lief. Normalerweise hatte Sandra die Taschentücher stets in der Mittelkonsole liegen, aber heute war da nichts. Er suchte weiter. Auch im Handschuhfach waren keine.

Voller Verzweiflung fasste er unter seinen Sitz, um den Verbandskasten zu holen und eine Mullbinde zu suchen.

Zu seiner Verwunderung war der Verbandskasten nicht da. Der Platz war aber auch nicht leer. Dort lag ein Buch, das wie das Tagebuch eines Schulmädchens aussah.

Verwundert nahm er es in die Hand. Was war das? Hatte Sandra etwa ihr altes Tagebuch ausgegraben? Aber wieso lag es hier?

Als er die erste Seite aufschlug, fielen ein paar Zettel heraus. Er hob sie auf und erkannte die kyrillischen Schriftzeichen. Russisch?, dachte er verwundert. Das Buch war in derselben Sprache geschrieben und nach kurzer Zeit erkannte er, dass es sich bei den Zetteln um Kopien handelte.

Was hatte das zu bedeuten? Er wusste, dass Sandra nicht besonders sprachbegabt war. Wieso hatte sie dieses Tagebuch?

Der letzte Zettel schuf ein bisschen Klarheit. Er war von Sandra selbst geschrieben. Marvin spürte einen Stich in seinem Inneren, als er ihre vertraute Handschrift las.

Liebe Mirja!
Hier sind die Kopien. Es wäre wirklich toll, wenn du dich so schnell wie möglich daranmachen könntest. Es ist verdammt wichtig.

Bitte schicke die Übersetzung auf keinen Fall an die Nummer, von der ich dieses Fax sende, sondern an meine Eltern Nr. 040-77465582
Das ist ganz, ganz wichtig. Bitte vergiss es nicht!!
Falls noch etwas sein sollte, ruf bitte nicht bei mir zu Hause an. Du erreichst mich unter 0173-4637722.
Ich danke dir. Bitte beeil dich!!
Sandra

Was hatte das zu bedeuten? Wer war Mirja und was war das für eine Übersetzung?

Erschreckt musste er feststellen, wie wenig er über das Leben wusste, das seine Frau in letzter Zeit geführt hatte. Hatte das Buch vielleicht etwas mit der Unterhosengeschichte zu tun? War Sandra deshalb getötet worden?

Er wusste es nicht, aber vielleicht würde er es bald erfahren.

Sie hatte ihm etwas hinterlassen.

Kapitel 46

Marvin wusste nicht, wie lange er im Auto gesessen hatte. Er war ein bisschen eingenickt und wäre am liebsten gar nicht mehr aufgewacht. Warum konnte man sich nicht einfach auflösen? Das mit dem Atemanhalten klappte auch nur für kurze Zeit. Die Lunge bäumte sich immer wieder wütend auf, wenn er ihr den Sauerstoff entzog. Wie gerne würde er das Atmen jetzt einfach vergessen!

Irgendwann wurde er durch laute Schreie aus seinem Dämmerzustand gerissen. Schläfrig öffnete er die Augen. Die Dorfbewohner standen wild gestikulierend in einer Traube um ein Auto und schienen auf jemanden einzureden. Marvin kniff die trocknen Augen zusammen, um besser erkennen zu können, was los war.

Ein breiter, riesiger Mann mit einer übertrieben großen Brille und strähnigen, dünnen Haaren löste sich aus der Menge.

Marvin zuckte zusammen und verkrampfte sich. Der mutmaßliche Mörder tauchte hier einfach so auf. War der wirklich so skrupellos?

In Marvins Adern brodelte das Blut zu einem Feuersturm heran. Er spürte förmlich, wie es in jeder Faser seines Körpers zu pulsieren anfing und sein Inneres vor Wut fast überschäumte. »Dem zeig ich's …« Er sprang aus dem Auto und schlug mit einem lauten Knall die Wagentür zu.

Der Tumult um Heinrich verstummte schlagartig. Alle Augen waren auf Marvin gerichtet.

Heinrich stand etwas verwirrt da und sah Marvin skeptisch, vielleicht sogar ein bisschen ängstlich entgegen, der auf ihn zukam wie ein Bulldozer.

»Du gottverdammter Mistkerl! Wie kannst du es wagen, hier einfach so aufzutauchen, du Tier, du Mörder!«

Heinrich rührte sich nicht.

Erst als Marvin direkt vor ihm stand, sah er, wie groß und furchteinflößend Heinrich wirklich war. Er war gut einen Kopf größer als Marvin.

Aber Marvin war im Moment gar nicht fähig, Angst zu haben, er spürte nur puren Hass und tiefste Trauer. Er schlug Heinrich seine geballte Faust ins Gesicht.

Heinrich taumelte ein Stück zurück und fiel gegen seinen Wagen.

In der Menge der Dorfbewohner war ein kleiner Aufschrei zu hören. Erschrocken hatten sie einen Halbkreis gebildet und waren neugierig, was noch passieren würde.

»Dass du dich hier blicken lässt! Tust so, als wäre nichts gewesen!« Der zweite Schlag folgte.

Heinrich wehrte auch diesen nicht ab. Benommen lehnte er sich an sein Auto.

»Ich werde dich umbringen, du verdammter Hurensohn!« Marvin sprang ihm an die Gurgel und drückte zu.

Heinrich zerrte an seinen Armen, aber Marvin war durch seine Wut so beflügelt, dass sich seine Kraft zu verdoppeln schien. Heinrich stammelte irgendetwas, das man aber nicht verstehen konnte, während Marvin an seinem Hals hing und ihm Tritte in den Bauch gab.

»L-lassen Si-sie mich l-los!« Heinrich zog mit aller Kraft an Marvins Armen und konnte ihn kurz auf Abstand halten, um wieder richtig Luft zu bekommen.

»Hör auf zu winseln! Hast du vielleicht Mitleid mit meiner Familie gehabt, als du mein Haus angezündet und damit meine Frau und meine Töchter getötet hast?« Marvin sprang wieder auf ihn zu und diesmal hatte er so viel Schwung, dass sie beide umfielen und er auf Heinrich landete. Ununterbrochen schlug er auf ihn ein. Marvin war nie ein Schlägertyp gewesen und hatte sich das letzte Mal geprügelt, als er sich in der Grundschule gegen Ältere hatte verteidigen müssen.

»I-Ihre Fra-frau...«, stammelte Heinrich, der verzweifelt versuchte, den tollwütigen Marvin zu bändigen und seine Schläge abzuwehren.

»Me-meine Fra-frau...«, äffte Marvin ihn nach. »Meine Frau lebt nicht mehr. Du hast sie getötet. Einfach so verbrannt. Und meine kleine Tochter auch. Meinen Sonnenschein.« Seine Stimme brannte vor Zorn und seine Schläge wurden noch härter.

Heinrich hielt Marvin so gut es ging an den Händen fest und drehte ihn auf den Rücken. »Hö-hör-ren Si-ie! Ich ha-habe I-ihre Fra-frau...«

»Du hast sie umgebracht!« Marvins Hände wurden festgehalten, die Beine nicht. So fest er konnte, rammte er Heinrich sein Knie in den Bauch.

Heinrich stöhnte und krümmte sich. Dann drückte er mit seinem Gewicht Marvins Beine auf den Boden. »Hör-hören Si-ie mir z-zu!«, befahl Heinrich und atmete einmal tief durch. »I-ihre Fra-frau le-leb-bt.«

Marvin gab keinen Mucks von sich. Sein Unterkiefer zitterte vor Anspannung.

»Ih-re Fra-frau lebt«, wiederholte Heinrich. »Ge-genau w-wie i-ihre T-to-tochter un-nd d-der Va-vater. Si-sie leben.«

Marvin ließ die Informationen auf sich wirken. War das das Wunder?

Kapitel 47

Kinderkrebskrankenhaus Barawljany, Weißrussland
3. März 1998

Swetlana hatte nie vergessen, was damals in Deutschland mit ihrer Schwester passiert war. Wie fiese Geister hatten sich die Bilder in ihrem Kopf festgesetzt und sprachen mit ihr.

Sie war verängstigt und verstört zurückgekommen. Und das Ganze auch noch zwei Wochen eher als geplant und ohne ihre Schwester. Die war dort geblieben. Geschunden, verletzt und getötet.

Für Swetlana war aber nur Marias Körper noch in Deutschland. Die Seele ihrer Schwester war wieder mit nach Hause gekommen und beschützte sie jeden Tag. Wie auch heute.

Von ihrem Bett aus konnte Swetlana die Vögel auf dem Baum vor ihrem Krankenzimmerfenster sehen. Sie zwitscherten fröhlich und hüpften vergnügt von Ast zu Ast.

Ich werde nie wieder hüpfen können, dachte sie. Auch wenn die Ärzte es nicht direkt sagten, so spürte sie doch, dass es für sie keine Heilung mehr gab. Die Leukämie war schon zu weit fortgeschritten.

Sie mochte sich nicht mehr im Spiegel ansehen. Früher hatte sie lustige Sommersprossen, lange braune Haare und leuchtend rote Bäckchen gehabt. Maria hatte oft gesagt, ihr Gesicht sähe aus wie ein kleiner Apfel. Jetzt waren die Haare weg, die Haut war blass und ihr Körper mit blauen Flecken bedeckt.

Erschöpft schloss sie die Augen. Sofort sah sie wieder die grausigen Bilder aus Seesby. So war es jedes Mal, wenn sie schlief oder einfach nur mal die Augen für eine kurze Zeit schloss.

Sie konnte sich noch zu genau an den Tag erinnern, als es passiert war. Ein Samstag. Samstag, der 24. Juli 1993. Dieser Tag war seitdem für sie der schlimmste des Jahres.

Sie waren gerade mal ein bisschen mehr als eine Woche dort gewesen. Anfänglich hatte sich der Tag nicht von denen davor unterschieden. Maria klagte über starke Schmerzen. Sie hatte gesagt, sie sei gerissen. Swetlana hatte damals nicht verstanden, was sie damit meinte.

Sie hatten einen Spaziergang zu einem nicht weit entfernten Wildgehege gemacht. Alle Kinder aus Tschernobyl waren dabei. Maria hatte Schmerzen beim Laufen. Dennoch versuchte sie sich nichts anmerken zu lassen, weil es ihr unangenehm war, wie alle sie anstarrten.

Abends war es dann wieder passiert. Swetlana wusste es noch so genau, als wäre es gestern gewesen. Sie konnte immer noch das Gelächter der Männer hören, die sich gegenseitig anfeuerten. Sie hatte auch immer noch den Geruch aus dem kleinen Eckzimmer in der Nase und wusste noch genau, wie die Blumentapete an der Wand aussah.

Nur diesmal war es am Ende anders verlaufen.

Sie konnte sich noch daran erinnern, wie Maria mit steifen Händen ihre Unterhose wieder anziehen wollte. Die war helllila und hatte eine Schleife in der Mitte.

Vier Männer hatten sie schon vergewaltigt. Wolfgang, sein Sohn Tom, der unheimliche Mann vom Badesee und noch einer aus der Nachbarschaft. Genau wie bei den letzten Malen war auch heute wieder eine Kamera dabei gewesen.

Die Männer tranken Alkohol, rauchten und lachten.

Als Maria sich wieder angezogen hatte, kauerte sie sich auf dem Bett zusammen. Swetlana konnte sich noch gut erinnern, wie ihre Schwester sie im Arm hielt und ihr ein altes Gute-Nacht-Lied vorsang, genauso wie es ihre Oma immer tat. Sie klammerte sich an ihrer Schwester fest und weinte. Maria weinte nicht. Sie hatte das Weinen aufgegeben.

Jetzt, wo Swetlana älter war und es besser verstand, war ihr klar geworden, dass ihre Schwester damals ihretwegen nicht geweint hatte. Sie hatte immer die Starke gespielt und Swetlana aus allem rausgeboxt, wenn sie in Schwierigkeiten war. Sie wollte ihr zeigen, dass alles gut werden würde und Maria sie immer beschützte.

Swetlana wusste schon nicht mehr, wie oft sie bei diesem Gedanken geweint und schwere Schuldgefühle gehabt hatte.

Die Schwestern hatten sich fest aneinandergeschmiegt und waren in eine andere Welt abgetaucht. So hatten sie auch gar nicht bemerkt, dass zwei weitere Männer in den Raum gekommen waren. Ein Älterer und ein Junger, Vater und Sohn.

Der Alte hatte bei den letzten Malen auch mitgemacht. Der andere aber war das erste Mal hier. Swetlana konnte sich noch gut an ihn erinnern. Sie hatten ihn ein paar Tage zuvor auf dem Nachbarhof gesehen, als sie die niedlichen Kälber gestreichelt hatten.

Er war riesengroß, hatte einen überdimensionalen Kopf und eine übertrieben große Brille. Beim Reden stotterte er. Von Anfang an war er ihr und ihrer Schwester unheimlich gewesen, weil er sie so angestarrt hatte.

Jetzt stand er vor ihnen und glotzte sie wieder an. Swetlana hatte Angst vor ihm.

Der Ältere vergewaltigte Maria zuerst. Als er seine Hose wieder anzog, deutete er dem Riesen an, dass der jetzt an der Reihe war.

Der Riese rührte sich nicht, sondern starrte fassungslos auf das Häufchen Elend, das von Maria noch übrig war.

Swetlana setzte sich neben ihre Schwester und streichelte ihr über den Rücken. Mit großen runden Augen sah sie den Riesen an und betete zu Gott, dass er ihre Schwester verschonen würde.

Die anderen Männer redeten auf ihn ein. Swetlana konnte allerdings nicht verstehen, was sie sagten. Dann schüttelte der Riese plötzlich den Kopf und sagte etwas zu den anderen. Diese schrien aufgebracht zurück.

Swetlana saß verwirrt auf dem Bett und wusste nicht, was los war. Die Männer brüllten durch den Raum. Der Riese drohte einem mit seiner Faust.

Dann wandte er sich schnell den zwei Mädchen zu und zog sie vom Bett herunter. Einer der Männer wollte ihn daran hindern, erhielt als Antwort aber nur einen Schlag ins Gesicht. Das hatte die anderen für einen Augenblick eingeschüchtert.

Der Riese sagte etwas zu Maria und Swetlana und öffnete die Tür. Sie verstanden kein Wort, aber sie wussten, was eine offene Tür bedeutete.

Maria fasste Swetlana an der Hand und zog sie nach draußen. Sie rannten die Treppe hinunter. Oben wurde das Geschrei lauter. Die beiden Mädchen hatten die Haustür erreicht und liefen auf den Hof.

Es hatte bereits zu dämmern angefangen und so huschten Maria und Swetlana, den Schatten der Birkenallee ausnutzend, durch die anbrechende Nacht. Unten an der Straße hielten sie kurz inne. Wohin?

Maria entschied sich für rechts, weil sie dann nicht direkt durch das Dorf mussten, sondern in den nahe gelegenen Wald laufen konnten. Trotz der Schmerzen legte Maria ein enormes Tempo vor, bei dem ihre Schwester kaum mithalten konnte. Außer Atem erreichten sie den Wald. Nebelschwaden zogen über die Felder.

Maria machte eine kurze Pause, um auf ihre Schwester zu warten. Swetlana keuchte und konnte kaum noch stehen. Sie erinnerte sich noch heute daran, wie Maria damals sagte: »Wir dürfen auf keinen Fall stehen bleiben. Sei hart zu dir und treib dich an. Sieh nur nach vorn! Ich bin immer bei dir!«

Dann lief Maria weiter. Swetlana folgte ihr, so gut sie konnte.

Plötzlich hörte sie Hundegebell und Stimmen hinter sich. Sie drehte sich um und sah die Männer aus dem Eckzimmer. Ein kalter Schauer lief ihr über den Rücken. Wo war Maria?

Swetlana konnte sie nicht mehr sehen. Im Wald war es ziemlich dunkel geworden. Sie zitterte am ganzen Körper. Wo sollte sie nur hin? Die Hunde waren ihr dicht auf den Fersen und hatten ihre Fährte aufgenommen. Es gab keinen Ausweg für sie.

Ohne etwas zu sehen, rannte sie weiter. Dann kam sie ins Rutschen und stürzte. Sie fiel einen kleinen Abhang hinunter, scheuerte sich dabei die Beine auf und landete im Wasser.

War das der Fluss, der hier durch den Wald lief? Sie hatten ihn oft bei ihren Wanderungen am Tag gesehen. Wenn er es war, dann müsste sie von hier zur Straße kommen. Vielleicht kam da ein Auto, das sie mitnehmen und von hier fortbringen konnte.

Sie hechtete durch das Wasser. Es war zum Glück nicht sehr tief. Wo waren die Männer? Sie konnte sie nicht mehr hören, weil das Wasser zu laut war. Waren sie vielleicht direkt in der Nähe?

Dann erkannte sie einen Schatten vor sich. War das Maria? Sie war sich nicht ganz sicher, aber sie vermutete es. Vor ihr lief eine Person im Wasser. Schwach konnte sie schließlich die Umrisse ihrer Schwester erkennen.

Voller Freude atmete sie auf. Sie hatte sie wiedergefunden. Jetzt kam links neben ihr die Straße in Sicht. Maria sprang ans Ufer und Swetlana folgte ihr, so schnell sie konnte.

Dann hörte sie Schreie neben sich und erschrak. Die Männer und die Hunde waren bereits auf der Straße, die Maria gerade erreicht hatte.

Maria rannte auf der Fahrbahn entlang. Die Hunde folgten ihr. Sie hatten sie vor einer uneinsehbaren Kurve schon fast eingeholt, als grelles Scheinwerferlicht um die Ecke kam.

Swetlana konnte sich noch genau an das Quietschen der Reifen und den dumpfen Aufprall erinnern. Danach war plötzlich alles ruhig geworden. Sie hatte die Straße erreicht und stand still am Rand.

Nicht weit vor ihr hielt das Fahrzeug und davor war die Meute Männer, die aufgeregt vor Marias regungslosem Körper knieten und wild gestikulierten.

Langsam schritt Swetlana näher. Maria lag einfach da. Die Männer befühlten ihren Puls und horchten nach ihrem Atem.

Obwohl Swetlana noch weit weg war, wusste sie, dass ihre Schwester tot war. Sie spürte es einfach.

Die Männer drehten sich um und bemerkten sie. Alle traten zurück und ließen ihr Zugang zu ihrer Schwester.

Maria sah aus wie sonst. Nur dass sie eine große Wunde am Kopf hatte und ihr gesamter Körper mit Blut beschmiert war. Um sie herum bildete sich eine rote Lache. Ihre Augen blickten bewegungslos in den Himmel und beobachteten die Sterne.

Swetlana setzte sich neben sie und nahm ihre Hand. Sie war warm. Maria trug den silbernen Ring am Finger, den ihre Oma ihr geschenkt hatte. Alles war wie sonst. Nur würde sie selbst den Ring nie wieder abnehmen können.

Vorsichtig strich ihr Swetlana die Haare aus dem Gesicht, weil Maria es hasste, wenn ihr Strähnen über den Augen hingen.

Wenn Swetlana jetzt über den Tod ihrer Schwester nachdachte, dann war sie dankbar, dass das Auto gekommen war und Maria überfahren hatte. Was wäre sonst wohl noch alles mit ihr passiert?

Sie wäre die nächsten Wochen bis zur Abreise täglich missbraucht worden. Maria hätte das nicht überstanden. Ihre Stärke wäre irgendwann zerbrochen wie Glas.

Kurz nach dem Unfall wurden alle Kinder wieder nach Hause geschickt. Swetlana hatte damals nichts gefühlt. Keine Freude, keine Trauer. Sie war vollkommen abgestumpft.

Den Riesen hatte sie nicht wiedergesehen. Er hatte ihr das Leben gerettet. Und irgendwie auch das von Maria.

Die Männer waren nie bestraft worden. Zumindest hatte sie nichts darüber gehört. Aber wie sollte sie auch. Sie war damals noch ein kleines Kind gewesen. Sie hätte auch nicht gewusst, was sie als kleines achtjähriges Mädchen hätte tun können.

Als sie älter wurde, hatte sie oft den Wunsch gehabt, die Vergewaltiger anzuzeigen, aber als einfaches junges Mädchen ohne Beweise … Ihr hätte wahrscheinlich sowieso keiner geglaubt.

Außerdem hatte sie nie irgendjemandem von der ganzen Sache erzählt, weil sie sich zu sehr davor schämte. Sie versuchte einfach, die Bilder so gut es ging zu verdrängen. Es gelang ihr aber nie.

Sie betete viel und hoffte, dass Gott sie erhörte und ein gerechtes Urteil fällte. Darüber hinaus dankte sie ihrem Retter.

»Wir dürfen auf keinen Fall stehen bleiben. Sei hart zu dir und treib dich an. Sieh nur nach vorn! Ich bin immer bei dir!« Das war das Letzte, was Maria zu ihr gesagt hatte. In ihren Ohren hörte Swetlana ständig ihre Stimme.

Bis zu ihrem Tod kämpfte sie und versuchte, den letzten Willen ihrer Schwester zu befolgen. Aber irgendwann verließen alle Kräfte ihren kleinen kranken Körper.

Sie starb am 4. März 1998 im Kinderkrebskrankenhaus Barawljany in der Nähe von Minsk an den Folgen ihrer Leukämie. Sie wurde nicht einmal 14 Jahre alt.

Epilog

Würselen, 6 Monate nach dem Feuer

Eine kugelrunde, schwangere Frau stieg aus ihrem Kleinwagen und streckte sich. Es war offensichtlich, dass sie nicht mehr lange eingeengt sitzen mochte. Interessiert sah sie sich um und streichelte dabei ihren dicken Bauch, den sie unter einem braunen Ledermantel wärmte.

Ihr blondes Haar hatte sie zu einem kleinen Knoten zusammengebunden. An ihren Ohren baumelten goldene, runde Ohrringe. Ihre Haut war makellos. Sie hatte eine elegante und geradezu perfekte Ausstrahlung.

Es hatte geschneit. Die Gärten und Häuser versanken unter einem weißen Teppich. Die Fahrt von Hannover hierher war anstrengend gewesen, aber jetzt hatte sie es geschafft. Sie war angekommen. Auf dem Straßenschild stand Geberstraße. Sie war in Würselen, einem Vorort von Aachen. Glücklicherweise hatte sie direkt vor dem Haus Nummer 23 einen Parkplatz gefunden.

Ein kleiner Junge im Wagen beschwerte sich, weil er auch endlich aussteigen wollte.

»Ja, Torge, es geht ja schon los«, sagte sie und öffnete die Schnallen des Kindersitzes. Sobald sie ihn auf den Boden gestellt hatte, waren seine Hände auch schon im Schnee und wühlten herum.

Sie ging zum Heck des Wagens und nahm eine Tasche aus dem Kofferraum. »Komm, Torge. Wir werden sicherlich schon erwartet.«

*

Drinnen huschte tatsächlich schon eine Gestalt am Fenster hin und her. Sie war aufgeregt. Schließlich hatte sie

Madeleine seit der Zeit in Seesby nicht mehr gesehen und sie darüber hinaus auch noch für tot gehalten. Sie hatten zwar nach der ganzen Sache ab und zu telefoniert, aber für Sandra war es, als wüsste sie erst jetzt wirklich, dass alles in Ordnung war.

»Sie kommt doch gleich rein«, sagte Marvin beruhigend und legte seiner Frau die Hand auf die Schulter. »Warum bist du denn so nervös?«

»Oh, Marvin. Ich weiß es doch selbst nicht.« Aufgeregt wie sie war, rannte sie nach draußen, obwohl sie keine Schuhe, sondern nur Strümpfe trug. Der Weg zum Haus war zwar freigeschoben, aber vereinzelt waren noch Schneebrocken liegen geblieben. Sofort hatte sie nasse und kalte Füße.

Madeleine kam ihr mit Torge an der Hand entgegen. Sandra freute sich, dass ihre Freundin ihre natürliche Schönheit wiederbekommen hatte. Selbst mit dem dicken Bauch schien sie durch den Schnee zu schweben.

Sandra dagegen trug nur eine alte Jogginghose und einen weiten blauen Pullover, was eher plump wirkte.

Freudestrahlend fielen sich die beiden in die Arme. Sandra hatte Tränen in den Augen.

Marvin stand in der Tür und sah Sandra besorgt an. An seinem Hosenbein hing Sophie. »Sandra, du hast keine Schuhe an. Komm bitte rein. Eine Erkältung ist bestimmt nicht gut für deine Lunge.«

Sandra blickte kurz auf ihre Füße, dann lächelte sie Madeleine verschmitzt an und zog die Schultern hoch. »Seit der ganzen Geschichte ist er so wahnsinnig fürsorglich.«

Madeleine lachte und dann gingen sie ins Haus.

Sandra hatte wirklich kalte Füße und ging in den ersten Stock, um sich trockene Socken anzuziehen. Als sie wieder runterkam, hatte Madeleine es sich bereits im Wohnzimmer bequem gemacht und Marvin kam mit einer Teekanne dazu. Sandra setzte sich zu ihnen. Torge und Sophie ließen sich in der kleinen Spielecke nieder und kramten Kisten ein und aus.

»Ich freue mich so, dass du da bist«, sagte Sandra mit einem fröhlichen Leuchten in den Augen, »ich weiß gar nicht, was ich sagen soll. Geht es dir gut?«

»Doch, so weit eigentlich schon.« Madeleine trank einen Schluck Tee. »Der Bauch wird langsam anstrengend. Aber mit der Scheidung ist alles durch.«

Sandra schluckte, weil die Erinnerung wieder hochkam. »Lief alles gut?«

»Mehr oder weniger. Ich hatte Tom bereits in der Nacht, als ich bei dir gewesen war und er mir aufgelauert hatte, gesagt, dass ich alles wüsste und mich scheiden lassen würde.«

»Hast du noch Probleme mit deinem Kiefer?«

Madeleine fasste sich an das Kinn. »Manchmal. Beim Kauen. Aber der war ja immerhin auch dreifach gebrochen.«

»Hat er so hart zu geschlagen oder bist du gestürzt?«, fragte Marvin.

»Beides. Er hatte mein Auto an der Bushaltestelle entdeckt und da im Gebüsch auf mich gewartet. Erst haben wir uns nur gestritten, aber als ich ihm dann erzählte, dass ich ihn auf dem Video erkannt hatte und ihn verlassen würde, ist er vollkommen ausgerastet.«

»Und hat dich wieder geschlagen«, bemerkte Sandra mit finsterer Miene.

»Ja. Dabei ist der Unterkiefer gebrochen. Das Handgelenk ist dann angeknackst, als ich gestürzt bin. Aber ein bisschen was hat er auch noch abbekommen.« Madeleine lächelte zufrieden.

»Hast du ihm auch eine verpasst?«

»Als ich am Boden lag, wollte er mich erwürgen. Dabei hat er mir auch die Kette abgerissen. Aber ich habe ihm mein Knie in die Weichteile gerammt, dass er zur Seite rollte und ich aufstehen konnte. Dann bin ich sofort losgefahren.«

»Na, hoffentlich hast du so fest getreten, dass er sein Scheißding da unten nie wieder benutzen kann«, murmelte Sandra.

»Und wo wohnst du jetzt?«, fragte Marvin.

»In Hannover. In der Nähe von meinen Eltern. Ich weiß bis heute nicht mehr wie, aber ich bin tatsächlich mit meinem blutenden Kiefer und der kaputten Hand noch ganz zu ihnen nach Hannover gefahren. Torge blieb dann da und mein Vater und ich sind gleich ins Krankenhaus, wo ich wieder zusammengeflickt wurde. Deshalb konnte ich dich auch nicht sofort anrufen am nächsten Tag. Jetzt weiß ich ja, was du dir für Sorgen gemacht hast.« Lächelnd ergriff sie Sandras Hand.

»Das kann man wohl sagen«, bestätigte Sandra. »Als dann noch der Irre mit deiner Kette rumgefuchtelt hat, war ich mir sicher, dass dir etwas passiert war.«

»Nur dass Tom wohl etwas mit seiner Geschichte übertrieben hat. Er hat Wolfgang erzählt, er hätte mich komplett fertiggemacht. Unbegreiflich, dass dieses feige Schwein auch noch so übel lügen muss – nur um von seinem Vater als ganzer Kerl angesehen zu werden.«

»Und dieser Jens Kamper nutzt die Gelegenheit natürlich, um mir mit der Geschichte richtig Angst zu machen.« Sandra starrte auf den Fußboden und die furchtbaren Bilder der Erinnerung kamen wieder hoch.

»Das ist aber auch wirklich die schlimmste Geschichte, die man sich vorstellen kann. Was musst du für eine Panik gehabt haben! Gefesselt im eigenen Wohnzimmer; zusammen mit einem Kerl, der das ganze Haus in Brand setzt.«

Sandra nickte. »Ich hatte wirklich mit unserem Leben abgeschlossen. Ich dachte, jetzt ist es vorbei. Was hätten wir noch für eine Chance gehabt?«

»Heinrich«, sagte Madeleine und lächelte erleichtert.

»Ja, Heinrich«, antwortete Marvin an Sandras Stelle, »der Engel auf Erden in Gestalt des furchtbaren Riesen.«

»Es ist wirklich unglaublich, was er gemacht hat«, ergänzte Sandra ehrfürchtig. »Das Haus brennt und er rennt trotzdem rein und holt uns alle noch raus. Erst Sophie, dann mich und schließlich auch noch meinen Vater. Es ist einfach unbeschreiblich.«

»Und dann fährt er euch alle in seinem klapprigen Opel ins Krankenhaus?« Madeleine war vollkommen fasziniert.

»Es wird so gewesen sein. Ich kann mich an die Fahrt nicht mehr erinnern. Die Einzige, die wohl wach war, war Sophie. Ich bin erst ein paar Tage später im Krankenhaus aufgewacht. Genau wie Papa.«

»Wir können nur dankbar sein, dass Heinrich dich immer beobachtet hat«, fuhr Marvin fort, »sonst wäre alles anders ausgegangen.«

Alle starrten für einen Moment gedankenverloren auf irgendeinen Punkt im Raum. Jeder war noch mal mit einem blauen Auge davongekommen. Heinrich hatte eine schlimme Tragödie verhindert.

»Wie weit ist denn jetzt der Prozess?«, fragte Madeleine nach einer Weile.

»Der läuft«, antwortete Sandra. »Du hattest ja zum Glück noch das Video und ich hatte das Tagebuch retten können. Fast, als hätte ich schon etwas geahnt. So sind die Beweise da. Ich habe Heinrich ordentlich bearbeitet, damit er gegen alle aussagt. Immerhin musste er die ganzen Jahre unschuldig seinen Kopf für die Vergewaltigung an Tina Fistel hinhalten, die ja aber nie passiert war, weil es sie wirklich nicht gab. Die Urkunde im Einwohnermeldeamt war eine Fälschung, wie sich jetzt herausgestellt hat.«

»Das Ganze habe ich sowieso nie verstanden«, meinte

Madeleine mit gerunzelter Stirn. »Warum wurde Tina denn überhaupt ausgedacht und warum gerade Heinrich? Der hatte doch mit der ganzen Vergewaltigung an Maria überhaupt nichts zu tun.«

»Hatte er auch nicht. Aber er hat die Flucht der beiden Mädchen ermöglicht. Daraufhin haben die anderen ihn erpresst. Alle gegen einen, die offensichtlich etwas gesehen haben, auch wenn es gelogen ist – das kommt doch besser durch, als wenn sich der stotternde und schüchterne Heinrich vor einen Richter gestellt und das halbe Dorf angezeigt hätte.«

»Da ist was dran. War es wirklich das halbe Dorf?« Man sah Madeleine an, dass sie die Antwort gar nicht hören wollte.

»Bei jedem Verhandlungstag kommen mehr dazu. Ich halte mir schon manchmal die Ohren zu. Angezeigt sind bis jetzt Wolfgang, Tom, dieser furchtbare Jens Kamper, Frank Riedler und der alte Hauser. Andere Namen weiß ich nicht, aber ich glaube, einige wohnen auch nicht mehr in Seesby.«

»Unglaublich«, meinte Madeleine. »Was mich aber immer noch am meisten wundert, ist, dass keiner etwas mitbekommen haben soll. Es kann doch nicht sein, dass alle Männer und zwei Mädchen immer gleichzeitig verschwinden und keiner Verdacht schöpft. Vor allem, wenn die Mädchen von Tag zu Tag immer schlechter aussehen. Es kann doch nicht nur Böses in diesem Ort geben. Ich habe da schließlich auch eine lange Zeit gelebt. Man kann sich doch nicht so sehr in den Menschen täuschen, oder? Was ist mit Renate zum Beispiel? Sie war immer wie eine Mutter für mich.«

»Das ist es auch, was ich nicht glauben kann«, sagte Sandra. »Aber angeblich sollen die Frauen wirklich nichts mitbekommen haben. Ich verstehe es nicht und ich denke, auch der Richter zweifelt da an so mancher Aussage.«

»Sicher ist auf jeden Fall«, meldete sich jetzt Marvin wieder zu Wort, »dass die Richter die Sache sehr aufmerksam verfolgen und sich nicht beirren lassen. Ihr Interesse ist geweckt, selbst den letzten Knirps noch zu finden, der damit etwas zu tun hatte oder zumindest etwas gewusst hat. Die Verhandlung wird sich noch sehr lange hinziehen, aber ich denke, das Urteil wird nicht allzu milde ausfallen.«

»Lauter Perverse im Gruppenzwang«, murmelte Madeleine nachdenklich.

»Und wenn Sandra nicht so hartnäckig gewesen wäre, würden alle ungeschoren davonkommen.« Marvin sah Sandra stolz an und zwinkerte ihr zu. »Du hast niemals aufgegeben. Das zeigt Stärke. Ich glaube, die kleine Maria wäre dir unendlich dankbar.«

»Aber ich habe auch fast mit unserem Leben dafür bezahlen müssen. Ich glaube, noch einmal würde ich das nicht durchziehen.«

»Mich würde immer noch mal interessieren«, begann Madeleine nachdenklich, »wer deine heimliche Kontaktperson war. Ich meine, der Schlüssel, der Brief und schließlich das Video. Weißt du inzwischen, wer dahintersteckt?«

Sandra lächelte. »Ja, weiß ich. Der Mann, dem wir alles zu verdanken haben. Heinrich.«

»Wirklich Heinrich?« Madeleine riss die Augen weit auf.

»Ja. Verständlicherweise hatte er immer an der erfundenen Vergewaltigung zu knabbern. Irgendwie hat er gedacht, dass ich ihm helfen kann. Und als ich dann selbst ein bisschen Verdacht geschöpft hatte, brauchte er mir ja nur noch ein paar Brocken hinzuwerfen.«

»Aber wenn er das Video die ganze Zeit gehabt hat, warum ist er nicht selbst mal zur Polizei gegangen?«

»Er hat sich einfach nicht getraut. Du weißt doch selbst, wie schüchtern und hilflos er eigentlich ist.«

»Das ist heftig. Ich hatte immer Renate als heimliche Kontaktperson unter Verdacht gehabt. Sie ist von Grund her ein so lieber Mensch. Mir wird richtig schlecht, wenn ich mir vorstelle, dass sie womöglich von allem gewusst hat.«

»Sie streitet es ab«, erwiderte Sandra.

»Ich weiß nicht, wem ich noch glauben soll. Ich habe auch immer Tom für den tollsten Menschen der Welt gehalten und jetzt sieh dir an, was das für ein perverses Arschloch ist. Nein, ich glaube, in der ganzen Stiezel-Familie ist der Wurm drin.«

»Das stimmt. Ach, da fällt mir noch etwas ein ... Weißt du noch, als ich meinte, Heinrich hätte nicht gestottert, sondern normal gesprochen?«

Madeleine nickte.

»Es stimmt wirklich. Mit seiner Mutter und seinen Tieren spricht er stotterfrei, aber sobald er das Haus verlässt, geht es los. Er hat Angst vor allem und jedem.«

»Interessant. Woher weißt du das?«

»Ich habe es einmal mitbekommen, als er mit seiner Mutter sprach. Na, und dann hab ich einfach mal ein bisschen darüber gelesen. Ich hatte ja so viel Zeit.«

»Ja, stimmt. Du warst lange im Krankenhaus, nicht wahr?«

Sandra nickte. »Ich lag drei Wochen auf der Intensiv. Und danach noch drei Wochen auf der Station. Anschließend folgte dann die Reha für sechs Wochen, wie ich dir ja schon erzählt habe. Das war eine anstrengende Zeit. Vor allem für Sophie. Sie hat nicht verstanden, dass ich nicht da war. Sie konnte zum Glück schon eher nach Hause.«

»Ihr hattet wirklich alle Glück, wenn man bedenkt, dass das Haus schon komplett gebrannt hat. Ist denn jetzt bei dir wieder alles in Ordnung?«

»Es geht. Die Lunge hat doch schon ordentlich was abbekommen. Das Gewebe ist teilweise schwer beschädigt.

Sobald ich mich auch nur ein bisschen anstrenge, bin ich sofort aus der Puste, weil die Lunge den Sauerstoff nicht mehr richtig aufnehmen und verteilen kann. Aber ich will mich nicht beschweren; ich lebe noch.«

Sandra beobachtete Sophie und Torge, die so friedlich vor dem großen Fenster zum Garten spielten. Neben ihnen lag die Puppe aus Tschernobyl, die Heinrich ohne eine besondere Absicht mit aus dem brennenden Haus gerettet hatte, weil sie wie jede Nacht neben Sophie im Bett gelegen hatte.

Sandra konnte nicht sagen warum, aber sie hatte großen Respekt vor der Puppe. Sie verehrte sie förmlich. Die Puppe war Maria getauft worden.

»Fühlt ihr euch denn hier wohl in Würselen?«, fragte Madeleine.

Sandra lächelte. »Sagen wir es mal so: Der Ort ist größer und so ist ein bisschen mehr Anonymität vorhanden. Aber dennoch weiß ich nicht mehr, wem ich noch glauben und vertrauen kann und wem nicht. Man sieht es den Leuten nicht an, wenn sie böse sind oder etwas zu verbergen haben.«

»Das stimmt. Ich habe Wolfgang blind vertraut. Ich konnte mir nie einen besseren Schwiegervater vorstellen.« Madeleine sah betrübt zu Boden. Man konnte fast meinen, sie würde sich schämen.

»Das haben wir alle«, antwortete Marvin, »da sollten wir uns keinen Vorwurf machen. Sie hatten eine optimale Fassade aufgebaut. Niemand hat sie durchschaut.«

Sandra nickte. »Wie heißt es doch so schön: Auf der Liste der aussterbenden Arten steht leider auch der gesunde Menschenverstand.«

»Aber noch mal etwas ganz anderes«, sagte Madeleine und grinste plötzlich bis über beide Ohren, »du hast zwar einen weiten Pullover an, aber kann es sein, dass du zugenommen hast? Vor allem am Bauch?«

Sandra und Marvin sahen sich lächelnd an.

»Ja, das habe ich«, antwortete Sandra. »Ich bin auch wieder schwanger.«

Madeleine grinste. »Und … – wisst ihr schon, was es wird?«

»Dafür ist es noch zu früh. Aber irgendwie fühle ich, dass es ein Mädchen wird. Eine Maria.«

Danksagung

Ich bedanke mich bei allen, die mich irgendwie beim Schreiben unterstützt haben, sei es Kritik über erste Leseproben oder einfach nur ein bisschen Inspiration ... ihr spielt alle irgendwo mit ...

Ein besonderer Dank geht natürlich an meinen lieben Mann Sascha, der so oft auf mich verzichten musste, damit ich meiner »Sucht«, dem Schreiben, nachgehen konnte.

Außerdem möchte ich mich ganz herzlich bei meinem Bruder und synthesien.de für die Erstellung meiner Homepage ellen-puffpaff.de, seine vielen Tipps und Ratschläge sowie das schrecklich unheimliche Coverbild bedanken.

An dieser Stelle auch danke an meine Schwiegermutter Carmen und ihre freundliche Opfergabe in Form einer alten Porzellanpuppe, die wir für das Cover verunstalten durften.

Vielen Dank auch an meine Lektorin Maeve Carels, die mir geholfen hat, mein Manuskript an den entscheidenden Stellen zu ändern, damit die endgültige Version zustande kam.

Abschließend bedanke ich mich bei Heike Gerdes und dem restlichen Team des Leda-Verlages, die das Ganze überhaupt möglich gemacht haben.

Ellen Puffpaff, geboren 1983 in Eckernförde, ist gelernte Fremdsprachenkorrespondentin und Speditionskauffrau und schrieb bereits als Jugendliche ihre ersten Kurzgeschichten. Schließlich nutzte sie die Babypause zum Schreiben ihres ersten Romans *Dachbodenfund*. Sie lebt mit ihrer Familie in der Nähe von Flensburg.

Dietrich Petersen
Strandraub
Inselkrimi
Fehmarn
978-3-934927-96-4
9,90 Euro

Thomas Breuer
Leander und der tiefe Frieden
Inselkrimi Föhr
978-3-86412-006-0
10,90 Euro

Andreas Schmidt
Tod mit Meerblick
Kriminalroman
Schleswig-Holstein
978-3-939689-67-6
9,90 Euro

Böker/Vollbrecht
Berits Bild
Kriminalroman
Schleswig-Holstein
978-3-939689-70-6
9,90 Euro

Hanna Dunkel
Mordsache Ulsnis
Kriminalroman
Schleswig-Holstein
978-3-939689-30-0
9,90 Euro

H. & P. Gerdes (Hrsg):
Mordkompott Meerumschlungen
SchleswigHolstein
978-3-939689-68-3
9,90 Euro

Manthey/Peterssen
Pfingstschmerz
Kriminalroman
Hamburg
978-3-86412-003-9
9,90 Euro

Anette Hinrichs
Die fünfte Jahreszeit
Kriminalroman
Hamburg
978-3-86412-005-3
9,90 Euro

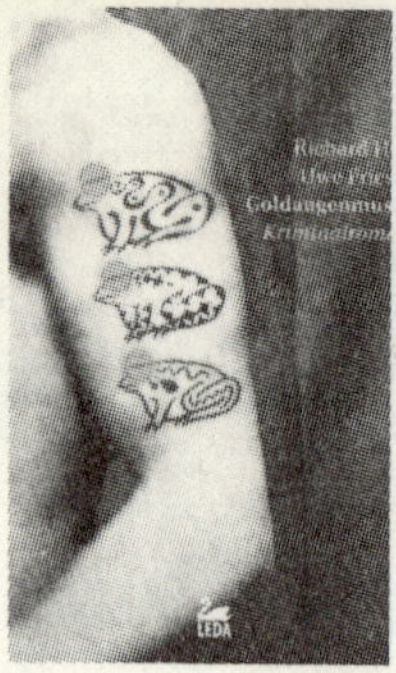

Hey/Friesel
Goldaugenmusiki
Kriminalroman
Hamburg, Berlin
978-3-934927-74-2
9,90 Euro

Monika Detering
Langeooger
Liebestöter
Inselkrimi
978-3-86412-002-2
10,90 Euro

Gundula Thors
Köhlbrand sehen
und sterben
Hamburg-Krimi
978-3-939689-61-4
9,90 Euro

Tatjana Kruse
Pizza, Pasta,
Sanddorngrog
Inselkrimi – Juist
978-3-86412-001-5
8,90 Euro